Michael Schmidt (Hrsg.)

Zwielicht Classic
13

Magazin für phantastische Literatur

Das Titelbild stammt von Oliver Pflug

Horrormagazin Zwielicht Classic
Band 13

Herausgegeben von Michael Schmidt
Kontakt: Zwielicht_Magazin@defms.de

Das Titelbild stammt von Oliver Pflug

Inhalt

Vorwort

Liebe Leser,

die **13.** Ausgabe liegt vor Ihnen und erschien doch schneller als erwartet. Den Leser giert es nach *Zwielicht Classic*. Anders kann ich mir die enthusiastischen Rückmeldungen der letzten beiden Ausgaben nicht erklären.
Andererseits behaupten viele, die Zahl **13** bringe Unglück. Sie als Leser unheimlicher Literatur werden sowas natürlich als vollkommenen Nonsens deklarieren.
Oder etwa nicht?
Vielleicht ist es auch der Fluch der **13**, der dafür sorgte, dass der Band früh im Jahr erscheint. Man soll seiner Angst ins Gesicht blicken, so heißt es, also macht man kurzen Prozess mit ihr.
Der Band ist jetzt da. Und weder ging die Welt unter, noch brennen Städte oder ganze Landstriche.
Auch die Horrorszene wächst und gedeiht und in Marburg, dem alljährigen Treffen der Fans unheimlicher Literatur wird schon zum elften Mal der Vincent Preis verliehen. Noch weit weg von der unheimlichen **13**, aber doch in Reichweite.

Dieser Band ist eine konsequente Weiterentwicklung. Oder auch nicht. Der Fluch der **13** hat sich dem angefangenen Weg, sich mehr der düsteren Science Fiction zu öffnen, entgegengesetzt.
Die **13** hat den Herausgeber verzaubert und so nur Operation Heal, der KLP nominierten Geschichte von Merlin Thomas, einen Platz beschert.
Alle anderen Geschichten sind das, was man von einer Publikation von *Zwielicht Classic* erwarten darf. Das es sich dabei um fast ausschließlich klassische Stoffe handelt, war dagegen eher dem oben geschilderten Fluch zu verdanken. Der Herausgeber schwört Stein und Bein, die Auswahl hat sich verselbstständigt.
Franz Kafka, Friedrich Glauser und Willy Seidel haben sich aus ihrem feuchten Grab erhoben und sich in den finsteren Ecken meiner Seele breitgemacht und so diese Ausgabe bevölkert.

Einer von den Autoren, nämlich Willy Seidel, hat auch im wirklichen Leben düstere Seiten gehabt. Trotz dessen Sympahtien für die braune Suppe habe ich mich entschieden, Alarm im Jenseits aufzunehmen. Die Geschichte hat es verdient. Sie selbst atmet nicht diesen realen Horror einer unwürdigen Ideologie.
Natürlich sind Geschichten aus der Zeit vor dem Nationalsozialismus immer ein wenig zwiespältig. Dort galten oft genug Farbige als Untermenschen und Frauen als minderwertig, auch wenn dies meist nur angedeutet wird.
Passend zum Thema, wenn auch auf andere Weise, ist Regina Schlehecks *Dölfchens wunderbarer Waschsalon*. Die Geschichte gewann den Corona Kurzgeschichtenwettbewerb und wie ich finde auch völlig zurecht.

Karin Reddemanns *Blutrot die Lippen, blutrot das Lied* sowie Markus K. Korbs *Carnevale a Venezia* sind nicht nur sehr lesenswert, sondern fügen sich nahezu perfekt zu den klassischen Texten.
Auch *Die Zeitung von morgen* bietet Skurilles, dass auch aus den Pulp Magazinen der vierziger Jahre entschlüpft sein könnte.
Zur Abrundung gibt es Nadine Muriels *Frau Birger*, ich hoffe, die Angst vor Spinnen hält Sie nicht von der Lektüre ab.

Der Artikelteil hält neben einer weiteren Folge der *Dunklen Muse* auch die Abgründe eines Weißkittels bereit.

Und sollte etwas mit dieser **13.** Ausgabe passieren, sollte sie sich in ihre Bestandteile auflösen, oder der Druck seine Farbe verlieren; oder sollten Sie in in irgendeiner anderen Art und Weise nach der Lektüre vom Pech verfolgt sein, tragen Sie es mit Fassung.
Dann bin ich den Fluch wieder losdgeworden und das sollte Ihnen die Hoffnung geben, es mir gleich zu tun. Üben Sie sich in Geduld und vielleicht hilft auch der Besuch einer Kirche.

Aber die **13** ist ja nur irgendeine Zahl. Viel Vergnügen bei der Lektüre wünscht,

Michael Schmidt

Geschichten

Karin Reddemann – Blutrot die Lippen, blutrot das Lied (2017)

Maris war zweifellos genial. Ein Meister.
Ein Mörder war er auch. Vielleicht hat er es nur einmal getan. Vielleicht tatsächlich so oft, dass der Wind ihm seine Tränen ins Gesicht gepeitscht hat, damit das Orchester ihn hört. Wie er singt. Schreit. Weint. Wie er singt. Mitsingt, um das da unten, das hoch oben in der Stimme auf seine furchtbare Art streicheln zu können. So furchtbar. So diabolisch schön.
Maris ist lange schon tot. Er war spektakulär. Wer die Augen schloss, vernahm den Flügelschlag des Schmetterlings. Das Stöhnen der Aphrodite. Die gesummten Wünsche der Ungeborenen.
Und doch wäre das allein nicht genug, seine ganz besondere, wenn auch kurze Geschichte zu schreiben. Viele sind von den Göttern geküsst worden und haben sich an ihrem Speichel vergiftet. Ein schleichender Tod, der den Tanz auf den Wolken begleitet. So geht das Spiel. Wir sehen erstaunt zu, nicken, gehen weiter.
Blutrot die Lippen, blutrot das Lied …
Maris verdient eine spezielle Aufmerksamkeit. Er verschwand wie seine Wahrheit, als wären er und sie nie gewesen. Er hätte die Welt gern weiter träumen lassen von einem Zauberer wie ihm. Aber wäre das alles tatsächlich geschehen, würden sie vor ihm grauen. Wäre … oder war es?
Diese Welt, sie hatte ihn umjubelt, beneidet, sie hatte um ihn geweint. Sie hätte ihn nicht verstanden, wäre er gegangen als einer von denen, die viel zu menschlich sind, um immer nur gut zu sein. Sie hätte über ihn geurteilt, wäre bereit gewesen, ihn in die Gosse, in den Kerker, in die Schlangengrube zu werfen. Offiziell hätte sie Mitleid geheuchelt.
„Armer Junge. Trotzdem." Dann hätte das Entsetzen, die Empörung ihn gefressen. „Und trotzdem. Wie kann man nur? Bestie. Bestie!"

Maris war anders. Anders als sie. Er gehörte zu den Gebrandmarkten, die nie verloren gehen, weil sie Erinnerung bleiben. Wenn er tanzte, ganz für sich allein, sein imaginäres Ebenbild in den Armen, fasste er sich zwischen die Beine und drückte zu, so fest, dass es schmerzte. Dann fühlte er sich lebendig und quälte sich lächelnd, wohlwissend, dass es nicht perfekt war.
Sie schnitten Hoden ab. Das gehörte zum guten italienischen Ton. Die glockenhellen Stimmen blieben, das war eine phantastische Sache, die einfach passierte. Die Knaben wurden in den Keller geschleppt und betrunken gemacht, um nicht erzählen zu können. Verbluteten sie, schrie niemand nach Gott oder dem Teufel, nur sie selbst hörte man nach ihren Müttern brüllen, wenn die Flammen schwiegen.
Maris hatte dieses Glück, das sich so nennen darf, weil die Sonne es nicht verbrennt. Frauen durften nicht auf die Bühne. Er schon. Er konnte. Musste, das war der Lauf der Dinge. Er wollte es auch. Er war schön. Man sagte es ihm.
Seine Haut war weiß gepudert, das blonde Haar engelsgleich. Während er seine langen Handschuhe überzog, betrachtete er sich im Spiegel und dachte an seine Großmutter. Sie drückte ihm ihren dicken Busen ins Gesicht, umarmte ihn, flüsterte: „Wein nicht, Goldjunge."
Als der Schuster Marcello seinem Sohn die Männlichkeit nehmen ließ, war er sich sehr wohl bewusst, dass das nicht richtig war. Da war dieser Mann aus der Stadt, der ihn mitnehmen wollte, da war das Geld. Der Kerl, der schnitt, stank nach Schnaps und dreckiger Kälte. Er bescherte Marcello gute Jahre. Irgendwann sang Maris allein, stand völlig allein da vorn wie der Priester am Altar, und die Meute kniete und betete. Die Frauen waren verrückt nach ihm. Seine Stimme, sein Gesicht waren das Meer, in dem sie nach Austern tauchten, um Perlen zu sammeln für diese unerträglich kostbare Ewigkeit, die nur geträumt war. Marcello freute das.
„Liebt ihn", sagte er ihnen. „Er ist nicht vollkommen. Dann kommt mit mir. Wir machen ihm seine Kinder."
Marcellos Leiche wurde in der Garderobe seines Sohnes aufgefunden, nachdem Maris ein letztes Mal auf der Bühne gestanden hatte. Die Hose war bis zu den Knöcheln hinuntergezogen, die Hoden fehlten, der Unterleib schwamm im Blut. „Grauenhaft, ganz grauenhaft", schrien sie und glotzten fassungslos. Der Vater lag dort mit zerfetzter Kehle und staunenden Blickes aus toten Augen auf dem

Frisiertisch, und am Abend in der Theaterschenke schwor man bei allen Heiligen, dass seine Stimmbänder herausgerissen waren. Ein schlanker, dunkelgekleideter Mann sei kurz vor dem Schlussapplaus für Marius aus dessen Umkleide gekommen, nein, gejagt. Geflüchtet. Panisch, oh doch. Der hatte vermutlich … doch warum?
Nach dem Mord trat Maris nie wieder auf. Kurz darauf verschwand er im Nichts. Man munkelte, er und kein geheimnisvoller Fremder hätte Marcello umgebracht und sich aus dem Staub gemacht, vielleicht auch selbst getötet, irgendwo, wo man nicht nachgesehen hatte. Man sagte, der Vater hätte ihn verprügelt und überhaupt schlecht behandelt, ihn, den Kastrierten, die Kehle, die Geldquelle. Man wusste es aber nicht und blieb ratlos zurück. Es blieb nur das Grau, es heulten die Wölfe. Sie heulten schrill.
Wenn es dunkel wird, erzählt man sich die wahre Geschichte. Einige sitzen am Feuer und nicken, weil sie den Grund längst kennen. Andere lauschen immer, auch den versteckten Lügen. Und verbreiten alles, ohne zu unterscheiden. Freilich war es so zu jener Zeit geschehen, dass Knaben von den Straßen verschwanden, nach denen vergeblich gesucht wurde. Viel Mühe machte man sich nicht. Sie waren eben fort, weggelaufen vielleicht. Verschleppt. Getötet gar. Man schüttelte sich fassungslos, blickte angewidert und ging seiner Wege. Es waren ungewaschene Kinder ohne ein ordentliches Zuhause. Unwichtig für die Nacht, in der man sie nicht sah, unwichtig für den Tag, der sinnvoll sein sollte. Irgendwie. In jener Zeit, in der Maris sich auf dem Höhepunkt seiner so großartigen, so kurzen Karriere befand, verliebte er sich in einen jungen Arzt namens Sergio. Es war eine leidenschaftliche, kompromisslose Beziehung, in die Maris sich stürzte, begierig und bereit, alles zu tun, um diese Liebe zu halten. Natürlich war sie verboten. Natürlich durfte niemand von ihr erfahren. Maris war der Erzengel. Die Frauen bebten, stöhnten, ihre Rufe trommelten: „Maris. Gabriel. Maris. Gabriel."
Sergio war ein Mörder, der über seine besondere Lust lachte. Er lockte kleine Jungs, spielte mit ihnen und schnitt die zarten Kehlen durch. Das Blut trank er aus geschliffenem Glas, das Fleisch zerlegte, kochte oder briet er, dann aß er es an fein gedeckter Tafel. Danach lutschte er Trauben und hörte Maris zu. Der überwand seinen anfänglichen Ekel zum eigenen Erstaunen schnell, zumal Sergio so leichtfüßig mit allem umging. Das gefiel ihm. Und er hatte die Knaben gern. Sie erinnerten ihn. Er setzte sich zu Sergio an den

Tisch, griff beherzt zu, bedauerte insgeheim, bei der liebevollen Zubereitung nicht geholfen zu haben.
„Es ist perfekt, es soll so sein", sagte Sergio. „Es hält gesund und jung."
Und Maris ergänzte: „Schön. Es hält so schön. Nicht wahr? Nicht wahr?" Zärtlich streichelte er die glatte, weiche Haut seines Freundes, berührte dann sich selbst, leicht nur, fast ehrfurchtsvoll, seufzte, lächelte. „So schön. So wundervoll. Mach uns unsterblich."
Sergio küsste seinen Mund.
„Das bist du schon. Mein süßer Kastrat. Blutrot die Lippen, blutrot das Lied."
„Ich werde nur die Hoden verspeisen. Und die Zungen. Was meinst du?" Maris sah ihn erwartungsvoll an. Blaue Augen. Goldgesprenkelt. So groß. Ein dichter Wimpernkranz.
Sergio umarmte ihn.
„Wenn es einem gebührt, dann dir. Ich werde mehr von ihnen holen."
Maris klatschte begeistert in die Hände.
„Ich werde dich begleiten. Ich liebe sie. Sie sind so zauberhaft in der Dunkelheit. Ich bade sie, ich parfümiere sie, ich füttere sie mit Süßigkeiten. Wir lieben sie. Ich werde ihre Hoden essen. Meine Stimme … oh, mein Herz."
Sergio nickte.
„Deine Stimme soll satt werden, Prinz."
Und wahrhaftig, immer kraftvoller, höher, schallender soll Maris gesungen haben, so überirdisch hallend, dass sie alle von ihren Sitzen sprangen und jubelten.
„Er wird immer besser. Man kann nicht ewig noch besser werden. Die Engel haben ihn geküsst. Es sind ihre Weisen."
Als Marcello von Sergio erfuhr, tobte er. Maris. Ein schwuler Krüppel. Nicht mehr als das. Wie erbärmlich. Und wie tröstlich für ihn, dass er niemals von den irritierenden Mahlzeiten erfuhr. Er starb in der Garderobe seines Sohnes als wütender Mann. Da war nichts anderes.
Wer ihn getötet und verstümmelt hatte, kam nie heraus. Vermutlich Sergio. Maris? Mag sein. Er bekundete seine Trauer um den Vater öffentlich nie. Nachdem er verschwunden war, gingen die Lichter aus. Und irgendwann wieder an. So einfach war es letztendlich doch. Das Ende verstummte. Und nur der Wind sang noch irgendwas, das klang wie Blutrot die Lippen, blutrot das Lied...

Regina Schleheck – Dölfchens wunderbarer Waschsalon (2013)

Dölfchens wunderbarer Waschsalon
Regina Schleheck
Edmund hatte ausgelitten, und Mutter wollte nicht aufhören zu weinen. Da schlug der Vater ihr mitten ins Gesicht. Sie hatte die Augen geschlossen und nicht damit gerechnet. Ihr Kopf flog so heftig nach hinten, dass sie das Gleichgewicht verlor und mit einem Schrei vom Stuhl kippte. Er trat zu, bis sie nur noch leise wimmerte. Es tat weh, sie so zu sehen. Nicht wegen des Kummers und der Schmerzen. Es tat weh zu sehen, wie sie sich fallen ließ. Wie ein Tier. Als Vater in der Woche davor den Hund verprügelte, hatte der sich ihm genauso zu Füßen geworfen, die Läufe vorgestreckt, und dann hatte er tatsächlich uriniert, was Vater zur Nilpferdledernen greifen ließ. Er hörte nicht auf, bis die Lache, in der der Hund lag, sich dunkelrosa färbte.
Mir konnte er nichts mehr tun. Ich hatte zu viel Karl May gelesen. Vorher war ich jeden Abend verprügelt worden. Weil ich immer zu spät nach Hause kam. „Warum tust du das, Dölfchen?“, fragte Angela. Ich zuckte die Schultern: „Ich kriege sowieso eine Tracht, egal, was ich mache. Wenn ich pünktlich komme, habe ich eine Stunde weniger. Wenn ich wegbleibe, kann ich eine Stunde länger spielen. Die Prügel dauern nur fünf Minuten.“
Karl May hat mich gelehrt, dass man seinen Schmerz nicht zeigen soll. Das hab ich gemacht. Ich hab laut mitgezählt. Zweiunddreißig Peitschenhiebe. Meine Mutter stand vor der Tür mit dem Ohr am Holz. Sie kann es bestätigen. Ich hab bis zweiunddreißig gezählt und kein bisschen geschrien. Als er im Wirtshaus war, kam sie ins Zimmer und hat mich gesalbt und getröstet. Sie versteht nicht, dass Härte das einzige ist, was hilft. Die Menschen sind heute alle verweichlicht. Drei Kinder hatten meine Eltern schon verloren. Bei Edmund waren es die Masern. Auch die Indianer sind an Masern gestorben. Im Überleben zeigt sich, wer aus dem richtigen Holz ist. Es war das letzte Mal, dass Vater mich mit der Peitsche verprügelt hat.
Angela ist meine Halbschwester. Sie und Alois sind schon fast erwachsen. Als Vater zum ersten Mal mit der Peitsche ausholte, war ich drei. Ich hätte es mir sicherlich nicht merken können, wenn sich

mir Angelas Bild nicht so eingebrannt hätte. Sie ist sechs Jahre älter, trug lange blonde Zöpfe. Von hinten an der Hose hat sie meinen Vater gepackt und von mir wegzuzerren versucht. Alois, der Ältere, hat sich nur weggeduckt. Aber sie hat gekämpft. An den Zöpfen hat er sie gerissen und in die Ecke geschleudert. Von mir hat er immerhin abgelassen. Vorerst.
Als ich so alt war wie Angela damals, konnte ich für mich schon Sorge tragen. Aber jetzt war Edmund gestorben, und Mutter lag meinem Vater winselnd zu Füßen. Ich sann auf Abhilfe.
Es sollte noch drei Jahre dauern, ehe mein Vater ganz unerwartet im Gasthaus an einer Lungenblutung starb. Kein schöner Tod. Aber unauffällig. In allen Städten hatte sich eine Rattenplage ausgebreitet. Die Biester sind intelligent. Wenn sie sehen, dass einem der ihren der Fraß nicht bekommt, machen sie einen Bogen darum. Also braucht man ein Mittel, das man nicht rausschmeckt und das verzögert wirkt. In Wein lässt es sich hervorragend auflösen.
Der Versuch hat mich sehr ermutigt mich mit Säuberungsprozessen zu beschäftigen. So viel Schmutz, so viel Elend auf der Welt, so viele schädliche und verderbliche Faktoren! Und auf der anderen Seite so unglaubliche Möglichkeiten nie gekannter Durchschlagskraft und Effizienz.
Wir zogen von Leonding nach Linz und atmeten Stadtluft. Großdeutsche Ideen lagen in der Luft. Großartige Entwicklungen. Überall schritt die Elektrifizierung voran. Trambahnen und Automobile fuhren auf den Straßen. Aber nicht nur im öffentlichen Raum, auch in den Haushalten tat sich etwas. Amerikanische Erfinder hatten eine Entstaubungspumpe entwickelt, mit deren Hilfe der Schmutz nicht mehr mühsam weggefegt und durcheinandergewirbelt werden musste, sondern er wurde durch einen Luftstrom angezogen und gleich in einen Behälter befördert, mit dem man ihn entsorgen konnte.
Ebenfalls aus Amerika kam eine Erfindung, die Hamilton Smirts Trommelwaschmaschinen und die Nevburg'schen Patentwaschmaschinen weiterentwickelte und in den Salons der Stadt Furore machte: elektrische Maschinen zum Waschen und Mangeln. Wenn ich daran dachte, wie sich Mutter mit der Wäsche plagte, mit den riesigen Kesseln, dem Soda, das ihr die Hände rissig und wund machte, mit Einweichen, Rühren, dem großen Holzstab, dem Waschbrett, mit Spülen, Wringen – ich hätte ihr so gerne das Leben

leichter gemacht! Mitnichten war mit dem Abgang meines Vaters das Paradies ausgebrochen. Es gab keine Prügel mehr, aber das Geld war knapp.
Auf der Suche nach einem kleinen Zubrot hatte ich die besseren Häuser abgeklappert, und siehe da, man konnte mich für kleine Botengänge verwenden. Als Laufbursche kam ich nicht nur herum, sondern konnte auch Einblicke in die inneren Zustände der Linzer Bürgerhäuser nehmen. In der Kirchgasse Nummer neun lernte ich Stefanie kennen. Isak Stefanie, um es genau zu nehmen. Eine Jüdische. Aber das sah man ihr nicht an. Sie war von strahlendem Blond, einer natürlichen Geradheit, einer stolzen Haltung, die mein Herz im Sturm einnahm. Ich suchte, so oft es ging, ihre Nähe, auch wenn ich mir nicht sicher war, ob sie einen Dienstboten wie mich überhaupt wahrnahm. Der glückliche Zufall wollte es, dass just im Salon ihrer Mutter ein Handelsvertreter einer deutschen Firma aus Gütersloh, Miele hieß sie, den Prototyp einer elektrischen Waschmaschine vorstellen sollte. Alle Damen der Gesellschaft rissen sich darum, bei dem Ereignis zugegen zu sein. Es war Linzer Tagesgespräch. Für die Präsentation sollten einige Vorkehrungen getroffen werden. Der Salon wurde hergerichtet, das ganze Haus einer Räum- und Reinigungsaktion unterzogen, für den Empfang mussten Einkäufe getätigt werden, daher waren Handlangerdienste gefragt, und ich ließ die Schule umso lieber links liegen, als ich Gelegenheit witterte, meiner Stefanie nahe sein zu können.
Am Vorabend war ich der letzte, der den Waschsalon vorbereitete. Ich wich nicht eher, als bis der letzte Handgriff getan, der letzte Dienstbote entlassen worden war. Nie war ich Stefanie so lange und so intensiv nahe gewesen, und den Moment wollte ich bis zur Neige auskosten! Die beiden Damen des Hauses waren in die Küche gegangen, und ich schlich mich hinterher, um mir kein Wort von den Lippen meiner Liebsten entgehen zu lassen. Als ich mich im Zwielicht des abendlichen Flurs an die Wand neben dem Türrahmen presste, vernahm ich einen abgrundtiefen Seufzer.
„Ach, Mutter", sagte meine Holde, „kannst du bitte dafür Sorge tragen, dass dieser Kerl unser Haus nicht mehr betritt?"
„Er ist anstellig", entgegnete ihre Mutter. „Gute Arbeitskräfte sind heute selten."
„Er starrt mich auf unverschämte Art und Weise an", sagte Stefanie. „Wenn er morgen dabei ist, wird er mich zum Gespött der ganzen Stadt machen."

„Contenance, liebes Kind!“, gab die Mutter zurück. „Er ist ein Subalterner, ein Untermensch. Wer sich von derartigen Subjekten beeinträchtigt fühlt, vergisst seine gesellschaftliche Position.“
Die Tochter stampfte mit dem Fuß auf. „Ich mag seine dumme Fratze nicht mehr sehen! Dieses alberne Oberlippen-Bärtchen, dieser stutzerhafte Seitenscheitel, dieses dümmliche Grinsen!“
Die Stimme ihrer Mutter wurde scharf. „Schluss damit! Du gehst jetzt mit mir in den Salon, und dann wirst du ihn in aller Freundlichkeit nach Hause schicken. Zeig mir, wie eine Dame sich in einer solchen Situation benimmt!“
Ich huschte zurück in den Salon, in meinem Herzen, in meinem Hirn herrschte Chaos. Konnte es wirklich möglich sein, dass von mir die Rede gewesen war? Vollkommen kopflos fühlte ich mich außerstande, Stefanie in diesem Gemütszustand gegenüberzutreten. Weg, nur weg! Am liebsten hätte ich mich in Luft aufgelöst! Das leere Zimmer wirkte geräumig und sehr aufgeräumt. Nichts, wo ich mich hätte den Blicken entziehen können. Bis auf – mein Blick fiel auf den riesigen Waschbottich, der in der Mitte des Salons aufgebaut war. Sekunden später zog ich den schweren Holzdeckel über mir in seine ursprüngliche Position. Schlagartig verstummten alle Geräusche. Es wurde stockfinster. Nur ein leises kratzendes Geräusch drang kurz darauf noch an meine Ohren. Ich brauchte eine Weile, ehe ich begriff, was es bedeutete. Jemand hatte die Verriegelung der Waschmaschine geschlossen.
Als ich realisierte, dass es kein Entrinnen aus dieser unwürdigen Lage gab, geriet ich in einen Zustand äußerster Panik. Ich versuchte, den Deckel zu öffnen. Er bewegte sich keinen Millimeter. Ich tastete die Wände ab, klopfte in steigender Erregung dagegen, rief um Hilfe. Vergebens. Mein Refugium war innen mit Metall ausgekleidet, an dem ich mir die Fäuste wund hämmerte, meine Schreie gellten mir in den Ohren, die im Nu ertaubten. Innerhalb kürzester Zeit wurde mir die Luft knapp. Meine Kraft erlahmte. Dann spürte ich nur noch mein Herz wummern und versank in einen Schwebezustand, in dem mir das Bewusstsein zu schwinden drohte. Vorstellungen zuckten durch meinen Kopf, Bilder, Visionen – Angst, Traum, Realität, alles vermengte sich zu einem Brei, in dem nur noch von Zeit zu Zeit ein klarer Gedanke aufblitzte: Irgendwann würde jemand diese Maschine öffnen. Aber ob der Sauerstoff so lange vorhielt? Ich hatte keine Ahnung, wie dieses Gerät funktionierte. Was, wenn man es anstellte, ohne es zu

öffnen? Nein, man würde es zunächst befüllen. Man würde einen Berg verunreinigter Wäsche über mich schütten. Wenn ich dann noch halbwegs bei Kräften wäre, würde ich mich erheben, auftauchen aus dem Schmutz. Ich würde erschöpft um Haltung ringen, vermutlich schwankend dastehen, einen Liebestöter meiner Stefanie auf dem Haupte, so würde ich mich den Damen der Linzer Gesellschaft darbieten. – Und wenn ich keine Kraft dazu mehr besäße? Wenn das Wasser in den Kessel eingelassen, zum Sieden gebracht würde, während ich halbtot am Boden des Trogs lag?
Ich glitt in einen Traumzustand, vielleicht eine Strategie meines überforderten Hirns, das mich trösten wollte, mir Bilder vorgaukelte, die den Gefühlen, die sich tief in mir hervordrängten, Raum gaben, Ausdruck verliehen. Ein innerer Reinigungsprozess, eine Katharsis, mit der ich gleichzeitig mit der Welt abrechnete, mit meinem Leben, das bis dahin meinen Kampf ums Über-Leben, um Würde, mein Ringen um ein besseres Dasein so schmählich missachtet hatte. Ich sah eine Welt vor mir, eine Gesellschaft, wie sie sein sollte. Wie ich sie gestalten würde. Eine Welt, in der die Guten, die Starken das Ruder übernahmen und sie befreiten von all der verlogenen, der falschen Muschpoke, die diesen Planeten verunreinigte. Ich sah gesunde, schöne Menschen, die sich dauerhaft zusammenschlossen zu einer großen Volksgemeinschaft. Zu einem tausendjährigen Reich. Menschen wie Angela, aufrecht, tapfer, stolz, edel. Blond. Bessere Menschen. Sie würden die Welt erobern und alles ausmerzen, was sich ihnen entgegenstellte. Verbrecher, Juden, Ratten. Untermenschen. Ich sah eine Welt, die ich gestaltete und in der man mir dafür allerhöchsten Respekt zollte. Ein Paradies, in dem ich schließlich auch meine Eva finden würde, um mich mit ihr zu vereinigen in einem nie enden wollenden Liebestaumel. Mit diesen Bildern versank ich schließlich in einer gnädigen, einer unabsehbaren Schwärze.
Das Geräusch, das mich wieder in die oberen Schichten meines Bewusstseins beförderte, war ein wiederkehrendes Scharren, ein Rasseln, das lauter wurde, bis es meine Umgebung zum Vibrieren brachte. Ich fühlte den Boden unter mir schwanken und hatte Mühe, mich zu orientieren. Wo war ich? Dann fiel es mir nach und nach wieder ein. Ich musste geschlafen haben. Vermutlich hatte ich den mir verbliebenen Sauerstoff dadurch auf ein Minimum heruntergefahren. Denn offensichtlich lebte ich noch. Aber was waren das für Laute, was für eine Bewegung? Hatte man die

Maschine angestellt? Ohne sie vorher zu öffnen? Im gleichen Moment, in dem der Gedanke in mir aufblitzte, wurde nach einem dumpfen Stoß ein schmaler Lichtstreif über mir sichtbar. Ich schloss geblendet die Augen. Wieder ein Stoß. Das Licht wurde heller, wie ich sogar durch meine geschlossenen Augen wahrnahm. Noch ein Stoß. Dann ein Schrei.
Ich versuchte, etwas über mir zu erkennen, aber es war schier unmöglich. Da war nur ein helles, gleißendes Licht. Dann Stimmen. Viele Stimmen. Sie redeten in einer Sprache, die ich nicht verstand.
„'allo?“, rief ich nach oben. Die Zunge klebte mir am Gaumen, ich lallte mehr, als dass ich artikulierte.
Die Stimmen wurden erregter. Aber immer noch verstand ich kein Wort. Es waren nicht nur Frauenstimmen, mehrere Männer mussten dabei sein. Dabei war da doch nur der eine Mann, dieser – wie hieß er denn noch? Dieser Vertreter, der diese Maschine da aufgebaut hatte – der Name der Firma war mir grad entfallen. Alles, was sich gestern abgespielt hatte, schien auf einmal endlos weit zurückzuliegen. Tausend Jahre. Ein tausendjähriges Reich hatte ich errichten wollen. Richtig! Aber wo war ich jetzt? Diese Menschen, die sich über den Bottich beugten, konnten nicht die Linzer Salonieren-Muschpoke sein. Hatte man die Polizei gerufen?
Neue Stöße ließen meine enge Welt erschüttern. Frische Luft, Licht flutete mich, so dass eine ganze Milchstraße hinter meinen geschlossenen Augenlidern zu tanzen begann. Ich spürte, wie mich etwas unter den Achseln packte und nach oben zog. Einen Moment lang zappelte ich hilflos in der Luft, dann wurde ich sanft zu Boden gelassen. Die Knie wurden mir weich, ich sackte zusammen. Wieder wurde alles schwarz um mich.
Ich fand mich wieder in einem Raum, der einem Wintergarten oder einem riesigen Glaskasten glich und hinter dem sich eine Art botanischer Garten auftat. Die Wände waren transparent, offensichtlich auch so weit durchlässig, dass ich ein lindes Lüftchen wehen spürte. Ich konnte die prächtigen Pflanzen, die mir gänzlich unbekannt waren, riechen, sie verströmten einen gefälligen Duft, lieblich, aber doch mit einer herben Beinote, betörend und exakt so, wie ich es mochte, ohne dass ich jemals einen Gedanken daran verschwendet hätte, wie ein Geruch beschaffen sein sollte, den ich am meisten liebte. Das grelle Licht war einer gerade richtig warmen, strahlenden, aber nicht blendenden Helligkeit gewichen. Ich lag auf einer Unterlage von angenehmer Konsistenz, fest, ohne hart zu

sein, sondern gerade so weich, dass ich mich wohlig räkeln konnte. Das Mobiliar war spärlich, aber zweckdienlich. Ein Tisch, ein Stuhl, eine Art Schrank, eine Wasserquelle. Neben meinem Lager eine Tür in einer Wand, die nicht transparent und von einer undefinierbaren Konsistenz war, eine Tür, die ich gar nicht als solche erkannt hätte, wenn sie nicht unversehens aufgeglitten wäre. Fast geräuschlos. Herein trat eine Frau. Blond. Aufrecht. Stolz. Nicht Angela, nein. Schon gar nicht Stefanie. Diese Frau war größer, schöner, gepflegter, würdevoller, als ich je eine Frau gesehen hatte. „Eva!", schoss es mir durch den Kopf. Sie strahlte mich an, nickte mir zu, und ich versuchte, mich aufzurichten, ihren Gruß zu erwidern, aber das Einzige, was mir gelang, war ein vermutlich etwas verrutschtes Lächeln. Erschöpft sank ich zurück auf mein Lager.
Sie zog den Stuhl an das Bett heran, setzte sich und legte eine Hand auf meinen Unterarm. Ein wohliges Schaudern durchflutete mich. Es kribbelte so stark, dass ich meinen Unterleib spürte, der zu neuem Leben erwachte. Dankbar wurde ich mir der Decke bewusst, die man über mich gelegt hatte. Sie neigte den Kopf, es wirkte geradezu so, als wollte sie mir zuhören. Dabei hatte ich noch keinen Ton gesagt, ebenso wenig wie sie einen Laut von sich gegeben hatte. Ihre Miene war ernst. Bei aller Strenge umgab sie aber ein Strahlen, vielleicht eher eine Art Aura, ein positives Fluidum, das mir nahezu blindes Vertrauen einflößte. Vielleicht war es auch der Geruch, den sie verströmte, diskret zwar, den ich aber doch jetzt, wo sie mir so nahe war, deutlich wahrnahm, weil er den Duft der Pflanzen überlagerte. Er erinnerte mich an etwas, ganz entfernt. – Meine Mutter! Meine geliebte Mutter! Ach, aber sie hatte doch ganz anders gerochen! Angst hatte sie ausgeströmt, Unterwerfung – aber da war auch etwas von dem gewesen, was diese Frau mir vermittelte. Herzensgüte, Liebe. Ja, Liebe, war es, unbedingte Zuneigung, egal, was ich verbrochen hatte oder wie ich mich benahm. Sie liebte mich, wie ich war. Selbst wenn sie nicht guthieß, was ich tat. Meine Verspätungen, meine Widerworte, die indirekten Aufstacheleien gegen den Vater, seinen Tod. Sie musste es gewusst haben. Immer. Natürlich hatte sie es nicht gutgeheißen! Aber sie hörte nicht auf, mich zu lieben! Meine Mutter. So fühlte es sich an.
„Dölfchen", sagte die Frau mit einem Mal, und jetzt hatte sie exakt den Tonfall meiner Mutter. Ihre Artikulation war anders, es schien, als spräche sie eine fremde Sprache, als müsste ihre Zunge die

ungewohnten Laute erst erarbeiten, als kostete sie seinen Klang vor.
„Dölfchen“, wiederholte sie, „soll ich dich so nennen?“
„Natürlich“, entgegnete ich und wunderte mich über mich selbst. „Dölfchen“ hatten Mutter und Schwester mich genannt. Ich war durchaus mittlerweile in einem Alter, in dem man beanspruchen konnte, mit dem vollen Namen angesprochen zu werden. – Woher, verdammt noch mal, kannte diese Frau überhaupt meinen Namen?
Sie zuckte kurz zusammen. „Bitte nicht fluchen“, bat sie.
Ich starrte sie an, wollte eben sagen: „Aber ich hab doch gar nicht –“, da fiel mein Blick auf ihre Hand, die nach wie vor auf meinem Unterarm lag. Ein Gedanke schoss mir durch den Kopf. Ich riss meinen Arm weg. Schlagartig hörte das angenehme Kribbeln auf. Sie guckte mich mit großen Augen an. Etwas wie Traurigkeit mischte sich in den Blick. Dann sagte sie etwas Unverständliches. Die Laute erinnerten an die Sprache, die ich vernommen hatte, als man mich aus dieser Waschmaschine befreite.
Die Waschmaschine! – Was ging hier eigentlich vor, verdammt?
Diesmal zuckte sie nicht zusammen. Sie hob die Hand, als wartete sie, dass ich ihr erneut meinen Arm anbot. Ich tat es, und wieder durchkribbelte es mich bis ins letzte Glied – ja, das ganz besonders! Ich war mir auf einmal vollkommen sicher, dass sie es wusste, dass sie mich durchschaute.
„Warum auch nicht?“, sie lächelte. „Du bist ein Mann. Aber fluchen solltest du trotzdem nicht.“
Der Ton, in dem sie „Mann“ sagte, elektrisierte mich dermaßen, dass ich mich jäh auf die Seite rollen musste, die hochschnellende Wölbung der Bettdecke verbergend. Nein, an diesem Tonfall erinnerte mich nichts an meine Mutter.
Sie lachte herzlich, wurde aber sofort wieder ernst.
„Du begehrst zu wissen, was es mit der Waschmaschine auf sich hat“, sagte sie.
Ich nickte, obwohl ich in diesem Moment ganz andere Dinge begehrte.
Wieder lächelte sie und fuhr dann fort: „Es war ein Prototyp.“
Daran erinnerte ich mich durchaus. Aber was trug das zur Klärung bei? Die Firma Miele – da war der Name wieder!
„Sie war zur Weltrettung entwickelt worden.“
„Wer? Die Maschine?“, entfuhr es mir. – Was war das denn für ein hirnverbrannter Blödsinn? Bei aller Liebe zu meiner Mutter und allen geknechteten Frauen dieser Welt, die mit ihrer Hände Arbeit

mühsam die Wäsche reinigen mussten – eine Waschmaschine mochte ihnen durchaus eine gewisse Entlastung verschaffen, aber zur Weltrettung taugte sie noch lange nicht! Die Visionen tauchten wieder in mir auf, die ich im Dunkel der Maschine entwickelt hatte: Säuberung. Vernichtung aller lebensunwerten Kreaturen, Schaffung eines Lebensraums für eine Herrenrasse, die von mir geführt würde –

„In deinem Fall hat sie in den Zeitreisemodus umgeschaltet." Mein Gegenüber runzelte die Stirn. „Bitte unterlasse diese Ausdrücke."
„Was?"
„Die Maschine hat dich tausend Jahre weiter gebeamt."
„Gebeamt?"
„Entschuldige", sagte sie, „die Vokabel hab ich aus meinen rudimentären Archaische-Sprachen-Kenntnissen, die hab ich nicht aus deinem Hirn gezogen. Das muss aus einer späteren Epoche sein. Ich dachte, es passte."
Was redete dieses Weib bloß? Ich wurde immer verwirrter.
Sie war rot geworden. „Du musst wirklich verzeihen", sagte sie. „Es kommt nicht allzu häufig vor, dass ich Gelegenheit habe, mit jemandem zu reden, der aus dem zwanzigsten Jahrhundert stammt."
Was sollte das jetzt wieder heißen? Sie tat gerade so, als sei ich hundert Jahre älter als sie! Dabei war sie doch augenscheinlich –
„Wie alt – äh, wie heißt du eigentlich?" Im letzten Moment fiel mir ein, dass man eine Dame besser zuerst nach dem Namen fragt, bevor man alles Weitere erkundet.
„Eva", sagte sie, und da wusste ich endgültig, dass ich entweder vollkommen durchgeknallt oder aber im Paradies gelandet war. – Ja, warum nicht? Ich war gestorben, und das hier war das Paradies! Mir sollte es recht sein. Ich hatte meine Eva gefunden! Und wenn ich tatsächlich durchgeknallt sein sollte, so war dies jedenfalls eine der angenehmsten Arten der Verrücktheit, die ich mir je hätte ausdenken können.
Wieder errötete sie. Aber sie fasste sich schnell wieder.
„Lieber Adolf", sagte sie, „es hat schon alles seine Richtigkeit. Du lebst und bist immer noch auf dem Planeten Erde. Ich hatte die Projektleitung und damit auch die Verantwortung für deine Deportation."
„Depor– was?"

Sie sah ein wenig verwirrt drein. „Ich hab den Begriff in deinem Kopf gefunden. Mag sein, dass du ihn noch nicht recht entwickelt hattest. Aber er war dort schon angelegt."
„Deportation." Ja, mir dämmerte etwas. – Die Judensau! Stefanie! Jäh flammte die Wut in mir wieder auf. „Untermensch" hatte ihre Mutter mich genannt!
„Beruhige dich", sagte Eva sanft.
Ich tat's. Ihre Wirkung auf mich war wirklich ungeheuerlich. Sie las meine Gedanken. Sie verstand alles. Meine Wut. Sie hörte mein innerliches Fluchen. Aber sie ließ mich nicht die geringsten Ressentiments spüren, auch wenn sie missbilligte, was ich dachte. Sie reagierte auf eine Art und Weise, die mich selbst friedlich stimmte.
„Bitte, Adolf, es tut mir leid, aber man hat dich ins Jahr 2906 befördert. Es ist etwas schiefgelaufen."
„Was? 2906? – Das kann nicht sein! Ich müsste ja zu Staub zerfallen sein!"
Keine Sorge, das beherrschen wir schon. Zeitreisen überlebt man, wie du siehst. Zu deiner Zeit war das sicherlich noch nicht vorstellbar." Sie stockte. „Das Problem ist nur: Ich kann dich nicht mehr zurückschicken."
„Moment mal! Wieso – inwiefern ist da überhaupt etwas schiefgelaufen?
Sie seufzte. „Der Plan war anders. Miele sollte dich aus dem Verkehr ziehen, mehr nicht."
„Miele? Die Waschmaschine? Sie hatte einen Auftrag? – Von dir?"
„Ja. Miele steht für 'Maschinen zur Internierung beziehungsweise Extraktion lebensbedrohender Existenzen'. Wir mussten es tun, um unsere eigene Existenz zu sichern. Unser tausendjähriges Reich, das verstehst du doch!"
Nun, für den Wunsch nach tausendjährigen Reichen hatte ich durchaus irgendwie Verständnis. Aber was hieß hier 'Internierung beziehungsweise Extraktion lebensbedrohender Existenzen'? „Ihr wolltet mich aus dem Verkehr ziehen?", fragte ich, immer noch ungläubig.
„Eine Säuberungsaktion, ja. Eine Weile einsperren beziehungsweise ins Exil schicken. Jeden, der das friedliche Miteinander durcheinanderzubringen drohte, musste wir ausschalten. Zumindest bis die kritische Phase vorbei war."

Ich war empört. Wieso gerade ich? Wenn irgendjemand das friedliche Miteinander in empfindliches Ungleichgewicht gebracht hätte, dann war es gewiss nicht ich! Ich war doch immer nur das Opfer gewesen! Zuallererst meines Vaters – okay, im Nachhinein kann man sich in dem Zusammenhang über den Begriff „Opfer" sicherlich streiten. Aber er hatte angefangen, ganz klar! Alles andere war Notwehr gewesen! „Und was, bitte schön, hattet ihr von mir zu befürchten?"
„Oh, je", meinte sie, „das willst du gar nicht wissen."
Natürlich wollte ich das, und sie wusste das auch.
„Nun gut. Du hättest einen Weltkrieg entfacht, halb Europa erobert, die Juden dort so gut wie ausgerottet, daneben alle, die dir nicht passten. Einschließlich der gefallenen Soldaten wären dir alles in allem gut dreizehn Millionen Menschen zum Opfer gefallen."
„Waaas?"
Eine Weile schwiegen wir beide.
„Äh, findest du das nicht ein wenig arg spekulativ?", fragte ich schließlich.
„Unsere Prognosen sind eigentlich ziemlich genau", entgegnete sie trocken. „Besser als die Miele-Waschmaschinen."
„Habt ihr noch andere aus dem Verkehr gezogen?", wollte ich wissen.
„In tausend Jahren sicherlich einige Millionen", entgegnete sie. „Sonst wären du und ich jetzt nicht hier."
Das fand ich durchaus ein Stück weit entlastend.
„Du warst allerdings der schlimmste Fall. – Ich muss gestehen, ich war sehr neugierig, als es hieß, du seist angekommen."
„Und ein Zurück gibt es nicht?", vergewisserte ich mich.
Sie lachte. „Wie denn? Dann wäre die Welt längst untergegangen. Es gäbe dieses Leben in Freiheit und Liebe nicht."
Freiheit und Liebe. Da regte sich schon wieder etwas. Ah, dieser Drang! Ich wollte stürmen! Vorwärts! „Eva – wie heißt euer tausendjähriges Reich?"
„Paradies", gab sie zurück. Sie erhob sich und beugte sich über mich. „Ganz ehrlich, Dölfchen, ich hab den Eindruck, du bist gar nicht so. Irgendetwas muss da ziemlich aus dem Ruder gelaufen sein."
Ruder. Wieder so ein Begriff. Und dann in diesem Tonfall! Ich konnte mir ein Stöhnen nicht verkneifen.

Ihr Lachen gurrte. „Du bist schon aus dem richtigen Holz", sagte sie. „Hart. Aber nicht brutal, nicht wahr?"
Ich zog sie an mich. Da war kein bisschen Widerstand. Aber auch kein bisschen Unterwerfung. Miele sei Dank! „Ich zeig's dir!", sagte ich.

Merlin Thomas – Operation Heal (2013)

Amerika hat – nein, wir haben in dem letzten Jahrzehnt der Welt nicht so gedient, wie unsere Position in der Welt, wie unsere Verantwortung für die Welt es von uns, von Amerika verlangt.
Im Gegenteil, Amerika hat – nein, wir haben in dem letzten Jahrzehnt der Welt Schaden zugefügt.
Das letzte Jahrzehnt ist vorbei. Das letzte Jahrhundert ist vorbei. Das letzte Jahrtausend ist vorbei. Wir leben in einer neuen Zeit. Einer Zeit für ein neues Amerika, ein Amerika des neuen Jahrtausends. Ein Amerika, das die Größe besitzt, der Welt zu dienen, der Welt zu helfen, die Welt zu heilen.
Wir werden – nein, Amerika wird die Welt heilen von den Wunden, die nicht nur wir ihr zugefügt haben.
Für dieses Amerika stehe ich. Dieses Amerika werde ich erschaffen. Mit Ihrer und mit Gottes Hilfe.
Aus der Antrittsrede von Präsident Ashton J. Jacobs, 20. Januar 2001.

Am dritten Tag unserer Aufklärungsfahrt durch das Operationsgebiet stießen wir auf eine Ansiedlung aus acht improvisierten Gebäuden bei den Koordinaten +2° 23' 42.2“, +42° 02' 20.9“, die um eine kleine Wasserquelle herum angeordnet waren. Wir umrundeten sie in unserem Fahrzeug. Über die Infrarotkameras konnten wir um die zwei Dutzend Individuen ausmachen, die sich zwischen ihren Blech- und Strohhütten verbargen. Eine unbekannte Zahl an Individuen war innerhalb der Hütten zu vermuten. Die Vorfallsrestbelastung lag im erwarteten Rahmen (siehe Messprotokoll im Anhang).
Gemäß den Missionsdirektiven hielten wir in sicherer Entfernung und schickten eine Gruppe in Strahlenschutzanzügen hinaus. Wie in den Durchführungsvorschriften zur Erkundungsmission im Operationsgebiet festgelegt, nahmen wir Boden- und Wasserproben im Dorf und in den verschiedenen vorgeschriebenen Entfernungen.
Wir nahmen Kontakt mit den Einwohnern auf und konnten mithilfe des mitgeführten elektronischen Übersetzers schnell in Verhandlungen eintreten. Nach der audiovisuellen Dokumentation der Auswirkungen des Vorfalls auf die Physiologie der Einwohner sowie der einvernehmlichen Entnahme verschiedener Proben (Blut, Speichel, Urin) konnten wir zwei der Einwohner überzeugen, uns

zurück zum Missionszentrum für eingehende Untersuchungen zu begleiten.
Aus dem Missionsbericht von Lt. Henrik Masters, kommandierender Offizier 3rd Platoon (Deep Recon), 2nd FORECON, USMC, 14. März 2001.

„Sind wir drauf?“ Die Reporterin drückte sich die Hand gegen das rechte Ohr. Über ihr Mikrofon gebeugt schaute sie fragend knapp an der Kamera vorbei. Sie nickte bestätigend und blickte lächelnd direkt in die Kamera.
„Hallo und herzlich willkommen. Hier ist Karen Metcalf für *US News Network* live von der *USS Abraham Lincoln*.“ Sie schrie, um den Lärm der startenden Hubschrauber zu übertönen, zu denen sie jetzt deutete.
„Hinter mir sehen Sie die Hubschrauber, die seit dem Eintreffen des Trägers und seiner Begleitflotte hier am Horn von Afrika gestern Abend rund um die Uhr im Einsatz sind, um Menschen und Material an Land zu bringen.“ Sie drehte sich zurück zur Kamera und deutete zur Seite. „Schwenk mal dort rüber, Matt.“
Der Kameramann folgte ihrer Anweisung und zoomte das Land heran. Hubschrauber setzten auf, wurden entladen. Andere hoben ab, stürzten sich mit gesenkter Nase dem Flugzeugträger entgegen. Landungsboote spien Fahrzeuge aller Größen und Arten an Land. G.-I.-Ameisen wuselten durch das Lager, trugen Kisten, bauten Zelte.
„Weniger als eine Meile von uns entfernt liegt das ehemalige Somalia, die Wunde in der Welt, wie Präsident Jacobs es nannte, die Wunde, die *Operation Heal* schließen wird“, erläuterte die Stimme der Frau aus dem Off. „Bleiben Sie dran, nach einer kurzen Unterbrechung melden wir uns aus dem entstehenden Basislager *Port Bush* wieder.“
Beginn der 24/7-Liveberichterstattung über Operation Heal durch US News Network, 19. September 2001.

Tom Hoyt, Barkeeper: „Ja, den Kerl kenne ich. Voll der Schaumschläger. Der war öfter hier. Vorgestern? Ja, ja, vorgestern auch. Da hatte ihn so ne Tussi angebaggert und er hat richtig vom Leder gezogen. Von seinem Einsatz in der Wunde. So ein Spinner. Hat erzählt, er hat mit seinem Platoon da ein Mutantendorf dem Erdboden gleichgemacht. So richtig rambomäßig, mit MG und Flammenwerfer und so. Dabei weiß doch jeder, dass unsere Jungs

für den Wiederaufbau drüben sind. Aber die Tussi stand voll drauf. Die sind dann hinten raus zusammen. Die trug so ein Leopardenfummel und High Heels. Wie? Nee, die war zum ersten Mal hier. An die hätte ich mich auf jeden Fall erinnert. Andere Auffälligkeiten? Mal überlegen. Hm, wissen Sie, was komisch war? Kurz nach den beiden sind noch zwei Typen hinten raus. Die haben mir einen Zwanziger liegen lassen, aber deren Bierflaschen waren noch ganz voll. So Schnösel in Poloshirts."
Auszug aus den Augenzeugenaussagen zum Verschwinden von Henrik Masters, aufgenommen von Detective Cathrine Grant, Los Angeles Police Department am 05. Februar 2002, aus Gründen der nationalen Sicherheit zur Verschlusssache erklärt.

„Nehmen Sie doch Platz, Colonel." Der Mann im Laborkittel deutete auf den Stuhl vor seinem Schreibtisch. Der Uniformierte hängte seine Mütze an den Haken neben der Tür, machte einen halben Schritt in die Bürokammer hinein und ließ sich nieder. Der Wissenschaftler setzte sich ebenfalls. „Was kann ich für Sie tun?"
„Meine Vorgesetzten möchten über Ihre Fortschritte informiert werden, Doktor Shepard. Bitte ..."
„Aber ich schicke doch regelmäßig meine Berichte!" Shepard stützte sich auf den Schreibtisch auf. „Und im Computernetz sind die Daten jederzeit stundenaktuell abrufbar! Warum lasst ihr uns nicht einfach unsere Arbeit machen!"
Der Offizier warf seinem Gesprächspartner einen strengen Blick zu und bedeutete ihm mit einer Handbewegung, sich wieder zu setzen. „Doktor, lassen Sie mich doch bitte ausreden." Der Wissenschaftler sank zurück.
„Also, Doktor, natürlich bekommt das Hauptquartier Ihre Berichte. Aber, nun ja, wir verstehen sie nicht ganz. Deshalb bin ich hier. Bitte erklären Sie mir in einfachen, nicht-wissenschaftlichen Worten, wo wir mit dem Projekt stehen."
„Ach so. Ah." Shepard strich sich durch das lichte Haar und rieb sich Augen und Nasenwurzel. „Also, es läuft gut. Besser als wir erwartet haben. Die von unseren Unterstützungsmannschaften ausgebrachten Nanobots graben sich durch das Erdreich und absorbieren zum einen die Strahlung und gewinnen daraus ihre Betriebs- und Reproduktionsenergie."
Der Colonel nickte.

„Außerdem“, fuhr der Doktor fort, „entziehen die Nanobots den Radionukliden direkt die überzähligen Nukleonen, um die Halbwertzeit deutlich zu reduzieren. Dies geschieht ...“
„Doktor, die Grundprinzipien sind mir klar. Wie weit sind Sie?“
„Äh, ja. Ja, natürlich.“ Er rief einige Daten auf seinem Laptop ab. „Der erste Nanobotdurchlauf hat bislang ein Drittel der uns zugewiesenen Fläche bearbeitet und die Strahlung dort um zwanzig Prozent reduziert. Den zweiten Durchlauf konnten wir somit drei Wochen vor dem geplanten Zeitpunkt starten. Die Strahlung wurde damit auf bislang fünf Prozent der Fläche auf insgesamt die Hälfte der Ausgangsdosis reduziert. Wenn es so weitergeht, werden wir noch vor Jahresende den letzten Durchlauf und in einem Jahr die Revitalisierung in Angriff nehmen.“
„Na also. Das heißt, wir werden rechtzeitig fertig?“
„Nun, wenn sich an den zu berücksichtigenden Parametern keine unvorhergesehenen Änd...“
Der Offizier räusperte sich.
„Ja.“ Shepard blinzelte. „Ja, wir werden rechtzeitig fertig.“
„Gut.“ Er stand auf, nahm seinen Hut. „Schreiben Sie das beim nächsten Mal doch einfach in Ihren Bericht. Dann kann ich mir den Weg hier heraus sparen.“ Er öffnete die Tür.
„Warum haben Sie denn nicht einfach angerufen?“
Colonel Wurtz hielt kurz inne, drehte sich aber nicht um. „Feiern Sie schön. Ich lasse Kuchen hier.“ Er ging hinaus und schloss die Tür.
Aufzeichnung der audiovisuellen Büroüberwachung, Office 01/04, Treatment Center 17, 03. Juli 2002.

Carla, mein Liebling,
ich muss hier raus. Ich muss weg. Es ist unbeschreiblich, was hier passiert. Wenn wir wirklich hier sind, um dem Land zu helfen, dann weiß ich nicht, was das für eine Hilfe sein soll. Ich habe Angst. Ich will hier weg.
Am Wochenende darf ich nach Bushville. Ich werde versuchen, mich auf ein Schiff zu schleichen und mich irgendwo hin abzusetzen, vielleicht nach Europa. Versuch, ein Visum zu bekommen, dann treffen wir uns da. In Rom. Du wolltest doch schon immer nach Rom. Wenn ich erzähle, was hier passiert, bekommen wir bestimmt Asyl.
Ich liebe dich

Mike.
Handgeschriebener Brief von Private Michael Durst, USMC, gefunden im Gepäck von Private Tom Beck, USMC, bei der routinemäßigen Durchsuchung vor Antritt des Heimaturlaubs, Port Bush, 14. Oktober 2002.

+++ EILMELDUNG: UN-Vollversammlung hebt sämtliche Sanktionen gegen die USA auf. +++ Generalsekretär Kim spricht von „Rehabilitation vor den Völkern der Erde". +++ Präsident Jacobs wird heute Abend eine Fernsehansprache an die Nation halten +++ DOW JONES steigt um 11 % +++ EILMELDUNG: UN-Vollversammlung hebt …
Laufbandeinblendung auf US News Network, 19. Dezember 2002.

Geehrte Mrs. Beck,
wir bedauern zutiefst, Ihnen als im Notfall zu benachrichtigender Person mitteilen zu müssen, dass Private Tom Beck am 15. Dezember 2002 bei einem Autounfall während seiner Dienstzeit im Rahmen der *Operation Heal* ums Leben gekommen ist.
Da der Unfall unter Alkoholeinfluss während eines Urlaubstages von dem Verstorbenen selbst verschuldet wurde, können wir leider keine Weiterzahlung der Bezüge genehmigen.
Auf eigenen Wunsch wurde der Verstorbene vor Ort bestattet.
Die persönliche Habe des Verstorbenen wird Ihnen in den nächsten Monaten gegen Erstattung der Unkosten zugestellt werden.
Bitte sehen Sie von Anfragen zu diesem Vorgang ab, da wir keine weiteren Auskünfte geben können.
Mit tiefem Bedauern über den Verlust Ihres ~~Ehemannes~~ / Sohnes / ~~Bruders~~ / ~~sonstigen Angehörigen~~.
i. A. Novack, Department of Defence.

Schreiben des United States Department of Defence an Francine Beck, 17. Februar 2003.

Geehrte Mrs. Durst,
wir bedauern zutiefst, Ihnen als im Notfall zu benachrichtigender Person mitteilen zu müssen, dass Private Michael Durst am 15. Dezember 2002 bei einem Autounfall während seiner Dienstzeit im Rahmen der *Operation Heal* ums Leben gekommen ist.

Da der Unfall unter Alkoholeinfluss während eines Urlaubstages von dem Verstorbenen selbst verschuldet wurde, können wir leider keine Weiterzahlung der Bezüge genehmigen.
Auf eigenen Wunsch wurde der Verstorbene vor Ort bestattet.
Die persönliche Habe des Verstorbenen wird Ihnen in den nächsten Monaten gegen Erstattung der Unkosten zugestellt werden.
Bitte sehen Sie von Anfragen zu diesem Vorgang ab, da wir keine weiteren Auskünfte geben können.
Mit tiefem Bedauern über den Verlust Ihres Ehemannes / ~~Sohnes~~ / ~~Bruders~~ / ~~sonstigen Angehörigen~~.
i. A. Stinson, Department of Defence.
Schreiben des United States Department of Defence an Carla Durst, 19. März 2003.

Wir werden nicht weiterhin tatenlos zusehen, was ihr unserem Volk antut. Unser Land habt ihr schon getötet, nun kommt ihr her und behauptet, ihr wollt Wiedergutmachung leisten. Wiedergutmachung! Dabei vollendet ihr nur, was ihr vor zehn Jahren begonnen habt. Nach unserem Land tötet ihr nun die Söhne und Töchter unseres Volkes. Schickt sie hinaus in die Strahlung, ungeschützt, mit dem Versprechen einer besseren Zukunft für ihre Kinder, um eure Wundermittel zu verteilen, und wenn sie sterben, verscharrt ihr sie mit euren Baggern und Planierraupen in dem Dreck, der einst ihre Heimat war.
Wenn ihr in unser Land kommt, um unser Volk zu töten, dann kommen wir in euer Land, um euer Volk zu töten. Wir haben es getan und wir werden es wieder tun. Wir werden es so lange tun, bis euer Land und euer Volk genauso tot sind wie unser Land und unser Volk. Das ist die heilige Aufgabe, die Allah uns aufgetragen hat.
Aus dem Bekennervideo der Somali Vengeance Force zu den Selbstmordanschlägen in San Francisco, Dallas und Chicago, 09. November 2003.

Das Norwegische Nobelkomitee hat sich entschieden, den Friedensnobelpreis des Jahres 2003 zu vergeben an Ashton Julian Jacobs für seine andauernden Bemühungen und Fortschritte, die „Wunden der Welt zu heilen". Jacobs hat im wahren Sinne seine Schwerter zu Pflugscharen geschmiedet. Er hat seine Soldaten in die Welt hinausgeschickt, aber nicht als Krieger, als Eroberer oder Unterdrücker, sondern als demütige Helfer, als unermüdliche

Verbesserer, als Freunde. Diesem weisen und umsichtigen Einsatz großer Macht gebührt die Anerkennung und Wertschätzung der gesamten Menschheit, die das Komitee mit der Vergabe des Preises stellvertretend zum Ausdruck bringen möchte.
Aus der Ansprache des Vorsitzenden des Norwegischen Nobelkomitees zur Vergabe des Friedensnobelpreises, 10. Dezember 2003.

Somit kann also festgestellt werden, dass die Felderprobung unserer technologischen Fortschritte in den Bereichen der Chemie, Biologie und Nanotechnologie zur Dekontamination radioaktiv verstrahlter Gebiete im Rahmen der *Operation Heal* als voller Erfolg anzusehen ist. Innerhalb von zwei Jahren war es möglich, das durch den *Blackburn-Vorfall* seit 1993 menscheninkompatible Gebiet soweit zu regenerieren, dass der Einsatz periodisch abzulösender Facharbeits- und Sicherungsmannschaften sowie die dauerhafte Ansiedlung lokaler Subjekte zur Verrichtung grundlegender Arbeiten möglich sind.
Dadurch erweitert sich das operative Arsenal der Vereinigten Staaten im Konflikt um staatstragende Ressourcen um die Option lokal begrenzter taktischer Nuklearschläge zur Vorbereitung Ressourcen sichernder Operationen.
Aus dem streng geheimen Abschlussbericht des Befehlshabers der Operation Heal, Lieutenant General Nicholas K. Talbot, 13. Dezember 2003.

Nadine Muriel – Frau Birger (2015)

„Man ist nur so alt, wie man sich fühlt", stand auf der Tasse. Gundi hätte sie am liebsten gegen die Wand gepfeffert. Wenn es danach ging, wäre Gundi momentan mindestens hundert. Sie presste ihre Hand gegen die Stirn und nippte an ihrem Pfefferminztee. Offenbar hatten sie und Joscha gestern mit etwas zu viel Rotwein auf ihren zwanzigsten Hochzeitstag angestoßen. Und spät war es geworden! Das Essen war erst weit nach Mitternacht fertig gewesen, denn bereits beim Zubereiten der Kürbissuppe hatten Gundi und Joscha herumgeknutscht wie zwei hormongeplagte Teenager. Und nach der Vorspeise waren sie auf der Küchenbank übereinander hergefallen und hatten sich leidenschaftlich geliebt. Die Gemüselasagne, die eigentlich in den Ofen sollte, war vergessen. Schließlich hatten sie es ausnutzen müssen, dass Lasse, ihr Sohn, ausgerechnet an ihrem Hochzeitstag zur Geburtstagsparty eines Klassenkameraden eingeladen war.
Inzwischen bezweifelte Gundi jedoch, ob sie den gestrigen Abend als gelungen bezeichnen sollte. Nicht nur ihr Kopf, sondern auch ihr Rücken schmerzte nach den Verrenkungen auf der Küchenbank, als hätte sie ein Rodeo bestritten. Und wenn sie dieses Biest sah, das Lasse von der Party mitgebracht hatte, wünschte sie, der Junge hätte den Abend vor dem heimischen Fernseher verbracht. Argwöhnisch beäugte Gundi die schwarz-orange gemusterte, etwa handtellergroße Vogelspinne, die in ihrem Terrarium hockte und pelzig wie ein Flokati aus einem Horrorkabinett aussah. Der pralle Hinterleib glich einer zuckenden Beule. Gemächlich streckte die Spinne ein borstiges Bein vor. Gundis Magen rebellierte.
Auch Joscha betrachtete den neuen Mitbewohner mit sichtlichem Unbehagen. „Hättest du nicht vorher fragen können, ob Mama und ich mit einem Haustier einverstanden sind?", knurrte er.
„Aber Papa!" Lasses Stimme bebte vor Empörung. „Pascals Mutter hat gesagt, wenn die Spinne nicht im Laufe von drei Tagen verschwunden ist, bringt sie sie um. Das hat Pascal uns gestern erzählt. Und außer mir wollte niemand das Vieh mitnehmen. Alle hatten Angst, dass es zu Hause Zoff gibt."
Gundi warf Joscha einen hilflosen Blick zu. Natürlich: Als überzeugte Greenpeace-Aktivisten hatten sie ihrem Kind stets eingetrichtert, allen Lebewesen mit Respekt zu begegnen. Ameisen werden nicht aus Spaß zertreten, Käfer trägt man nach draußen,

statt sie zu töten, jedes Tier hat seinen Nutzen und so weiter. Die verletzte Amsel vom Spielplatz hatten sie gemeinsam mit Lasse ebenso liebevoll gepflegt wie das halbwahnsinnige Meerschweinchen, das ein Kollege von Joscha nicht mehr haben wollte. Aber hätte ihr Sohn statt einer Vogelspinne nicht ein putziges Welpchen oder Kätzchen retten können? Um ehrlich zu sein, Gundi konnte durchaus verstehen, dass Pascals Mutter dieses Ungetüm nicht tagein, tagaus um sich haben wollte. Aber solch ein Theater zu veranstalten … Das war typisch für diese Prosecco schlürfende Edelzicke! Nein, Gundi würde ihrem Grundsatz treu bleiben, dass jedes Tier, egal ob schön oder nicht, Achtung verdiente. Sie zwang sich zu einem Lächeln.
„Hat deine neue Freundin schon einen Namen?"
„Klar. Frau Birger. Wie unsere Sportlehrerin." Lasse grinste. „Weil sie genauso behaarte Beine hat."
Eine neue Schmerzwelle flammte durch Gundis Nacken, als sie nach der Brötchentüte griff. Nein, sie wollte jetzt keine Grundsatzdiskussion mit ihrem pubertierenden Sprössling führen – weder über Gender-Klischees, noch darüber, ob eine exotische Vogelspinne wirklich ein geeignetes Haustier für einen siebzehnjährigen Knaben war.

Vier Wochen waren seit Frau Birgers Einzug vergangen. Angewidert betrachtete Gundi das Heimchen, das in der Pinzette zappelte. Lasse hatte ihr genau gezeigt, wie man Frau Birger fütterte, ehe er zum dreiwöchigen Schüleraustausch nach Frankreich aufgebrochen war. Gundi war dankbar, dass Spinnen bloß alle paar Wochen frische Nahrung brauchten, sodass sie diese Prozedere nur einmal durchführen musste. Noch selten hatte sie sich so geekelt. Vorsichtig schob sie die vordere Wand des Terrariums beiseite. Frau Birger, die zusammengekauert vor ihrer halbierten Kokosnussschale kauerte, spreizte die Beine. Es sah aus, als ob eine fleischige Blüte sich entfaltete. Dann schien sie plötzlich beleidigt aufzustampfen. Fussel wirbelten auf. Ein brennender Schmerz durchzuckte Gundis Hand. Sie schrie auf und ließ das Heimchen fallen. Sofort sauste es unter den Nestfarn. Frau Birger krabbelte in ihre Kokosnuss. Ihr kahler Hinterleib glänzte wie poliert. Gundi umklammerte ihr Handgelenk. Nun hatte diese Höllenkreatur sie

bombardiert! Auch das hatte Lasse ihr erklärt: Wenn eine Vogelspinne sich bedroht fühlte, beschoss sie den vermeintlichen Angreifer mit Reizhaaren von ihrem Hinterleib.
„Es ist nicht schlimmer oder gefährlicher, als eine Brennnessel anzupacken", hatte er gesagt. „Außerdem passiert es dir bestimmt nicht. Mich hat Frau Birger noch nie bombardiert. Dazu ist sie viel zu faul."
Gundi presste die Lippen aufeinander. Verdammt, es gab keinen Grund, sich so anzustellen! Wenn eine Katze sie gekratzt hätte, würde sie ja auch grinsend darüber hinwegsehen. Aber die Vorstellung, dass nun winzige Spinnenborsten in ihrer Haut steckten, war mehr als widerlich.

Aus Lasses Zimmer dröhnte Musik. Seit der Frankreich-Tour hörte der Junge dauernd Metal-CDs, die seine Austauschpartnerin ihm gebrannt hatte. Insgesamt war die Fahrt ein voller Erfolg gewesen: Mit seiner Gastfamilie hatte Lasse sich bestens verstanden und von den Wanderungen und Besichtigungstouren schwärmte er genauso enthusiastisch wie von dem Abend in der Dorfdisco. Das war mehr, als man von einem Siebzehnjährigen erwarten konnte, fand Gundi. Nun planten Lasse und seine Freunde sogar, in den Sommerferien erneut gemeinsam nach Frankreich zu fahren. Ja, der Junge wurde sehr schnell selbständig …
Leise summend stieg Gundi die Treppe zu ihrem Büro hinab. Ein komplettes Landhaus wollte die neue Kundin mit ihrer Hilfe umbauen! Wenn ihr Architekturbüro weiter so florierte, konnte Joscha tatsächlich nächstes Jahr seine Stelle aufgeben und bei ihr einsteigen. Gundi wusste ja, wie sehr er seine jetzige Arbeit hasste! Protzige Firmen- und Regierungsgebäude entwerfen in Ländern, wo viele Menschen nicht mal ein Dach über dem Kopf hatten … Außerdem waren die ständigen Marathon-Meetings, die Reisen um den halben Erdball und die Zusammenarbeit mit einem cholerischen Chef Gift für Joschas zu hohen Blutdruck. Mochte Joscha auch weiterhin seine üblichen Scherze reißen, man bekäme eben automatisch Herzklopfen, wenn man mit einer so aufregenden Frau wie Gundi verheiratet war – sie wusste, dass seine aktuellen Blutdruck-Werte durchaus Anlass zur Sorge boten. Deswegen hoffte sie, dass sie bald gemeinsam von ihrem kleinen Familienbetrieb mit persönlichen Beratungen in entspannter Atmosphäre leben konnten.

Gundi schloss die Tür zu ihrem Büro auf. Im nächsten Moment prallte sie entsetzt zurück. Mitten auf dem Schreibtisch stand Frau Birgers Terrarium. Der achtbeinige Krabbler lag wie ein aufgeblähter Ball direkt an der Scheibe.
„Lasse!“ Gundi stürmte zurück in die Wohnung. Der Himmel mochte wissen, was im Kopf einer Pubertaners vorging, aber eins stand fest – das war zu viel! Sie riss die Kinderzimmertür auf. „Auch wenn du es rasend witzig findest, meine Kunden mit diesem Untier zu erschrecken, ich …“
Die Worte blieben ihr im Hals stecken. Auf der Kommode befand sich wie gewohnt das Terrarium. Gleich Tentakeln ragten Frau Birgers Beine aus der Kokosnusshöhle.
„Gibt's Stress?“ Lasse, der im Bett lag und in einem Comicheft blätterte, hob den Kopf.
„Nein, ich dachte … ich … ach, egal.“
Gundi wandte sich um und erstarrte. Unter dem Flurregal funkelte ihr das Terrarium höhnisch entgegen. Sie rang nach Luft. Dann erkannte sie, dass es sich lediglich um den Werkzeugkasten handelte.
Benommen stolperte Gundi zurück ins Büro und schaltete mit zitternden Fingern das Licht ein. Der Schreibtisch sah aus wie immer. Hatte sie vorhin im Halbdunkel das Modell eines Penthouse-Apartments für das Terrarium gehalten? Ja, wahrscheinlich. Gundi ließ sich auf den Ledersessel plumpsen und atmete tief durch. Vermutlich waren einfach ihre Nerven überreizt. Seit sie damals Frau Birger füttern musste, hatte sie sowieso ständig Alpträume von dem vermaledeiten Vieh. Kein Wunder: Wenn Lasse und seine Kumpels ihre Frankreich-Pläne wahrmachten, stand ihr in den Sommerferien dieser Horror erneut bevor. Und gestern war ihr Sprössling mit einem Werbeprospekt für ein High-School-Jahr in den USA nach Hause gekommen. Bei der Vorstellung, dass sie womöglich zwölf Monate lang die Spinne versorgen musste, packte Gundi das kalte Grauen. Nein, eindeutig, Frau Birger musste fort!

„Und du bist sicher, dass Alex sich gut um Frau Birger kümmert?“ Gundi beäugte die Spinne, die unruhig auf und ab marschierte. Die mächtigen Kieferwerkzeuge mahlten. Ganz egal, wie scheußlich das Tier aussah – es tat ihr leid. Klar, Spinnen hingen nicht an ihren Besitzern wie Hunde oder Katzen. Aber trotzdem, es waren

lebende Wesen! Bestimmt merkte Frau Birger, dass sie ständig von einem Ort zum nächsten geschafft wurde. Ob sie so etwas wie Furcht empfand, wenn man sie fortbrachte? Ob sie wusste, dass sie hilflos ausgeliefert war?
Lasse warf Gundi einen gekränkten Blick zu. „Wenn dir so viel dran liegt, dass es Frau Birger gut geht, könntest du …"
„Es reicht!" Joscha runzelte die Stirn. „Wir haben uns zur Genüge darüber unterhalten."
Ja, das hatten sie: Letzte Woche hatte Gundi den Familienrat einberufen, um zu klären, wie es mit Frau Birger weitergehen sollte. Natürlich war Lasse empört, dass er sich von seiner Gefährtin trennen sollte, aber Joscha sprach mit Engelszungen auf Lasse ein: Es war die Rede davon, wie sehr Gundi momentan durch ihre Arbeit unter Stress stand und dass man Rücksicht nehmen und jede zusätzliche Belastung von ihr fernhalten müsse. Um ehrlich zu sein, Gundi war sich vorgekommen wie eine Patientin in einer Nervenheilanstalt. Aber egal! Letztendlich hatte Lasse eingewilligt, einen neuen Besitzer für Frau Birger zu suchen. Kurz darauf hieß es, Alex, ein Mitglied aus seinem Judoverein, könne das Tier übernehmen.
Gundi lächelte. Nächstes Jahr, wenn sie und Joscha gemeinsam in ihrem Architekturbüro arbeiteten, würde sie wahrscheinlich nur noch den Kopf schütteln bei der Erinnerung, dass ihr in der kräftezehrenden Anfangsphase sogar eine Spinne wie ein Ungeheuer erschienen war.

Gundi saß auf der Toilette, als sie plötzlich unter der Heizung etwas Knubbeliges, Schwarz-Orange-Gemustertes entdeckte. Sie atmete hörbar ein. Das Gewirr aus borstigen Beinen, der ballonähnliche Hinterleib und die Beißwerkzeuge waren unverkennbar.
Verdammt, wie kam Frau Birger hierher? Vor zwei Wochen hatte Lasse das Tier zu Alex gebracht! Der mächtige Spinnenkörper erhob sich. Mit ihren langen, gelenkigen Beinen stelzte Frau Birger direkt auf Gundi zu. Die Krallen klackten leise auf den Fliesen. Gundi spürte, wie sich ihre Nackenhaare sträubten.
Frau Birger wurde immer schneller. Gleich einer dicken, behaarten Knolle hastete sie nun Gundi entgegen. Im letzten Moment zog Gundi ihre bloßen Füße nach oben. Ein Schrei entfuhr ihr. Beinahe wäre Frau Birger direkt über ihre Zehen geflitzt. Dann verschwand sie hinter der Waschmaschine. Gundi zerrte ihre Jeans hoch und stürmte in den Flur. Also hatte sie sich nicht getäuscht! Schon ein

paar Mal war sie in den vergangenen Tagen überzeugt gewesen, das flinke achtbeinige Wesen unter einen Türspalt oder einen Schrank huschen zu sehen. Lasse und Joscha hatten sie nur ausgelacht, als sie davon erzählte.
„Du glaubst doch nicht im Ernst, dass Frau Birger ausgebüxt und zu uns zurückgekommen ist, weil es ihr hier besser gefällt?", hatte Joscha gesagt. „Bei aller Tierliebe - vergiss nicht, Spinnen verfügen nur über einen sehr begrenzten Verstand. Dass sie wie Hunde ihre ehemaligen Besitzer suchen, ist ausgeschlossen." Dann hatte er besorgt einen Arm um ihre Schulter gelegt. „Ehrlich, Schatz, du bist völlig überarbeitet. Wenn ich das Kalkutta-Projekt abgeschlossen habe, fahren wir beide für ein paar Tage zusammen weg, damit du zur Ruhe kommst, okay?"
Aber nun stand fest, dass Frau Birger irgendwie zurückgekehrt sein musste. Gundi riss die Tür zum Wohnzimmer auf, wo Joscha und Lasse gerade eine Harry Potter-DVD schauten.
„Stellt euch vor, Frau Birger …"
„Ach, Frau Birger! Von der soll ich dir übrigens herzliche Grüße ausrichten." Lasse schob sich eine Handvoll Chips in den Mund.
„Was?" Gundi kreischte beinahe.
„Ja, ich war vorhin kurz bei Alex. Bei der Gelegenheit hab ich auch nach Frau Birger geschaut. Sie wird immer fetter. Inzwischen sieht ihr Hintern aus, als hätte sie eine Kartoffel am Stück verschluckt."
Gundi plumpste auf einen Sessel. Also konnte sie unmöglich Frau Birger gesehen haben. Drehte sie jetzt total durch?
„Was ist los?", erkundigte Lasse sich. „Ich dachte, dich interessiert, wie es Frau Birger geht, weil du dir doch solche Sorgen gemacht hast, als wir sie weggegeben haben und …"
„Schon okay. Schön, dass das Tier jetzt ein gutes Zuhause hat."

Gundi hockte in ihrem Büro und zitterte. Immer wieder war in den vergangenen Tagen Frau Birger aufgetaucht: Als Gundi ihren Aktenschrank öffnete, schob sich ihr ein langes, borstiges, schwarz-orange gemustertes Bein entgegen. Beim Bettenmachen sauste die Spinne plötzlich unter einem Kissen hervor. Ein andermal kauerte Frau Birger wie die Gruselversion eines plüschigen Teddybären auf dem Sofa. Inzwischen konnte Gundi kaum noch schlafen. Immer wieder erwachte sie, überzeugt, dass soeben winzige Krallen über ihre Hand getrippelt oder ein haariger Leib an ihrer Wange entlang-gestreift waren. Gundi war mit ihren Nerven am Ende. Und zu

allem Überfluss hatte sie heute erfahren, dass Joscha nächste Woche für einige Tage nach Kalkutta fliegen musste, um bei den Abschlussverhandlungen für das aktuelle Bauprojekt anwesend zu sein. Dann war Gundi ganz allein dem krabbelnden Ungetüm ausgeliefert! Bisher hatte sie Joscha nichts von ihren Nöten erzählt. Sie wusste ja, dass er nur annahm, sie stünde wegen ihrem Architekturbüro unter Stress. Schlimmstenfalls würde er sich weigern, bei ihr einzusteigen, um ihr nicht auch noch zur Last zu fallen. Und das wollte Gundi unbedingt vermeiden. Joschas letzte Vorsorgeuntersuchung hatte ergeben, dass das Risiko für eine Bluthochdruckkrise sehr hoch war. Er brauchte dringend einen geruhsameren Arbeitsalltag.
Ein Knistern ertönte, als ob Spinnenbeine über Papier huschten. Sofort wirbelte Gundi herum. Kroch Frau Birger durch irgendwelche Notizzettel und Unterlagen? Oder war es nur der Wind, der durch das halbgeöffnete Fenster kam? Gundi war den Tränen nahe. Verdammt, so konnte es doch nicht weitergehen! Warum sah immer nur sie diese Höllenkreatur? Daran, dass irgendetwas Übernatürliches vorging, zweifelte Gundi nicht mehr. Aber was …
„Schatz?" Joscha trat hinter sie. „Ich weiß ja, wie furchtbar du Elternabende findest … Aber Herr Späh hat für den Abend vor unserem Abflug ein Meeting angesetzt. Kannst du diesmal zu Lasses Klagemütter-Treff gehen?"

Der Elternabend war wie gewohnt verlaufen: Ein paar Eltern hatten gemosert, dass von ihren Kindern viel zu viel verlangt wurde, andere hatten dagegengehalten, ohne eine vernünftige Ausbildung hätten sie keine Chance, die Lehrerin hatte nichtssagende Floskeln von sich gegeben und zum Schluss fanden alle, man müsse unbedingt gemeinsam in eine nahegelegene Pizzeria wechseln, um in ungezwungener Atmosphäre zu plaudern. Normalerweise hasste Gundi diese larmoyanten Jammerrunden, aber heute war ihr jede Gelegenheit recht, von zu Hause fortzubleiben. Allein bei dem Gedanken, dass dort Frau Birger auf sie lauerte, krampfte sich ihr Magen zusammen.
Natürlich dauerte es nicht lange, bis die Rede auf die Ferienpläne von Lasses Clique kam.
„Von mir aus könnte Pascal ganz in Frankreich bleiben – mit Sack und Pack!"

Überrascht registrierte Gundi, wie Pascals Mutter einen großen Schluck von ihrem Whisky nahm. Ansonsten gönnte diese Trantussi sich doch höchstens einen Prosecco und beschwerte sich dabei ununterbrochen, dass die lieben Kleinen viel zu frühreif und unternehmungsfreudig waren.
„Macht Ihr Sohn so viele Schwierigkeiten?“, erkundigte sich ein Vater mitfühlend.
„Ach was. Pascal ist ein braver Junge. Seine Vogelspinne ist es, die mich in den Wahnsinn treibt.“ Pascals Mutter seufzte. „Eigentlich hatte ich angeordnet, dass er bei seiner Geburtstagsparty einen neuen Besitzer für das Tier finden soll. Um ehrlich zu sein, ich habe sogar gedroht, ansonsten würde ich es eigenhändig erschlagen. Zuerst hieß es auch wirklich, einer seiner Kumpels hätte es mitgenommen. Aber drei Tage später war das Biest plötzlich wieder da. Und ausbruchslustig ist es seitdem ...“
„Tja, was soll man machen, wenn der Junge derart vernarrt in seine Spinne ist? Bei uns ist es genauso“, bemerkte der Vater von Sascha.
„Nicht nur das – ich könnte mich nie überwinden, eine derart fette Spinne totzuhauen.“ Pascals Mutter schüttelte sich und leerte ihr Glas in einem Zug. „Lieber tue ich so, als hätte ich nicht gemerkt, dass Pascal die Bestie wieder in die Wohnung geschmuggelt hat.“
„Die Teufelsviecher scheinen bei den Jungs echt im Trend zu sein.“ Eine rothaarige Frau zündete sich eine Zigarette an. „Mein Dennis besitzt inzwischen auch eine. Ein Freund von ihm musste sie abgeben. Sogar einen Namen hat sie: Frau Birger.“
„Und bombardiert hat mich diese Höllenkreatur!“, rief Saschas Vater. „Dabei hab ich ihr überhaupt nichts getan! Ich war nur besorgt, weil sie sich einen ganzen Nachmittag lang nicht bewegte, deswegen habe ich sie mit einem Bleistift angestupst und ...“
„Ist mir auch schon passiert“, unterbrach Pascals Mutter ihn. „Das muss irgendwas in der Spinne ausgelöst haben. Seitdem haut sie dauernd aus ihrem Terrarium ab. Nirgends ist man vor ihr sicher!“

Gundis Gedanken rasten, als sie die Haustür aufschloss. Also hatte es mit Frau Birger tatsächlich eine besondere Bewandtnis. Indem sie jemanden bombardierte, heftete sie sich wie eine Klette an seinen Alltag, tauchte fortan an den unmöglichsten Stellen auf und materialisierte sich aus dem Nichts heraus. Gab es überhaupt eine echte Frau Birger, die sich auf magische Weise vervielfältigen und an jeden beliebigen Ort zurückkehren konnte? Oder hatte Lasse

von Anfang an einen Spinnengeist besessen? Und was wollte das Tier? Sich rächen? Ein sonderlich schönes Dasein hatte es schließlich nicht. Gleich einem Kettenbrief wurde es weitergegeben. Wahrscheinlich hatte ein jugendliches Großmaul es ursprünglich aus einer Laune heraus gekauft und dann ziemlich schnell das Interesse verloren. Seitdem wurde die Spinne von Hand zu Hand gereicht. Suchte sie nun bevorzugt Erwachsene heim, weil sie hoffte, dass die vernünftiger waren?
Leise betrat Gundi den Flur. Frau Birger saß direkt vor der Garderobe. Gundi überwand ihren Ekel und ließ sich nieder. Sie versuchte sich vorzustellen, was die Spinne im Lauf der letzten Jahre mitgemacht hatte. Das arme Wesen! Wie oft war es vermutlich schon fast verhungert oder verdurstet, erfroren oder unter einer zu heißen Wärmelampe verbrannt, weil ein Besitzer sich nicht richtig informiert hatte. Wie oft war es zu Tode erschrocken, wenn es mal wieder auf einer Party herumgereicht wurde? Was für ein Unding, dass jeder Brausekopf sich ein lebendes Tier kaufen durfte, das ihm auf Gedeih und Verderb ausgeliefert war! Gundi wollte gar nicht darüber nachdenken, wie viele Hamster, Kaninchen und Wellensittiche durch unsachgemäße Behandlung langsam und qualvoll zu Tode gefoltert wurden. Und ausgerechnet exotische Kaltblütler wie Vogelspinnen oder Schlangen, die besondere Lebensbedingungen brauchten, konnten kaum artikulieren, wenn sie unter einer falschen Pflege litten.
„Weißt du was, Frau Birger?“, flüsterte Gundi. „Ich werde bei Greenpeace einen Arbeitskreis gründen, der sich dafür einsetzt, dass Haustiere nicht mehr wie Ramschware verkauft werden dürfen.“ Sie kicherte nervös. Himmel, jetzt war sie schon verrückt genug, ein ernsthaftes Gespräch mit einer Spinne zu führen! Und dabei hatte sie doch nur ein einziges Glas Wein getrunken. Nichtsdestotrotz fuhr sie fort: „Jeder, der sich ein Tier zulegt, soll zuerst einen Sachkundenachweis erbringen und zeigen, dass er sich ausreichend informiert hat. Was hältst du davon?“
Frau Birger stakste gravitätisch auf Gundi zu. Ihr praller Hinterleib hob und senkte sich und ihre Kieferwerkzeuge mahlten. Die orangen Muster auf dem Vorderkörper und den Beinen schimmerten. Gundi seufzte. Ja, solch eine Petition würde wohl erst am Sankt-Nimmerleins-Tag Erfolg haben. Die Lobby der Zoohändler war viel zu mächtig! Schließlich verdienten diese Aasgeier tüchtig, wenn wieder mal ein paar Jugendliche spontan ihr Taschengeld in

Kaninchen, viel zu enge Käfige und völlig ungeeignete Tränken aus dem Sonderangebot investierten. Aber egal! Wenn man genügend Öffentlichkeitsarbeit betrieb und eindringlich aufzeigte, wie sehr Tiere unter nicht-artgerechter Haltung litten, würden vielleicht einige Familien dazu übergehen, sich erst ein Handbuch über Kleintierpflege zuzulegen, ehe sie den Wellensittich oder die Rennmaus kauften.
„Und jedes einzelne Tierschicksal zählt", murmelte Gundi und kam sich dabei so albern-pathetisch vor wie die Hauptdarstellerin in einem Walt-Disney-Film.
Sie blickte sich um. Frau Birger war verschwunden. Und dabei hatte Gundi weder gesehen, wie der pelzige Achtbeiner davonhuschte, noch das Klacken der Krallen auf den Fliesen gehört.

Gundi fühlte sich erstaunlich zufrieden, obwohl Joscha heute nach Kalkutta aufbrach. Sie hatte so gut geschlafen wie schon lange nicht mehr. Und seltsamerweise war ihr nicht zumute, als müsse jeden Moment irgendwo Frau Birger auftauchen. Eine tiefe, behagliche Ruhe erfüllte sie. War ihre nächtliche Séance tatsächlich von Erfolg gekrönt?
Hatte Frau Birger lediglich herumgespukt, weil sie auf ihr Schicksal und das ihrer Leidensgenossen aufmerksam machen wollte? Suchte sie jemanden, der sich für ihre Belange einsetzte? Ja, so musste es sein. Und Gundi würde ihr Versprechen halten! Noch heute wollte sie die Gründung des neuen Greenpeace-Arbeitskreises in die Wege leiten.
Gundi schenkte Joscha eine Tasse Kaffee ein. „Pass auf dich auf. Du weißt ja, dein Bluthochdruck …" Sie lächelte. „Wenn Herr Späh dich wieder zur Weißglut treibt, denk einfach dran, dass du nächstes Jahr nichts mehr mit diesem Lackaffen zu tun hast. Dann arbeiten wir beide in meinem Büro und …"
„… und du glaubst wirklich, die Vorstellung, den ganzen Tag in deiner Nähe zu sein, bringt mein Blut nicht zum Kochen?" Joscha musterte Gundi, die in ihrem rot schimmernden Babydoll-Nachthemd vor ihm saß, und grinste. Dann erhob er sich.
„Soll ich dir helfen, deine Sachen ins Auto zu bringen?", fragte Gundi.
„In dem Aufzug? Leg dich lieber noch mal hin ... und träum von mir. Von uns beiden."

„Lasse?“ Gundi öffnete die Kinderzimmertür. Drei weitere herrliche Tiefschlafstunden lagen hinter ihr. „Falls du mich suchst, ich bin unten im Büro und …“
Ihr Blick fiel auf die Kommode. Dort stand Frau Birgers Terrarium. Die Schiebetür stand offen. Die Spinne war nirgends zu sehen. Gundi kreischte auf.
„Tut mir leid, Mama.“ Lasse wirkte ehrlich zerknirscht. „Ich weiß, ich hätte es dir sagen sollen, aber es war ja nur für eine Nacht, und weil du dich so vor Frau Birger ekelst, dachten Papa und ich …“
„Wo ist sie?“ Gehetzt schaute Gundi sich um.
„In Offenbach.“
Gundi ließ sich auf einen Stuhl fallen. „Was um Himmels Willen macht Frau Birger in Offenbach?“
Nach und nach rückte Lasse mit der Sprache heraus: Alex´ Eltern waren alles andere als begeistert von Frau Birger. Tagelang hatte Alex Lasse in den Ohren gelegen, er möge Frau Birger wieder zurücknehmen. Inzwischen hatte Lasse auch Tina, einer ehemaligen Klassenkameradin, die vor einiger Zeit nach Offenbach gezogen war, von der Spinnenmisere berichtet. Tina war hellauf begeistert. Ihre Schwester besaß mehrere Vogelspinnen und hätte nichts gegen ein weiteres Exemplar einzuwenden. Aber wie sollte Frau Birger nach Offenbach kommen?
„Nachdem du weg warst, kam Alex gestern noch spontan vorbei. Beim Abendessen haben wir überlegt, ob wir Tina Frau Birger per Post schicken können“, berichtete Lasse. „Alex meinte, wenn wir ‚Inhalt: Honig‘ auf das Paket schreiben, geht der Briefträger garantiert vorsichtig damit um, weil er sich nicht vollkleckern will. Da hat Papa dann angeboten, Frau Birger heute auf dem Weg zum Flughafen in Offenbach abzusetzen, damit das Drama ein Ende hat.“
Tina, die in aller Eile angerufen wurde, hatte erklärt, sie brauche kein Terrarium. Ihre Schwester habe momentan ein leerstehendes, das wesentlich geräumiger sei.
„Papa war sehr erleichtert. Er hatte sich schon ausgemalt, wie das Terrarium vom Sitz kippt und zerbricht, sobald er scharf bremst, und wie ihm dann genau beim Anfahren Frau Birger ins Gesicht springt.“ Lasse grinste. „Also haben wir Madame in einen Schuhkarton gepackt. Mann, die war vielleicht zickig … Hat Papa gleich mal bombardiert. Tina wird ihre Freude an ihr haben.“

Seit drei Stunden hockte Gundi wie ein hypnotisiertes Kaninchen vor dem Telefon. Nein, sie wollte Joscha keine Vorwürfe machen, weil er der Meinung gewesen war, Gundi brauche nicht zu erfahren, dass Frau Birger eine letzte Nacht unter ihrem Dach verbracht hatte. Sie wollte einfach nur hören, dass es ihm gut ging. Auch wenn es bedeutete, dass sie selbst phantasiert hatte …egal! Hauptsache, der vermeintliche Fluch erwies sich als Einbildung. Sie starrte auf die Uhr. Jetzt müsste Joscha längst im Hotel sein. Zum hundertsten Mal faltete sie aus einem Werbeflyer ein Papierschiff und zupfte es wieder auseinander. Hinter ihren Schläfen pochte es.
Endlich läutete das Telefon.
„Schatz? Ist alles in Ordnung?", rief Gundi.
Am anderen Ende der Leitung war nur ein Schnaufen zu hören.
„Schatz?"
„Tut mir leid, dass ich mich nicht früher gemeldet habe. Aber hier spinnen alle – im wahrsten Sinne des Wortes!" Joscha lachte, doch es klang ausgesprochen gequält. „Stell dir vor, als ich in mein Zimmer kam, hockte genau so ein Monster wie Frau Birger auf dem Bett. Ein Riesenvieh mit orange-schwarzen Beinen … unglaublich! Ich hab natürlich sofort an der Rezeption Bescheid gesagt. Alle taten tief betroffen und gingen mit mir auf Spinnenjagd. Die ganze Bude haben wir umgekrempelt – erfolglos. Der Portier meinte, wahrscheinlich hätte das Tier sich inzwischen unter der Tür durchgezwängt." Joscha hustete. „Danach stand erst mal ein Begrüßungsdrink in der Lounge auf dem Programm. Kaum war ich anschließend im Zimmer, tauchte das Biest erneut auf. Diesmal lauerte es im Schrank. Ich also noch mal runter zur Rezeption und das Spiel ging von vorn los. Die Spinne haben wir nicht gefunden. Der Portier schaute mich an, als hätte ich einen an der Waffel. Zumindest durfte ich in ein anderes Zimmer umziehen. Aber rate mal, was dort plötzlich aus dem Bad geschossen kam und unter meinem Nachttisch verschwand. Ehrlich, es ist zum Verrücktwerden, ich … ich …" Joscha rang nach Luft.
„Bleib ruhig, Schatz." Gundi versuchte krampfhaft das Zittern in ihrer Stimme zu unterdrücken. Mit schweißnassen Händen umklammerte sie das Telefon. Ihre Gedanken rasten. „Hast du schon Herrn Späh von der Spinnenplage erzählt?" Mit etwas Glück würde Joschas Chef annehmen, dass ihr Mann halluzinierte, und ihn früher nach Hause schicken. Herr Späh legte so viel Wert auf einen

gediegenen Außenauftritt, da konnte er einen Mitarbeiter am Rand des Nervenbruchs gewiss nicht gebrauchen!
„Klar. Aber er will, dass ich kein großes Aufheben darum mache." Joscha keuchte jetzt. „Er vermutet, dass irgendwelche Zimmerjungen mir einen Streich spielen. Und weil der Hotelbesitzer ein guter Kunde von ihm ist, möchte er keinen Ärger." Ein neuer Hustenanfall schüttelte Joscha. „Aber wie ich das durchstehen soll … ständig damit rechnen, dass mir das Höllentier über die Füße flitzt … oder dass es nachts über mein Gesicht krabbelt, während ich schlafe …"
„Joscha!" Gundi konnte nichts dagegen tun, dass sie kreischte. Ihr Herz hämmerte, als wolle es jeden Augenblick den Brustkorb sprengen. „Du gehst sofort zu Herrn Späh und sagst ihm, dass du unter diesen Bedingungen keine fünf Minuten bleibst. Er soll dir noch heute einen Rückflug organisieren. Verstanden?"
Ja, sollte Herr Späh doch toben, sollte er Joscha feuern! Das spielte jetzt keine Rolle. „Hast du wenigstens deine Bluthochdruckmedikamente genommen?"
„Wann denn? Erst der Flug, dann sofort der Empfang, zwischendurch das Hin und her wegen der Spinne …. Aber … warte! Da drüben ist sie! Wenn ich sie jetzt erwische, dann … dann …"
„Joscha!" Gundi brüllte aus Leibeskräften. „Nicht! Dein Bluthochdruck …"
Irgendetwas polterte. Ein Röcheln war zu hören, das in ein wimmerndes Krächzen überging. Dann Stille.
„Joscha?" Gundi schluchzte. „Joscha?"
Niemand antwortete.

Johannes und Michael Tosin – Die Zeitung von morgen (2014)

Ich habe eine unruhige Nacht hinter mir. Seltsame Träume suchten mich heim. Es waren Szenen aus meiner Kindheit und Jugend, meine Eltern kamen vor, Verwandte, Freunde und solche, die eher das Gegenteil waren. Ich aber war in meinem jetzigen Alter. Ich versuchte, die Geschehnisse in Einklang zu bringen, obwohl ich eigentlich nicht so harmoniesüchtig bin. Am Schluss meines letzten Traumes, ich erinnere mich, stand ich unter einem Wasserfall im Wald. Als das Wasser meine Brust herabrann, fühlte ich mich geläutert. Das ist vielleicht das richtige Wort.
Als ich erwachte, spürte ich gleich wieder den Rauch der vielen Zigaretten von gestern Nacht in meinen Lungen. Ich kann froh sein, wenn ich nicht schon ein Karzinom an ihnen habe. Als ich erwachte, spürte ich gleich wieder den Nachhall der vielen Biere von gestern Nacht. Der Mund trocken, der Magen wie Mus, der Kopf wie ein verlassenes Schloss, an dessen Pforte ein Besucher pocht.
Nun sitze ich am Küchentisch und rauche meine erste Zigarette, während die Kaffeemaschine läuft. Die Sonne ist noch nicht aufgegangen, doch für mich hat der Tag schon begonnen. Warum stehe ich eigentlich immer so früh auf? Ich muss nicht in die Arbeit, denn ich habe keine mehr. Mein kleines Haus ist nicht aufgeräumt. Genau, ich könnte saubermachen. Nein, Fehlanzeige, ich mache mir nicht so viel aus Ordnung. Ich könnte Freunde anrufen und mich mit ihnen treffen. Könnte ich, ja, wenn ich welche hätte. Das Internet durchforsten kommt auch nicht in Frage, denn mein Modem ist defekt. Was also tun? Weiß nicht. Erst mal die Zeitung lesen. Mit einem dicken Fleecepullover und Unterhose bekleidet gehe ich die mit Natursteinen gepflasterte Einfahrt zum Briefkasten. In seinem Schlitz steckt die Zeitung. Ich trage sie rein, lege sie auf den Küchentisch, gieße mir die erste Tasse Kaffee ein und zünde mir eine Zigarette an. Das Titelbild ist von irgendeinem unsinnigen Aufkleber verdeckt. Ich sehe auf das Datum der Zeitung. Da steht: „Mittwoch, 18. November 2009“. Heute ist aber der 17. November. Da bin ich mir ganz sicher, da ich täglich Tagebuch führe und meine Einträge datiere. Ich sehe auf dem Wandkalender nach, auf meinem Handy, am Computer und am

Anrufbeantworter. Zweifelsohne. Heute ist der 17. November 2009.
Es ist die Zeitung von morgen.
Es ist eine kleinformatige, eine Regionalzeitung. Ihr regulärer Verkaufspreis ist ein Euro. Ich habe sie schon zig Jahre abonniert. Heute ist sie viel mehr wert. Heute ist sie ein Schatz, den ich nur heben bräuchte. Ich habe alle Daten, Fußballergebnisse, Eishockeyendspielstände, Tennisresultate, alles da. Online wetten geht heute nicht, da ich, wie gesagt, momentan über kein Internet verfüge und der Techniker von der Post erst morgen kommt, aber ich könnte in ein Wettbüro fahren und wirklich dick absahnen. Gestern hätte ich das selbstverständlich getan. Doch heute, irgendwie, interessiert es mich nicht. Heute mach ich mir nichts aus Geld. Ich habe alles, was ich zum Leben brauche, und was ich nicht habe, liegt hinter mir und ich will es nicht zurückhaben. Nein, „Geld regiert die Welt“, sagt man. Mag sein, aber nicht mich. Heute will ich etwas ganz anderes. Ich will, ich will einfach nur – Gutes tun.
Also, dann mal los! Die Zeitung weiß vieles zu berichten. In einem Dorf im Oberland wurde gestern, für mich heißt das heute, am Vormittag der Lenker eines Wagens von einem entgegenkommenden Lastkraftwagen, der einem Radfahrer auswich, getötet. Der verunfallte Wagen wurde frontal gerammt. Die Zeitung zeigt ein Bild des Autos, eines roten VW-Passat neuen Modells, das Kennzeichen beginnt mit „VL“, ein Fuchsschwanz ist am Innenspiegel befestigt, ein Alpenvereins-Aufkleber haftet am Rückfenster. Der Mann hinterlässt eine Frau und drei minderjährige Kinder. Ich beschließe, dort hinzufahren und den Mann zu warnen. Ich werde der Geschichte eine andere Wendung geben.
Ich schlurfe ins Bad, um mich zurechtzumachen. Im Vorzimmer hängt ein Spiegel. Ich sehe hinein. Sein Bild zeigt einen verkaterten Mann mittleren Alters. Aber da ist etwas Besonderes. Um meinen Kopf ist ein Lichtkranz. Nein, ich deliriere nicht, er ist wirklich da. Ich kann mit der Hand durch ihn fahren. Er ist nicht heiß und scheint ohne Materie zu sein. Ich werde einen Hut brauchen, denke ich und schnappe mir meinen weißen Sonnenhut. Der Hut verdeckt den Lichtkranz. Den werde ich nun ständig brauchen, denke ich und werde mir langsam selbst sympathisch.
Eine halbe Stunde später sitze ich geduscht und mit Hut auf dem Kopf im Auto. Ich werde es rechtzeitig schaffen, kein Problem. Nebel liegt über der Straße. Ich brauche eine gute Stunde bis zu

dem Dorf, wo das Unglück geschehen wird. Beim hiesigen Kirchenwirt mache ich Rast. Und da sehe ich auf dem Parkplatz einen neuen roten VW-Passat mit „VL“-Kennzeichen, Fuchsschwanz und Alpenvereins-Aufkleber stehen. „Wem gehört dieser Wagen?“, frage ich den Wirt, und er weist auf einen korpulenten Mann mit Anzug und Krawatte. „Passen Sie auf“, sage ich zu dem Mann, „steigen Sie erst zu Mittag in ihr Auto, sonst wird ein Laster Sie erfassen. Fragen Sie mich nicht, woher ich das weiß, aber ich weiß es eben.“ „Hast du dem Spinner da zu viel Schnaps ausgeschenkt?“, fragt daraufhin der Mann penetrant den Wirten, und an mich gewandt sagt er: „Lassen Sie mich bloß in Ruhe, Sie Irrer! Ich hab´s eilig, muss meine Sachen an den Mann bringen.“ Mit „Sachen“ meint er wahrscheinlich Möbelpolituren oder Tierfutter oder ähnliches. Abrupt zahlt er und stürmt aus dem Lokal.
So habe ich mir meine Tätigkeit als Wunderheiler eher nicht vorgestellt, doch ich beruhige mich mit dem Gedanken, mein Bestes gegeben zu haben. Der Mann hat es ja offensichtlich nicht verdient, aber vielleicht konnte ich ihm dazu verhelfen, dass er mit dem Leben zurechtkommt.
Zuhause angekommen, nehme ich gleich wieder die Zeitung zur Hand. „Mann schoss Frau in den Kopf“, steht auf Seite 6. Ob das Opfer noch lebt, war zu Redaktionsschluss nicht bekannt. Es geschah gestern, nach der morgigen Zeitung, Nachmittag. Ein Mann hielt sich in einem Lokal in der Landeshauptstadt auf, er trank viel, versuchte mit der bosnischen Kellnerin zu flirten. Die reagierte ablehnend. Plötzlich griff der Mann in seine Jackentasche, zog eine Pistole und schoss der Kellnerin ohne jede Vorwarnung in den Kopf. Der Mann konnte flüchten. Keiner der Gäste konnte ihn genau genug für ein Phantombild beschreiben. Nach ihm wird gefahndet. Ein Foto des Opfers aus besseren Tagen ist neben dem Artikel, eine fragile und hübsche Person mit verträumten Augen. Auch der Tatort ist abgebildet. Ich kenne das Lokal. Es hat einen schlechten Leumund. Man sagt, es werden dort Drogen gehandelt und Frauen böten sich für bezahlten Sex an, ohne als Prostituierte registriert zu sein. Wie dem auch sei, der Frau muss geholfen werden. Ich werde der Frau helfen.
Jetzt ist es Mittag. Ich werde mich besser beeilen. Imbisse werde ich auch in dem Lokal kriegen. Dabei kann ich mich gleich mit der Kellnerin unterhalten. Das wäre günstig. Nun dann, Hut auf und

ab! Der Weg des Segens, für den ich mich entschieden habe, ist ein beschwerlicher, aber ich werde ihn gehen.
Vor dem Lokal stinkt es nach Katzenurin. Die Wände sind mit Graffiti beschmiert. Ein Raucherlokal. Ich bestelle mir einen Schwarztee mit Rum, um dazu zu passen, und einen Schnitzelburger. Die Kellnerin sieht älter aus als laut der Jahre, die in der Zeitung angegeben sind. Sie ist stark geschminkt. Sie hat ein Kreuz an der Brust. Als sie mir mein Getränk und mein Essen bringt, spreche ich sie an: „Junge Frau, Sie sind in Gefahr. Einer der Gäste wird sie später anbaggern und, wenn Sie ihm nicht wohlgesonnen sind, in seine Jackentasche greifen und Ihnen mit einer Pistole in den Kopf schießen. Bitte glauben Sie mir, so wird es sein." Sie sieht mich ungläubig an, denkt vielleicht, ich sei ein Junkie auf Entzug. Da ich nicht weiß, wie ich sie sonst überzeugen soll, lüpfe ich kurz meinen Hut. Sie erkennt. Da huscht blanke Angst über ihr Gesicht. Sie bekreuzigt sich und lächelt mir tapfer zu. „Hvala", sagt sie, „danke" in ihrer Sprache. Ich zahle gleich. Trinke schnell aus und schlinge meine Schnitzelsemmel hinunter. Bis jetzt ist es ruhig. Die Alkoholiker sitzen dumpf an der Theke und sind mehr mit sich selbst als mit dem Rest der Welt beschäftigt. Ich gehe. Hebe zum Abschied meine Hand. Die Kellnerin winkt mir zu.
Diesmal ging es besser. Ich bin zufrieden. Die Zeitung, fällt mir da ein. Noch mehr Geschehnisse werden mein Eingreifen benötigen. Ich löse den Sticker vom Titelblatt. Da steht groß: „Nordkoreanische Raketenangriffe auf Südkorea", und ein Foto eines zerbombten Wohnblocks ist zu sehen. Im Auslandsteil auf Seite 9 steht es genauer. „Nordkoreanische Raketen flogen gestern nach Sonnenuntergang gegen Wohneinheiten in Seoul und Incheon. Dutzende Tote sind zu beklagen." Gestern ist heute, und noch steht die Sonne am Himmel.
Ich werde alles daran setzen, dieses Unheil abzuwenden. Aber wie soll ich vorgehen? Wenn ich mit unterdrückter Nummer bei einer südkoreanischen Institution anriefe, würde man mich für einen Panikmacher halten oder mir den Krisendienst empfehlen. Man würde wahrscheinlich keine Aktionen setzen. Schickte ich ein Mail, ich bräuchte dafür nur in ein Internetcafé gehen und von dort meinen Account aktivieren, würde man es zurückverfolgen und in Kürze stünden Vertreter der Korean People´s Army–Unit 10215, des Geheimdienstes aus dem Land der Juche, vor meiner Tür. Doch da kommt mir eine Idee. Ich setze mich an meinen Computer und

schreibe ein anonymes Fax, in dem ich den künftigen Sachverhalt, wie er mir aus der Zeitung bekannt ist, genau beschreibe. Sie mögen mich bitte nicht für einen Wahnsinnigen halten, schreibe ich abschließend. Und sie sollten meine Warnung beherzigen. Ich adressiere das Fax an die südkoreanische Botschaft in der Bundeshauptstadt. Ich nehme einige Zeit in Kauf, um in ein entlegenes Postamt zu gelangen, wo mich keiner kennt. Von dort lasse ich das Fax versenden.
Ich kehre mit der Gewissheit nach Hause, die Saat in die Felder eingebracht zu haben. Morgen wird sich erweisen, wie die Ernte ausfallen wird.
Heute keine Biere, nur Zigaretten, von denen kann ich nicht lassen. Ich lege Moby und Kosheen auf und entspanne mich. Meine Müdigkeit verstärkt sich zusehends. Bald verabschiede ich mich vom Tag und lege mich ins Bett.
Ein Traum fängt mich ein. Mein Jeep ist in der Wüste liegengeblieben. Ich habe nur noch eine Flasche Mineralwasser bei mir. Das Handy hat keinen Empfang. Ich weiß nicht, wie weit es bis zur nächsten Ortschaft ist. Um mich herum ist nur gelber Sand. In meiner Verzweiflung rufe ich. Dann wache ich auf.
Der Morgen graut bereits. Ich habe für meine Verhältnisse ungewöhnlich lange geschlafen. Der gestrige Tag ist halt doch anstrengend gewesen. Ob sich meine Bemühungen ausgezahlt haben? Erst mal stecke ich mir eine Zigarette an, das muss sein. Ich rufe mir das heutige Datum ins Gedächtnis. Es ist Mittwoch, der 18. November 2009. Ich hole die Zeitung, da steht dasselbe Datum. Auf dem Titelblatt prangt: „Krieg!“ Ein Bild von nächtlichen Explosionen ist zu sehen. Es scheint danebengegangen zu sein. Aber erst mal der Reihe nach.
Lokales: Ein Bub wird im Oberland auf einem Zebrastreifen von einem Wagen erfasst und stirbt später im Krankenhaus. Der Unfallfahrer, der mit weit überhöhter Geschwindigkeit unterwegs war, ein Handelsvertreter, gibt an, er sei aufgehalten worden und habe dringend zu einem Kundentermin müssen. Er ist aktives Alpenvereins-Mitglied, wird noch erwähnt.
Seite 6: „Kellnerin verletzt Gast schwerstens.“ Eine bosnische Kellnerin fühlte sich von einem Gast bedrängt. Als dieser in seine Jackentasche griff, um an seine Brieftasche zu gelangen und zahlen zu können, schlug ihm die bislang unbescholtene Kellnerin mit

ihrem Stöckelschuh gegen den Hinterkopf. Der Schuhabsatz drang in das Gehirn des Mannes ein.
Seite 9, Weltnachrichten: Es waren südkoreanische Raketen, die strategische Ziele in Nordkorea nächstens angriffen und verheerende Zerstörungen anrichteten, woraufhin Nordkorea Südkorea formell den Krieg erklärte.
Dumm gelaufen, denke ich und begebe mich in Richtung Badezimmer, um mir den Mund auszuspülen, denn er ist trocken geworden. Vor dem Spiegel im Vorzimmer bleibe ich stehen und besehe mich. Da ist kein Lichtkranz mehr. Aber dafür ist etwas anderes verändert. Ich beuge mich nach vorn, und wirklich, unverkennbar, da sind zwei Ausbuchtungen an meinem Kopf.
Ich werde auch weiterhin einen Hut brauchen, sage ich mir, doch künftighin wäre wohl ein schwarzer passender.

Markus K. Korb – Carnevale a Venezia (2000)

„Du sagtest, du hattest einen Alptraum,
doch du irrst - dein Traum war die Realität
und wir alle leben ihn!"

unbekannter Verfasser

Die letzten Flocken des Neuschnees umtanzen als weiße Nachzügler die zum Leben erwachten Träume eines Phantasten, die im Tarantella Schritt über den *Campo La Fenice* der *Piazza San Marco* entgegentorkeln. Als ich in die kalte Nacht der moribunden Schönheit hinaustrete und das *Teatro La Fenice* mit seiner in Goldtönen gehaltenen Pracht hinter mir lasse, stehe ich plötzlich inmitten des Schneemenuettes wie ein ungeladener Gast: steif, den schlanken Körper in einen schwarzen Radmantel gehüllt und erschrocken ob meiner Dreistigkeit in eine Welt einzudringen, die nicht die meine war.

Ich prüfe den Sitz meiner *bauta*, jener wächsern weißen Gesichtsmaske, die mundlos und mit spitzem Kinn frech in die Kälte hinausragt. Dann ziehe ich den Dreispitz tief ins verdeckte Gesicht, stecke die Hände unter den Mantel und lehne mich gegen den Wind, der aus ungezählten Gassen und Kanälen über den Platz fegt und die Flocken zu einem Veitstanz auffordert.

Mein Blick heftet sich an eine Karnevalsgruppe, die in einiger Entfernung über den *Campo* schreitet: *Arlecchinos* buntes Fetzenkostüm umschwirrt eine unsicher Pirouetten drehende *Colombine*, die von den eifersüchtigen Augen eines *Pantalone* mit angeklebtem Spitzbart beaufsichtigt wird, der rheumatisch gebückt hinterherläuft. Diese Traumgestalten der *Commedia dell' arte* sind heute, am letzten Abend des Karnevals, unterwegs, um auf dem größten Platz der Stadt das mystische Feuerwerk mitten unter ihresgleichen zu erleben - den Kopf in den Nacken gelegt und mit offenen Mündern staunend. Danach würden sie die Masken mit einer Geste der Trauer abnehmen und wieder sie selbst sein. Doch dieser Augenblick war noch zu weit entfernt, um an den Emotionen der Maskenträger rühren zu können, deshalb hüpfen und springen die Geschöpfe der Phantasie voller Übermut in grotesk anmutenden Bewegungen über die Plätze und Straßen. Die Freude

und die Unbekümmertheit waren aus ihren Gefilden herabgestiegen und hatten sich in Menschen verwandelt - Leben, eingefroren im Augenblick der Zeit.
Die Ausgelassenheit des Festes hat auch mich erfasst, so dass ich zunächst der Gestalt in Schwarz keine Aufmerksamkeit schenkte. Abseits des Gedränges eilt sie einsam auf eine Seitenstraße zu und kann erst vor einem Augenblick die Karnevalsgruppe verlassen haben, wie mir die kurze Wegstrecke der sich trennenden Spuren im Schnee verrät.
Ich kneife die Augen zusammen. War diese leicht nach links fallende Haltung nicht typisch für meinen venezianischen Schwager Fortunato? Welch eine Überraschung!
„Sior Maschera!", rufe ich traditionsbewußt über den Platz, doch es erfolgt keine Reaktion seitens des 'Herrn Maske'. Was ist los mit ihm? Ich habe ihn schon seit einer Ewigkeit nicht mehr gesehen, und auch meine Schwester hat sich seit geraumer Zeit nicht mehr bei mir gemeldet. Ich muss ihn sprechen! Ich fange an, quer über die schneebedeckte Fläche des *Campo Fenice* zu laufen. In meinem erregten Gemütszustand breche ich das Tabu der Namensnennung und rufe keuchend durch die klirrende Kälte:
„Fortunato...bleib doch...stehen! ...Ich...bin es...dein Schwager Alessandro!"
Der Angerufene, wie ich im anonym machenden *Maschera nobile* Kostüm gekleidet, wendet den Kopf in meine Richtung und beginnt ebenfalls zu rennen. Er verschwindet um eine Ecke.
Enttäuscht und schwer atmend bleibe ich stehen. Was ist nur mit Fortunato los? Es muss etwas geschehen sein, er würde mich doch nicht meiden wollen, nur weil ich ein Bewohner des Festlandes und damit im Karneval unter all den Venezianern ein Fremder bin!
Ein schrecklicher Gedanke frisst sich wie eine Kreissäge in mein vom Alkohol umnebeltes Gehirn: Wie geht es meiner Schwester? Die angespannte Ehesituation der beiden war ja kein Geheimnis und ein beliebtes Thema der Schwätzer unserer Familie.
Mit dem festen Entschluss, meinen Schwager zur Rede zu stellen, biege ich ebenfalls um die Ecke, den Blick abwechselnd auf die Spuren im Schnee und den in diesem Labyrinth aus Wasser und Stein immer versperrten Horizont gerichtet. Zwei überdimensionale Vögel aus Boafedern, rotem Stoff und gelbem Plastik schweben mir flügelschlagend entgegen - sie scheinen in einen aussichtslosen Kampf mit der Schwerkraft verwickelt zu sein.

Als die Vögel an mir vorbeigehüpft sind, durch einen agnostischen Gott der Flugfedern beraubt, kann ich keine schwarze Gestalt auf der *Calle Cuoridoro* sehen. Ich habe sie aus den Augen verloren. Doch halt! Die Schneespuren sprechen deutlich zu mir: da sind die zwei Spuren der menschlichen Vögel, klar durch ihre weit aufgesetzten und kreisrunden Schritte zu erkennen, daneben befindet sich eine trapezförmige Spur, der meinen nicht unähnlich. Die einzelnen Fußstapfen sind weiter als gewöhnlich voneinander getrennt, weshalb ich auf ein schnelles Laufen des Urhebers schließe. Ein paar Meter weiter verringert sich die Distanz zwischen den Spuren im Schnee. Die kürzeste Seite des Trapezabdrucks weist auf eine vor mir liegende Brücke und die sich dahinter anschließende *Frezzeria* Straße.
Ein Instinkt dringt aus den Tiefenschichten meines Bewußtseins hoch, ererbt aus einer archaischen Zeit, in welcher selbst der aufrechte Gang dem Menschen noch schwerfiel und die Jagd den Hauptinhalt des Lebens darstellte. Adrenalin pumpt durch meine Adern und verursacht eine Kettenreaktion, an deren Ende ein leichtes Zittern durch meine angespannten Muskeln geht.
Leicht gebückt mache ich mich auf den Weg und erklimme die breiten Stufen der Brücke, welche durch den Schnee schlüpfrig sind und eiskalt durch meine dünnen Schuhsohlen in meine Füße emporfrosten. Ich bin mir darüber im Klaren, dass der Schnee und die Kälte sicherlich meine Füße in Eisklumpen verwandeln würden, sollte die Verfolgung länger dauern, doch die Sorge um meine Schwester lässt mich weitergehen und der Alkoholnebel in meinem Kopf betäubt jeden Schmerz.
Am anderen Ufer des *Rio del Barcaroli* angekommen, entdecke ich nicht weit voraus einen Schatten, der mit ruhigen Schritten nach links in eine mir unbekannte Straße einbiegt. Nun gut, nicht hetzen - so lange mein Schwager mich nicht bemerkt, wird er nicht versuchen, mich in diesem Wirrwarr aus Kanälen und Brücken abzuhängen, das er natürlich um einiges besser kennt als ich, obwohl ich schon oft aufgrund meiner Tätigkeit als Professor für Kunstgeschichte, diese von ihren Bewohnern *Serenissima* genannte Stadt besucht habe. Zweimal im Jahr ergehe ich mich in ihren engen Straßen, ducke mich sommers in die Kühle der Schatten und verliere mich in der Betrachtung des sich ständig wandelnden Lichtes, das in einem geheimen Garten mit der glitzernden Oberfläche eines Brunnens spielt. Es waren Gärten, die sich mir nur

durch mauerübergreifende Buschzweige oder mittels ewig über den Mauerrand spähenden Putten verrieten. Nun jedoch halten die Statuen unter einer weißen Kappe aus Schnee ihren Winterschlaf und ihr müder Blick starrt ins Leere.
Ich frage mich, wie lange die Verfolgung noch andauern wird. Kann ich sie nicht vorzeitig beenden? Mein Schwager und ich - wir beide sind die einzigen Passanten, die in Gegenrichtung *Piazza San Marco* unterwegs sind. Das Gelingen eines zweiten Versuchs, meinen Schwager einzuholen, erscheint mir daher fraglich. Besser ist es wohl, vorsichtig der Fährte zu folgen und sich nicht entdecken zu lassen, bis man den Verfolgten bei einem Innehalten erwischen konnte.
Mein Schwager? Ich komme beim Überqueren des *Rio Fuseri* ins Grübeln: Als sich die Gestalt nach meinem zweiten Anruf auf dem *Campo San Fantin* umdrehte, sah ich da nicht in ihren Augen ein verschlagenes Funkeln? Aber natürlich, es ist Giovanni Francesi! Dieser schmierige Schnüffler ist mir schon wieder im Auftrag meiner eifersüchtigen Frau gefolgt, immer bereit, aus dem Hinterhalt ein mich kompromittierendes Foto zu schießen - deshalb auch die überstürzte Flucht. Oh, du Aasgeier von einem Privatdetektiv! Du bist nur der Handlanger von Abfindungsjägerinnen, die jahrein - jahraus vor dem Fernseher sitzen und fett und fetter werdend in ihre Särge hineindämmern. Gut, Gut! Wir drehen das Spiel mal um – dann sehen wir ja, wie *du* es nun spielst!
Durch die *Calle del Fuseri* über den *Campo San Luca* in die *Calle Forno*, dann rechts in die *Calle Teatro*. Als Träume verkleidete Menschen eilen noch vereinzelt der *Piazza San Marco* zu - diesmal die Mickey Mäuse und Schwäne, Lemuren und Aussätzige, ein Mond mit silbern schimmernder Haut, die Hand um die Hüfte einer Sonne mit goldgeschminktem Gesicht und gleichfarbigem Pappkragen gelegt, der ihr wie ein übergroßer Diskus um den Hals hängt.
Und immer sind die Spuren leicht zu erkennen, denn kaum einer trägt die *Maschera nobile* Maske mehr. Die große Zeit des traditionellen Karnevals ist schon lange vorbei.
Die Bürgersteige leeren sich mehr und mehr, je weiter wir uns vom Epizentrum des Karnevals entfernen. Die Spuren verlieren sich hinter Hausecken, Türen und Pforten, nur eine zieht sich weiter wie ein eingeprägtes Band durch die Straßen der nun schlafenden Stadt. Doch halt! Auf dem Schnee zeichnen sich vier kleine Löcher in Folge ab. Vier kleine Löcher, die eine einsam und mit unbekanntem

Ziel durch die Nacht streunende Katze hinterlassen hat, von der es hier wohl Tausende geben mochte. Ich bin also nicht allein in dieser Februarskälte, welche die von Haus zu Haus gesponnenen Wäscheleinen mit einer glitzernden Eisschicht überzieht - singende Saiten im Wind, Sirenenstimmen, die mich durch die Nacht locken. Weiter - immer weiter, bis ans Ende der Welt.
Unmerklich bin ich bei der *Chiesea San Salvatore* angelangt. Diese Renaissancekirche, deren massive Fassade erst in der zweiten Hälfte des 17. Jahrhunderts dem Bau vorgeblendet wurde, fasziniert mich schon seit langem. Sie beherbergt das Grabmal des Dogen Francesco Venier, außerdem Tizians Verkündigung aus den 1560er Jahren. Ein Gemälde, das durch seine asymmetrische Komposition im Zusammenwirken mit retardierenden Elementen und den Goldtönen eine Gesamtwirkung von Feierlichkeit erzeugt.
Ah! Ich liebe die Kunst. Sie überdauert den Künstler und die folgenden Generationen - sie ist zeitlos, unsterblich, für die Ewigkeit geschaffen, wie diese Stadt, die sich seit tausend Jahren erfolgreich gegen die Kräfte der Natur stemmt. Sie selbst ist ein einziges, großes Kunstwerk, wie früher schon der deutsche Schriftsteller Thomas Mann anmerkte.
Freudig erregt erkenne ich, dass mein Weg auch an der Kirche *San Bartolomeo* vorbeiführen wird. Eine gute Gelegenheit noch einmal im Vorübergehen den heute dreischiffigen Bau aus dem 18. Jahrhundert intensiv zu betrachten.
Doch dazu kommt es nicht. Die Spur führt nach links, hinein in ein Gewirr aus kleinen Gassen, die zum Teil direkt an einer Wasserstraße liegen. An beiden Seiten des kleinen Kanals wiegen sich die Boote und träumen ihre weißen Winterträume unter einer vom Mondlicht beleuchteten Diamantdecke aus Schneekristallen.
Dicke Eisschollen reiben sich knirschend aneinander, türmen sich auf, treiben vorbei.
Die Häuser neigen sich in wagemutigen Verbeugungen über den Kanal. Mein Magen krümmt sich zusammen - derart körperlich befürchte ich ein Über-mich-Herfallen der *Palazzi*, während das leise Glucksen des salzig riechenden Wassers die Anwesenheit einer anderen Spezies verrät. Klein, vierbeinig, mit langem, nacktem Schwanz.
Diese ständigen Begleiter der Menschheit waren ihr auch in diese aus schwimmenden Häusern bestehende Stadt gefolgt - immer bereit loszuschlagen, falls sich eine Möglichkeit ergibt.

Noch tiefer hinein in das Adergeflecht, dessen Häuserfassaden den Gesetzen der euklidischen Geometrie trotzen. Über Dachränder und Freskenköpfe hinweg beobachten mich kleine rote Augen, die jede einzelne meiner Bewegungen mit einem Gurren quittieren. Myriaden von Tauben arbeiten durch ihre Exkremente am langsamen Zerfall der Häuserwände. Die häßlichen Rücken der *Serenissima* entblättern ihr einstmals buntes Farbenkleid und geben den Blick auf pilzbefallene Häute frei - von morschen Pfählen getragene Fundamente, die nun nackt und verwundbar im Nebel der Kanäle frieren. Die Schindeldächer sind fehlerhaft wie das Gebiß einer Greisin. Die glaslosen Augen der Palazzi weinen einer stolzen Vergangenheit nach - lange schwarze Tränenspuren weisen in das Spiegelbild ihrer Gesichter im Wasser.
Die Spur im Schnee hetzt mich über Brücken - mit Eiszapfen bewehrte Mäuler, aufgerissen zu einem stummen Schrei. Sie führt um verfallende Hausecken, in enge Straßen hinein, wieder ab in Gassen und neuerliche Uferbefestigungen - der Schnee und das Wasser in scharfem Schwarz - Weiß Kontrast.
Als ich längst die Orientierung verloren zu haben glaube, wird der Salzgeruch stärker, der Nordwind treibt Nebelfetzen vor mir her und ich kann die klagenden Schreie der Möwen hören, die den Kampf um den Besitz der Stadt nicht aufgegeben haben. Ich nähere mich demnach dem Nordrand der Stadt, befinde mich in Richtung der Friedhofsinsel *San Michele*.
Vor mir im Schnee beschreibt die Fußspur einen weiten Bogen, so als ob der Besitzer nicht wissen würde, wohin er sich wenden solle. Der Besitzer? Warum sollte ich mich da nicht wieder täuschen? Aber natürlich - die Gangart, die kleinen Schuhe, die zierliche, schlanke Statur, alles deutet auf eine Frau hin! Ist es am Ende sogar meine Frau, die mich hier auf Untreue hin kontrolliert?
Doch je länger ich laufe, desto mehr Zweifel kommen auf. Warum verfolge ich eigentlich diese Spur im Schnee? Ich kann meine rationalen Begründungsversuche nicht mehr vor der Logik aufrechterhalten: Wenn es nicht mein Schwager Fortunato ist, der seine Stiefel in die Kristalle senkt, auch nicht der Privatdetektiv, dann ist es unwahrscheinlich, daß meine letzte Schlußfolgerung richtig ist und mir tatsächlich meine Frau in das verschneite Venedig gefolgt ist.

Angewidert spucke ich aus. Ich bin zu betrunken, alles verschwimmt in meinem Kopf, das Denken fällt schwer. Die Spur verliert sich im Weiß meines Gedankenschneesturms.
Genug jetzt! Konzentriere dich! Die Spur ist wichtig, zu welchem Besitzer sie mich auch führt. Nur nach unten auf die Spur sehen, nur die Spur sehen, nur die ...
Erstaunt reiße ich den Kopf hoch und bleibe stehen.
Ich befinde mich in einem der wenigen Hinterhöfe Venedigs. Der Wind hat aufgehört zu heulen. Dieses Fehlen eines Geräusches hat mich aus meinen Gedankengängen aufgeschreckt.
Als ich zurückblicke erkenne ich, dass ich die letzte Wegstrecke genau in den fremden Fußabdrücken zurückgelegt haben muss, denn meine Abdrücke sind nicht mehr von denjenigen zu unterscheiden, die ich verfolgte. Einzig und allein *eine* trapezförmige Spur führt zu mir hin und endet an meinen Schuhspitzen.
Ein Blick nach links und rechts zeigt mir, dass ich mich genau in der Mitte des Hofes befinde. Keine Tür in Reichweite, keine Feuerleiter, kein Balkon. Das Dunkel umarmt mich, die Welt endet hier, doch über den schwarzen Dächern der *Palazzi* kann ich die tröstlichen Sterne funkeln sehen.
Die Maske ist spurlos verschwunden. Hatte sie überhaupt je existiert? Hatte ich halluziniert? War ich einem Phantom gefolgt? Möglich, doch - tat ich das nicht unbewusst schon seit Jahren? Hatte ich nicht stets eine Idee, eine menschliche Vorstellung von Unsterblichkeit gejagt? Kann es sein, dass diese Idee für eine kurze Zeit in der magisch aufgeladenen Luft des venezianischen Karnevals Gestalt angenommen hatte? Die Frage nach dem „Warum“ hat mich endgültig eingeholt und wirft sich nun mit reißenden Wolfszähnen auf mein ungeschütztes Bewusstsein.
Meine selbstgeschaffene Welt zerbricht in eine Fläche aus irisierenden Glasstückchen - Puzzleteile, die sich neu zusammensetzen und mir folgendes Bild zeigen:
Der ewige Traum des Menschen von der Unsterblichkeit: zeitlose Kunst, Erhabenheit, der Natur überlegen - wie anmaßend das auf einmal wirkt, so denke ich, angesichts der Tatsache, dass selbst diese magische Stadt nicht den Gewalten der Natur standzuhalten vermag und sich jedes Jahr tiefer in den schlammigen Grund der Lagune senkt. Der Mensch ist trotz seiner Bemühungen ohnmächtig zu verhindern, dass in einer nicht fernen Zukunft die Touristen mit U-Booten anreisen werden und die von Lichtmasten erleuchteten Sehenswürdigkeiten der Vergangenheit durch das trübe Dunkel des Wassers

hindurch betrachten, die Gesichter eng an die dicken Glasscheiben gepresst, während das U-Boot geräuschlos an den mit Seegras überwucherten Palazzi vorbeischwebt, die nur noch den ein- und ausschwimmenden Fischen ein vorübergehendes Zuhause bieten können. Die Gondeln werden als halb im Schlamm versunkene Särge ihre geigenförmigen Verzierungen in das mit Schwebstoffen angereicherte Wasser emporrecken - bis der Verfall endgültig gesiegt haben wird. Korallen und Fische werden selbst die höchsten Gebäude als rechtmäßige Eigentümer in Besitz genommen haben. Einzig der Glockenturm auf der Piazza San Marco wird als kleine Seltsamkeit das Bild der wieder zu Natur gewordenen Lagune stören. Die einstigen Bewohner der versunkenen Stadt, dieser nun dem Meer wieder zurückerstatteten Perle, sie werden wieder das Festland zu schätzen wissen und es nicht zum Anlass des Spotts missbrauchen. Festlandbewohner, die sie selber vor langer Zeit gewesen waren und in einer nicht ganz so fernen Zukunft wieder geworden sein werden.

Überwältigt von der Erkenntnis eines sinnlosen Lebens falle ich hart auf die Knie. Meine Hände wühlen krampfhaft im Schnee, der jedoch nicht zu fassen ist, der immer wieder auf den Handflächen zerschmilzt. Ich blicke verstört auf meine kalten Hände, die nass und leer im wieder auflebenden Wind frieren. Dann bricht sich ein irres Lachen einen Weg aus den Tiefen meiner Kehle. Ich lache - lauter und immer lauter, mein weit geöffneter Mund saugt verzweifelt Luft in die berstenden Lungen. Ich bestehe nur noch aus Lachen, ich bin das Lachen!

Ich hebe die Handflächen gen Himmel und lege den Kopf in den Nacken. Als ich die gleichgültigen Sterne betrachte, die glanzlos am Himmel hängen, da beginnen auf einmal Generationen von Feuerblumen zwischen ihnen aufzusprießen. Sie brechen auf und verblühen - immer und immer wieder, begleitet vom fernen Raunen und Jubeln der Menge, zwischen das sich ein leises Gelächter von jenseits der Sterne mischt. Mein Lachen wandelt sich übergangslos zu einem Schluchzen.

Als ich mein Gesicht in den Händen vergrabe und meine Tränen der Hoffnungslosigkeit in den Schnee fallen, da trägt der Wind die Fetzen eines schweren Klangs in den Innenhof. Vom *Campanile* her verkündet die Glocke Mitternacht - der Karneval ist zu Ende...

Franz Kafka – In der Strafkolonie (1919)

„Es ist ein eigentümlicher Apparat", sagte der Offizier zu dem Forschungsreisenden und überblickte mit einem gewissermaßen bewundernden Blick den ihm doch wohlbekannten Apparat. Der Reisende schien nur aus Höflichkeit der Einladung des Kommandanten gefolgt zu sein, der ihn aufgefordert hatte, der Exekution eines Soldaten beizuwohnen, der wegen Ungehorsam und Beleidigung des Vorgesetzten verurteilt worden war. Das Interesse für diese Exekution war wohl auch in der Strafkolonie nicht sehr groß. Wenigstens war hier in dem tiefen, sandigen, von kahlen Abhängen ringsum abgeschlossenen kleinen Tal außer dem Offizier und dem Reisenden nur der Verurteilte, ein stumpfsinniger breitmäuliger Mensch mit verwahrlostem Haar und Gesicht, und ein Soldat zugegen, der die schwere Kette hielt, in welche die kleinen Ketten ausliefen, mit denen der Verurteilte an den Fuß- und Handknöcheln sowie am Hals gefesselt war und die auch untereinander durch Verbindungsketten zusammenhingen. Übrigens sah der Verurteilte so hündisch ergeben aus, daß es den Anschein hatte, als könnte man ihn frei auf den Abhängen herumlaufen lassen und müsse bei Beginn der Exekution nur pfeifen, damit er käme.
Der Reisende hatte wenig Sinn für den Apparat und ging hinter dem Verurteilten fast sichtbar unbeteiligt auf und ab, während der Offizier die letzten Vorbereitungen besorgte, bald unter den tief in die Erde eingebauten Apparat kroch, bald auf eine Leiter stieg, um die oberen Teile zu untersuchen. Das waren Arbeiten, die man eigentlich einem Maschinisten hätte überlassen können, aber der Offizier führte sie mit einem großen Eifer aus, sei es, daß er ein besonderer Anhänger dieses Apparates war, sei es, daß man aus anderen Gründen die Arbeit sonst niemandem anvertrauen konnte. „Jetzt ist alles fertig!" rief er endlich und stieg von der Leiter hinunter. Er war ungemein ermattet, atmete mit weit offenem Mund und hatte zwei zarte Damentaschentücher hinter den Uniformkragen gezwängt. „Diese Uniformen sind doch für die Tropen zu schwer", sagte der Reisende, statt sich, wie es der Offizier erwartet hatte, nach dem Apparat zu erkundigen. „Gewiß", sagte der Offizier und wusch sich die von Öl und Fett beschmutzten Hände in einem bereitstehenden Wasserkübel, „aber sie bedeuten die Heimat; wir wollen nicht die Heimat verlieren. – Nun sehen Sie aber diesen Apparat", fügte er gleich hinzu, trocknete die Hände

mit einem Tuch und zeigte gleichzeitig auf den Apparat. „Bis jetzt war noch Händearbeit nötig, von jetzt aber arbeitet der Apparat ganz allein.“

Der Reisende nickte und folgte dem Offizier. Dieser suchte sich für alle Zwischenfälle zu sichern und sagte dann: „Es kommen natürlich Störungen vor; ich hoffe zwar, es wird heute keine eintreten, immerhin muß man mit ihnen rechnen. Der Apparat soll ja zwölf Stunden ununterbrochen im Gang sein. Wenn aber auch Störungen vorkommen, so sind sie doch nur ganz kleine, und sie werden sofort behoben sein.“

„Wollen Sie sich nicht setzen?“ fragte er schließlich, zog aus einem Haufen von Rohrstühlen einen hervor und bot ihn dem Reisenden an; dieser konnte nicht ablehnen. Er saß nun am Rande einer Grube, in die er einen flüchtigen Blick warf. Sie war nicht sehr tief. Zur einen Seite der Grube war die ausgegrabene Erde zu einem Wall aufgehäuft, zur anderen Seite stand der Apparat. „Ich weiß nicht“, sagte der Offizier, „ob Ihnen der Kommandant den Apparat schon erklärt hat.“

Der Reisende machte eine ungewisse Handbewegung; der Offizier verlangte nichts Besseres, denn nun konnte er selbst den Apparat erklären.

„Dieser Apparat“, sagte er und faßte eine Kurbelstange, auf die er sich stützte, „ist eine Erfindung unseres früheren Kommandanten. Ich habe gleich bei den allerersten Versuchen mitgearbeitet und war auch bei allen Arbeiten bis zur Vollendung beteiligt. Das Verdienst der Erfindung allerdings gebührt ihm ganz allein. Haben Sie von unserem früheren Kommandanten gehört? Nicht? Nun, ich behaupte nicht zu viel, wenn ich sage, daß die Einrichtung der ganzen Strafkolonie sein Werk ist. Wir, seine Freunde, wußten schon bei seinem Tod, daß die Einrichtung der Kolonie so in sich geschlossen ist, daß sein Nachfolger, und habe er tausend neue Pläne im Kopf, wenigstens während vieler Jahre nichts von dem Alten wird abändern können. Unsere Voraussage ist auch eingetroffen; der neue Kommandant hat es erkennen müssen. Schade, daß Sie den früheren Kommandanten nicht gekannt haben! – Aber“, unterbrach sich der Offizier, „ich schwätze, und sein Apparat steht hier vor uns. Er besteht, wie Sie sehen, aus drei Teilen. Es haben sich im Laufe der Zeit für jeden dieser Teile gewissermaßen volkstümliche Bezeichnungen ausgebildet. Der

untere heißt das Bett, der obere heißt der Zeichner, und hier der mittlere, schwebende Teil heißt die Egge."
„Die Egge?" fragte der Reisende. Er hatte nicht ganz aufmerksam zugehört, die Sonne verfing sich allzu stark in dem schattenlosen Tal, man konnte schwer seine Gedanken sammeln. Um so bewundernswerter erschien ihm der Offizier, der im engen, parademäßigen, mit Epauletten beschwerten, mit Schnüren behängten Waffenrock so eifrig seine Sache erklärte und außerdem, während er sprach, mit einem Schraubendreher noch hier und da an einer Schraube sich zu schaffen machte. In ähnlicher Verfassung wie der Reisende schien der Soldat zu sein. Er hatte um beide Handgelenke die Kette des Verurteilten gewickelt, stützte sich mit der Hand auf sein Gewehr, ließ den Kopf im Genick hinunterhängen und kümmerte sich um nichts. Der Reisende wunderte sich nicht darüber, denn der Offizier sprach französisch, und Französisch verstand gewiß weder der Soldat noch der Verurteilte. Um so auffallender war es allerdings, daß der Verurteilte sich dennoch bemühte, den Erklärungen des Offiziers zu folgen. Mit einer Art schläfriger Beharrlichkeit richtete er die Blicke immer dorthin, wohin der Offizier gerade zeigte, und als dieser jetzt vom Reisenden mit einer Frage unterbrochen wurde, sah auch er, ebenso wie der Offizier, den Reisenden an.
„Ja, die Egge", sagte der Offizier, „der Name paßt. Die Nadeln sind eggenartig angeordnet, auch wird das Ganze wie eine Egge geführt, wenn auch bloß auf einem Platz und viel kunstgemäßer. Sie werden es übrigens gleich verstehen. Hier auf das Bett wird der Verurteilte gelegt. – Ich will nämlich den Apparat zuerst beschreiben und dann erst die Prozedur selbst ausführen lassen. Sie werden ihr dann besser folgen können. Auch ist ein Zahnrad im Zeichner zu stark abgeschliffen; es kreischt sehr, wenn es im Gang ist; man kann sich dann kaum verständigen; Ersatzteile sind hier leider nur schwer zu beschaffen. – Also hier ist das Bett, wie ich sagte. Es ist ganz und gar mit einer Watteschicht bedeckt; den Zweck dessen werden Sie noch erfahren. Auf diese Watte wird der Verurteilte bäuchlings gelegt, natürlich nackt; hier sind für die Hände, hier für die Füße, hier für den Hals Riemen, um ihn festzuschnallen. Hier am Kopfende des Bettes, wo der Mann, wie ich gesagt habe, zuerst mit dem Gesicht aufliegt, ist dieser kleine Filzstumpf, der leicht so reguliert werden kann, daß er dem Mann gerade in den Mund dringt. Er hat den Zweck, am Schreien und am Zerbeißen der

Zunge zu hindern. Natürlich muß der Mann den Filz aufnehmen, da ihm sonst durch den Halsriemen das Genick gebrochen wird."
„Das ist Watte?" fragte der Reisende und beugte sich vor.
„Ja, gewiß", sagte der Offizier lächelnd, „befühlen Sie es selbst."
Er faßte die Hand des Reisenden und führte sie über das Bett hin.
„Es ist eine besonders präparierte Watte, darum sieht sie so unkenntlich aus; ich werde auf ihren Zweck noch zu sprechen kommen."
Der Reisende war schon ein wenig für den Apparat gewonnen; die Hand zum Schutz gegen die Sonne über den Augen, sah er an dem Apparat in die Höhe. Es war ein großer Aufbau. Das Bett und der Zeichner hatten gleichen Umfang und sahen wie zwei dunkle Truhen aus. Der Zeichner war etwa zwei Meter über dem Bett angebracht; beide waren in den Ecken durch vier Messingstangen verbunden, die in der Sonne fast Strahlen warfen. Zwischen den Truhen schwebte an einem Stahlband die Egge.
Der Offizier hatte die frühere Gleichgültigkeit des Reisenden kaum bemerkt, wohl aber hatte er für sein jetzt beginnendes Interesse Sinn; er setzte deshalb in seinen Erklärungen aus, um dem Reisenden zur ungestörten Betrachtung Zeit zu lassen. Der Verurteilte ahmte den Reisenden nach; da er die Hand nicht über die Augen legen konnte, blinzelte er mit freien Augen zur Höhe.
„Nun liegt also der Mann", sagte der Reisende, lehnte sich im Sessel zurück und kreuzte die Beine.
„Ja", sagte der Offizier, schob ein wenig die Mütze zurück und fuhr sich mit der Hand über das heiße Gesicht, „nun hören Sie! Sowohl das Bett als auch der Zeichner haben ihre eigene elektrische Batterie; das Bett braucht sie für sich selbst, der Zeichner für die Egge. Sobald der Mann festgeschnallt ist, wird das Bett in Bewegung gesetzt. Es zittert in winzigen, sehr schnellen Zuckungen gleichzeitig seitlich wie auch auf und ab. Sie werden ähnliche Apparate in Heilanstalten gesehen haben; nur sind bei unserem Bett alle Bewegungen genau berechnet; sie müssen nämlich peinlich auf die Bewegungen der Egge abgestimmt sein. Dieser Egge aber ist die eigentliche Ausführung des Urteils überlassen."
„Wie lautet denn das Urteil?" fragte der Reisende. „Sie wissen auch das nicht?" sagte der Offizier erstaunt und biß sich auf die Lippen: „Verzeihen Sie, wenn vielleicht meine Erklärungen ungeordnet sind; ich bitte Sie sehr um Entschuldigung. Die Erklärungen pflegte früher nämlich der Kommandant zu geben; der neue Kommandant

aber hat sich dieser Ehrenpflicht entzogen; daß er jedoch einen so hohen Besuch" – der Reisende suchte die Ehrung mit beiden Händen abzuwehren, aber der Offizier bestand auf dem Ausdruck – „einen so hohen Besuch nicht einmal von der Form unseres Urteils in Kenntnis setzt, ist wieder eine Neuerung, die –", er hatte einen Fluch auf den Lippen, faßte sich aber und sagte nur:
„Ich wurde nicht davon verständigt, mich trifft nicht die Schuld. übrigens bin ich allerdings am besten befähigt, unsere Urteilsarten zu erklären, denn ich trage hier" – er schlug auf seine Brusttasche – „die betreffenden Handzeichnungen des früheren Kommandanten."
„Handzeichnungen des Kommandanten selbst?" fragte der Reisende: „Hat er denn alles in sich vereinigt? War er Soldat, Richter, Konstrukteur, Chemiker, Zeichner?"
„Jawohl", sagte der Offizier kopfnickend, mit starrem, nachdenklichem Blick. Dann sah er prüfend seine Hände an; sie schienen ihm nicht rein genug, um die Zeichnungen anzufassen; er ging daher zum Kübel und wusch sie nochmals. Dann zog er eine kleine Ledermappe hervor und sagte: „Unser Urteil klingt nicht streng. Dem Verurteilten wird das Gebot, das er übertreten hat, mit der Egge auf den Leib geschrieben. Diesem Verurteilten zum Beispiel" – der Offizier zeigte auf den Mann – „wird auf den Leib geschrieben werden: Ehre deinen Vorgesetzten!"
Der Reisende sah flüchtig auf den Mann hin; er hielt, als der Offizier auf ihn gezeigt hatte, den Kopf gesenkt und schien alle Kraft des Gehörs anzuspannen, um etwas zu erfahren. Aber die Bewegungen seiner wulstig aneinander gedrückten Lippen zeigten offenbar, daß er nichts verstehen konnte. Der Reisende hatte verschiedenes fragen wollen, fragte aber im Anblick des Mannes nur: „Kennt er sein Urteil?" „Nein", sagte der Offizier und wollte gleich in seinen Erklärungen fortfahren, aber der Reisende unterbrach ihn: „Er kennt sein eigenes Urteil nicht?" „Nein", sagte der Offizier wieder, stockte dann einen Augenblick, als verlange er vom Reisenden eine nähere Begründung seiner Frage, und sagte dann: „Es wäre nutzlos, es ihm zu verkünden. Er erfährt es ja auf seinem Leib." Der Reisende wollte schon verstummen, da fühlte er, wie der Verurteilte seinen Blick auf ihn richtete; er schien zu fragen, ob er den geschilderten Vorgang billigen könne. Darum beugte sich der Reisende, der sich bereits zurückgelehnt hatte, wieder vor und fragte noch: „Aber daß er überhaupt verurteilt wurde, das weiß er

doch?“ „Auch nicht“, sagte der Offizier und lächelte den Reisenden an, als erwarte er nun von ihm noch einige sonderbare Eröffnungen. „Nein“, sagte der Reisende und strich sich über die Stirn hin, „dann weiß also der Mann auch jetzt noch nicht, wie seine Verteidigung aufgenommen wurde?“

„Er hat keine Gelegenheit gehabt, sich zu verteidigen“, sagte der Offizier und sah abseits, als rede er zu sich selbst und wolle den Reisenden durch Erzählung dieser ihm selbstverständlichen Dinge nicht beschämen. „Er muß doch Gelegenheit gehabt haben, sich zu verteidigen“, sagte der Reisende und stand vom Sessel auf.

Der Offizier erkannte, daß er in Gefahr war, in der Erklärung des Apparates für lange Zeit aufgehalten zu werden; er ging daher zum Reisenden, hing sich in seinen Arm, zeigte mit der Hand auf den Verurteilten, der sich jetzt, da die Aufmerksamkeit so offenbar auf ihn gerichtet war, stramm aufstellte – auch zog der Soldat die Kette an -, und sagte:

„Die Sache verhält sich folgendermaßen. Ich bin hier in der Strafkolonie zum Richter bestellt. Trotz meiner Jugend. Denn ich stand auch dem früheren Kommandanten in allen Strafsachen zur Seite und kenne auch den Apparat am besten. Der Grundsatz, nach dem ich entscheide, ist: Die Schuld ist immer zweifellos. Andere Gerichte können diesen Grundsatz nicht befolgen, denn sie sind vielköpfig und haben auch noch höhere Gerichte über sich. Das ist hier nicht der Fall, oder war es wenigstens nicht beim früheren Kommandanten. Der neue hat allerdings schon Lust gezeigt, in mein Gericht sich einzumischen, es ist mir aber bisher gelungen, ihn abzuwehren, und wird mir auch weiter gelingen. – Sie wollten diesen Fall erklärt haben; er ist so einfach wie alle. Ein Hauptmann hat heute morgens die Anzeige erstattet, daß dieser Mann, der ihm als Diener zugeteilt ist und vor seiner Türe schläft, den Dienst verschlafen hat. Er hat nämlich die Pflicht, bei jedem Stundenschlag aufzustehen und vor der Tür des Hauptmanns zu salutieren. Gewiß keine schwere Pflicht und eine notwendige, denn er soll sowohl zur Bewachung als auch zur Bedienung frisch bleiben. Der Hauptmann wollte in der gestrigen Nacht nachsehen, ob der Diener seine Pflicht erfülle. Er öffnete Schlag zwei Uhr die Tür und fand ihn zusammengekrümmt schlafen. Er holte die Reitpeitsche und schlug ihm über das Gesicht. Statt nun aufzustehen und um Verzeihung zu bitten, faßte der Mann seinen Herrn bei den Beinen, schüttelte ihn und rief: ›Wirf die Peitsche weg, oder ich fresse dich.‹ – Das ist

der Sachverhalt. Der Hauptmann kam vor einer Stunde zu mir, ich schrieb seine Angaben auf und anschließend gleich das Urteil. Dann ließ ich dem Mann die Ketten anlegen. Das alles war sehr einfach. Hätte ich den Mann zuerst vorgerufen und ausgefragt, so wäre nur Verwirrung entstanden. Er hätte gelogen, hätte, wenn es mir gelungen wäre, die Lügen zu widerlegen, diese durch neue Lügen ersetzt und so fort. Jetzt aber halte ich ihn und lasse ihn nicht mehr. – Ist nun alles erklärt? Aber die Zeit vergeht, die Exekution sollte schon beginnen, und ich bin mit der Erklärung des Apparates noch nicht fertig."
Er nötigte den Reisenden auf den Sessel nieder, trat wieder zu dem Apparat und begann: „Wie Sie sehen, entspricht die Egge der Form des Menschen; hier ist die Egge für den Oberkörper, hier sind die Eggen für die Beine. Für den Kopf ist nur dieser kleine Stichel bestimmt. Ist Ihnen das klar?"
Er beugte sich freundlich zu dem Reisenden vor, bereit zu den umfassendsten Erklärungen.
Der Reisende sah mit gerunzelter Stirn die Egge an. Die Mitteilungen über das Gerichtsverfahren hatten ihn nicht befriedigt. Immerhin mußte er sich sagen, daß es sich hier um eine Strafkolonie handelte, daß hier besondere Maßregeln notwendig waren und daß man bis zum letzten militärisch vorgehen mußte.
Außerdem aber setzte er einige Hoffnungen auf den neuen Kommandanten, der offenbar, allerdings langsam, ein neues Verfahren einzuführen beabsichtigte, das dem beschränkten Kopf dieses Offiziers nicht eingehen konnte. Aus diesem Gedankengang heraus fragte der Reisende: „Wird der Kommandant der Exekution beiwohnen?"
„Es ist nicht gewiß", sagte der Offizier, durch die unvermittelte Frage peinlich berührt, und seine freundliche Miene verzerrte sich: „Gerade deshalb müssen wir uns beeilen. Ich werde sogar, so leid es mir tut, meine Erklärungen abkürzen müssen. Aber ich könnte ja morgen, wenn der Apparat wieder gereinigt ist – daß er so sehr beschmutzt wird, ist sein einziger Fehler -, die näheren Erklärungen nachtragen. Jetzt also nur das Notwendigste. – Wenn der Mann auf dem Bett liegt und dieses ins Zittern gebracht ist, wird die Egge auf den Körper gesenkt. Sie stellt sich von selbst so ein, daß sie nur knapp mit den Spitzen den Körper berührt; ist diese Einstellung vollzogen, strafft sich sofort dieses Stahlseil zu einer Stange. Und nun beginnt das Spiel. Ein Nichteingeweihter merkt äußerlich

keinen Unterschied in den Strafen. Die Egge scheint gleichförmig zu arbeiten. Zitternd sticht sie ihre Spitzen in den Körper ein, der überdies vom Bett aus zittert. Um es nun jedem zu ermöglichen, die Ausführung des Urteils zu überprüfen, wurde die Egge aus Glas gemacht. Es hat einige technische Schwierigkeiten verursacht, die Nadeln darin zu befestigen, es ist aber nach vielen Versuchen gelungen. Wir haben eben keine Mühe gescheut. Und nun kann jeder durch das Glas sehen, wie sich die Inschrift im Körper vollzieht. Wollen Sie nicht näherkommen und sich die Nadeln ansehen?"

Der Reisende erhob sich langsam, ging hin und beugte sich über die Egge. „Sie sehen", sagte der Offizier, „zweierlei Nadeln in vielfacher Anordnung. Jede lange hat eine kurze neben sich. Die lange schreibt nämlich, und die kurze spritzt Wasser aus, um das Blut abzuwaschen und die Schrift immer klar zu erhalten. Das Blutwasser wird dann hier in kleine Rinnen geleitet und fließt endlich in diese Hauptrinne, deren Abflußrohr in die Grube führt." Der Offizier zeigte mit dem Finger genau den Weg, den das Blutwasser nehmen mußte. Als er es, um es möglichst anschaulich zu machen, an der Mündung des Abflußrohres mit beiden Händen förmlich auffing, erhob der Reisende den Kopf und wollte, mit der Hand rückwärts tastend, zu seinem Sessel zurückgehen.

Da sah er zu seinem Schrecken, daß auch der Verurteilte gleich ihm der Einladung des Offiziers, sich die Einrichtung der Egge aus der Nähe anzusehen, gefolgt war. Er hatte den verschlafenen Soldaten an der Kette ein wenig vorgezerrt und sich auch über das Glas gebeugt. Man sah, wie er mit unsicheren Augen auch das suchte, was die zwei Herren eben beobachtet hatten, wie es ihm aber, da ihm die Erklärung fehlte, nicht gelingen wollte. Er beugte sich hierhin und dorthin. Immer wieder lief er mit den Augen das Glas ab.

Der Reisende wollte ihn zurücktreiben, denn, was er tat, war wahrscheinlich strafbar. Aber der Offizier hielt den Reisenden mit einer Hand fest, nahm mit der anderen eine Erdscholle vom Wall und warf sie nach dem Soldaten.

Dieser hob mit einem Ruck die Augen, sah, was der Verurteilte gewagt hatte, ließ das Gewehr fallen, stemmte die Füße mit den Absätzen in den Boden, riß den Verurteilten zurück, daß er gleich niederfiel, und sah dann auf ihn hinunter, wie er sich wand und mit seinen Ketten klirrte.

„Stell ihn auf!“ schrie der Offizier, denn er merkte, daß der Reisende durch den Verurteilten allzusehr abgelenkt wurde. Der Reisende beugte sich sogar über die Egge hinweg, ohne sich um sie zu kümmern, und wollte nur feststellen, was mit dem Verurteilten geschehe.
„Behandle ihn sorgfältig!“ schrie der Offizier wieder. Er umlief den Apparat, faßte selbst den Verurteilten unter den Achseln und stellte ihn, der öfters mit den Füßen ausglitt, mit Hilfe des Soldaten auf.
„Nun weiß ich schon alles“, sagte der Reisende, als der Offizier wieder zu ihm zurückkehrte.
„Bis auf das Wichtigste“, sagte dieser, ergriff den Reisenden am Arm und zeigte in die Höhe: „Dort im Zeichner ist das Räderwerk, welches die Bewegung der Egge bestimmt, und dieses Räderwerk wird nach der Zeichnung, auf welche das Urteil lautet, angeordnet. Ich verwende noch die Zeichnungen des früheren Kommandanten. Hier sind sie“ – er zog einige Blätter aus der Ledermappe -, „ich kann sie Ihnen aber leider nicht in die Hand geben, sie sind das Teuerste, was ich habe. Setzen Sie sich, ich zeige sie Ihnen aus dieser Entfernung, dann werden Sie alles gut sehen können.“
Er zeigte das erste Blatt. Der Reisende hätte gerne etwas Anerkennendes gesagt, aber er sah nur labyrinthartige, einander vielfach kreuzende Linien, die so dicht das Papier bedeckten, daß man nur mit Mühe die weißen Zwischenräume erkannte.
„Lesen Sie“, sagte der Offizier.
„Ich kann nicht“, sagte der Reisende.
„Es ist doch deutlich“, sagte der Offizier.
„Es ist sehr kunstvoll“, sagte der Reisende ausweichend, „aber ich kann es nicht entziffern.“
„Ja“, sagte der Offizier, lachte und steckte die Mappe wieder ein, „es ist keine Schönschrift für Schulkinder. Man muß lange darin lesen. Auch Sie würden es schließlich gewiß erkennen. Es darf natürlich keine einfache Schrift sein; sie soll ja nicht sofort töten, sondern durchschnittlich erst in einem Zeitraum von zwölf Stunden; für die sechste Stunde ist der Wendepunkt berechnet. Es müssen also viele, viele Zieraten die eigentliche Schrift umgeben; die wirkliche Schrift umzieht den Leib nur in einem schmalen Gürtel; der übrige Körper ist für Verzierungen bestimmt. Können Sie jetzt die Arbeit der Egge und des ganzen Apparates würdigen? – Sehen Sie doch!“

Er sprang auf die Leiter, drehte ein Rad, rief hinunter: „Achtung, treten Sie zur Seite!", und alles kam in Gang. Hätte das Rad nicht gekreischt, es wäre herrlich gewesen. Als sei der Offizier von diesem störenden Rad überrascht, drohte er ihm mit der Faust, breitete dann, sich entschuldigend, zum Reisenden hin die Arme aus und kletterte eilig hinunter, um den Gang des Apparates von unten zu beobachten. Noch war etwas nicht in Ordnung, das nur er merkte; er kletterte wieder hinauf, griff mit beiden Händen in das Innere des Zeichners, glitt dann, um rascher hinunterzukommen, statt die Leiter zu benutzen, an der einen Stange hinunter und schrie nun, um sich im Lärm verständlich zu machen, mit äußerster Anspannung dem Reisenden ins Ohr: „Begreifen Sie den Vorgang? Die Egge fängt zu schreiben an; ist sie mit der ersten Anlage der Schrift auf dem Rücken des Mannes fertig, rollt die Watteschicht und wälzt den Körper langsam auf die Seite, um der Egge neuen Raum zu bieten. Inzwischen legen sich die wundbeschriebenen Stellen auf die Watte, welche infolge der besonderen Präparierung sofort die Blutung stillt und zu neuer Vertiefung der Schrift vorbereitet. Hier die Zacken am Rande der Egge reißen dann beim weiteren Umwälzen des Körpers die Watte von den Wunden, schleudern sie in die Grube, und die Egge hat wieder Arbeit. So schreibt sie immer tiefer die zwölf Stunden lang. Die ersten sechs Stunden lebt der Verurteilte fast wie früher, er leidet nur Schmerzen. Nach zwei Stunden wird der Filz entfernt, denn der Mann hat keine Kraft zum Schreien mehr. Hier in diesen elektrisch geheizten Napf am Kopfende wird warmer Reisbrei gelegt, aus dem der Mann, wenn er Lust hat, nehmen kann, was er mit der Zunge erhascht. Keiner versäumt die Gelegenheit. Ich weiß keinen, und meine Erfahrung ist groß. Erst um die sechste Stunde verliert er das Vergnügen am Essen. Ich knie dann gewöhnlich hier nieder und beobachte diese Erscheinung. Der Mann schluckt den letzten Bissen selten, er dreht ihn nur im Mund und speit ihn in die Grube. Ich muß mich dann bücken, sonst fährt er mir ins Gesicht. Wie still wird dann aber der Mann um die sechste Stunde! Verstand geht dem Blödesten auf. Um die Augen beginnt es. Von hier aus verbreitet es sich. Ein Anblick, der einen verführen könnte, sich mit unter die Egge zu legen. Es geschieht ja weiter nichts, der Mann fängt bloß an, die Schrift zu entziffern, er spitzt den Mund, als horche er. Sie haben gesehen, es ist nicht leicht, die Schrift mit den Augen zu entziffern; unser Mann entziffert sie aber mit seinen Wunden. Es ist allerdings viel Arbeit; er braucht sechs Stunden zu ihrer Vollendung. Dann aber spießt ihn die Egge vollständig auf und wirft ihn in die Grube, wo er auf das Blutwasser und die Watte niederklatscht. Dann ist das Gericht zu Ende, und wir, ich und der Soldat, scharren ihn ein."

Der Reisende hatte das Ohr zum Offizier geneigt und sah, die Hände in den Rocktaschen, der Arbeit der Maschine zu. Auch der Verurteilte sah ihr zu, aber ohne Verständnis. Er bückte sich ein wenig und verfolgte die schwankenden Nadeln, als ihm der Soldat, auf ein Zeichen des Offiziers, mit einem Messer hinten Hemd und Hose durchschnitt, so daß sie von dem Verurteilten abfielen; er wollte nach dem fallenden Zeug greifen, um seine Blöße zu bedecken, aber der Soldat hob ihn in die Höhe und schüttelte die letzten Fetzen von ihm ab. Der Offizier stellte die Maschine ein, und in der jetzt eintretenden Stille wurde der Verurteilte unter die Egge gelegt. Die Ketten wurden gelöst und statt dessen die Riemen befestigt; es schien für den Verurteilten im ersten Augenblick fast wie eine Erleichterung zu bedeuten. Und nun senkte sich die Egge noch ein Stück tiefer, denn es war ein magerer Mann. Als ihn die Spitzen berührten, ging ein Schauer über seine Haut; er streckte, während der Soldat mit seiner rechten Hand beschäftigt war, die linke aus, ohne zu wissen wohin; es war aber die Richtung, wo der Reisende stand. Der Offizier sah ununterbrochen den Reisenden von der Seite an, als suche er von seinem Gesicht den Eindruck abzulesen, den die Exekution, die er ihm nun wenigstens oberflächlich erklärt hatte, auf ihn mache.

Der Riemen, der für das Handgelenk bestimmt war, riß; wahrscheinlich hatte ihn der Soldat zu stark angezogen. Der Offizier sollte helfen, der Soldat zeigte ihm das abgerissene Riemenstück. Der Offizier ging auch zu ihm hinüber und sagte, das Gesicht dem Reisenden zugewendet: „Die Maschine ist sehr zusammengesetzt, es muß hie und da etwas reißen oder brechen; dadurch darf man sich aber im Gesamturteil nicht beirren lassen. Für den Riemen ist übrigens sofort Ersatz geschafft; ich werde eine Kette verwenden; die Zartheit der Schwingung wird dadurch für den rechten Arm allerdings beeinträchtigt."

Und während er die Ketten anlegte, sagte er noch: „Die Mittel zur Erhaltung der Maschine sind jetzt sehr eingeschränkt. Unter dem früheren Kommandanten war eine mir frei zugängliche Kassa nur für diesen Zweck bestimmt. Es gab hier ein Magazin, in dem alle möglichen Ersatzstücke aufbewahrt wurden. Ich gestehe, ich trieb damit fast Verschwendung, ich meine früher, nicht jetzt, wie der neue Kommandant behauptet, dem alles nur zum Vorwand dient, alte Einrichtungen zu bekämpfen. Jetzt hat er die Maschinenkassa in eigener Verwaltung, und schicke ich um einen neuen Riemen, wird der zerrissene als Beweisstück verlangt, der neue kommt erst in zehn Tagen, ist dann aber von schlechterer Sorte und taugt nicht viel. Wie ich aber in der Zwischenzeit ohne Riemen die Maschine betreiben soll, darum kümmert sich niemand."

Der Reisende überlegte: Es ist immer bedenklich, in fremde Verhältnisse entscheidend einzugreifen. Er war weder Bürger der Strafkolonie, noch Bürger des Staates, dem sie angehörte. Wenn er die Exekution verurteilen oder gar hintertreiben wollte, konnte man ihm sagen: Du bist ein Fremder, sei still. Darauf hätte er nichts erwidern, sondern nur hinzufügen können, daß er sich in diesem Falle selbst nicht begreife, denn er reise nur mit der Absicht, zu sehen, und keineswegs etwa, um fremde Gerichtsverfassungen zu ändern. Nun lagen aber hier die Dinge allerdings sehr verführerisch. Die Ungerechtigkeit des Verfahrens und die Unmenschlichkeit der Exekution war zweifellos. Niemand konnte irgendeine Eigennützigkeit des Reisenden annehmen, denn der Verurteilte war ihm fremd, kein Landsmann und ein zum Mitleid gar nicht auffordernder Mensch. Der Reisende selbst hatte Empfehlungen hoher Ämter, war hier mit großer Höflichkeit empfangen worden, und daß er zu dieser Exekution eingeladen worden war, schien sogar darauf hinzudeuten, daß man sein Urteil über dieses Gericht verlangte. Dies war aber um so wahrscheinlicher, als der Kommandant, wie er jetzt überdeutlich gehört hatte, kein Anhänger dieses Verfahrens war und sich gegenüber dem Offizier fast feindselig verhielt.

Da hörte der Reisende einen Wutschrei des Offiziers. Er hatte gerade, nicht ohne Mühe, dem Verurteilten den Filzstumpf in den Mund geschoben, als der Verurteilte in einem unwiderstehlichen Brechreiz die Augen schloß und sich erbrach. Eilig riß ihn der Offizier vom Stumpf in die Höhe und wollte den Kopf zur Grube hindrehen; aber es war zu spät, der Unrat floß schon an der Maschine hinab.

„Alles Schuld des Kommandanten!" schrie der Offizier und rüttelte besinnungslos vorn an den Messingstangen, „die Maschine wird mir verunreinigt wie ein Stall."

Er zeigte mit zitternden Händen dem Reisenden, was geschehen war. „Habe ich nicht stundenlang dem Kommandanten begreiflich zu machen gesucht, daß einen Tag vor der Exekution kein Essen mehr verabfolgt werden soll. Aber die neue milde Richtung ist anderer Meinung. Die Damen des Kommandanten stopfen dem Mann, ehe er abgeführt wird, den Hals mit Zuckersachen voll. Sein ganzes Leben hat er sich von stinkenden Fischen genährt und muß jetzt Zuckersachen essen! Aber es wäre ja möglich, ich würde nichts einwenden, aber warum schafft man nicht einen neuen Filz an, wie ich ihn seit einem Vierteljahr erbitte. Wie kann man ohne Ekel diesen Filz in den Mund nehmen, an dem mehr als hundert Männer im Sterben gesaugt und gebissen haben?"
Der Verurteilte hatte den Kopf niedergelegt und sah friedlich aus, der Soldat war damit beschäftigt, mit dem Hemd des Verurteilten die Maschine zu putzen. Der Offizier ging zum Reisenden, der in irgendeiner Ahnung einen Schritt zurücktrat, aber der Offizier faßte ihn bei der Hand und zog ihn zur Seite.
„Ich will einige Worte im Vertrauen mit Ihnen sprechen", sagte er, „ich darf das doch?"
„Gewiß", sagte der Reisende und hörte mit gesenkten Augen zu.
„Dieses Verfahren und diese Hinrichtung, die Sie jetzt zu bewundern Gelegenheit haben, hat gegenwärtig in unserer Kolonie keinen offenen Anhänger mehr. Ich bin ihr einziger Vertreter, gleichzeitig der einzige Vertreter des Erbes des alten Kommandanten. An einen weiteren Ausbau des Verfahrens kann ich nicht mehr denken, ich verbrauche alle meine Kräfte, um zu erhalten, was vorhanden ist.
Als der alte Kommandant lebte, war die Kolonie von seinen Anhängern voll; die Überzeugungskraft des alten Kommandanten habe ich zum Teil, aber seine Macht fehlt mir ganz; infolgedessen haben sich die Anhänger verkrochen, es gibt noch viele, aber keiner gesteht es ein. Wenn Sie heute, also an einem Hinrichtungstag, ins Teehaus gehen und herumhorchen, werden Sie vielleicht nur zweideutige Äußerungen hören. Das sind lauter Anhänger, aber unter dem gegenwärtigen Kommandanten und bei seinen gegenwärtigen Anschauungen für mich ganz unbrauchbar. Und nun frage ich Sie: Soll wegen dieses Kommandanten und seiner Frauen, die ihn beeinflussen, ein solches Lebenswerk" – er zeigte auf die Maschine – „zugrunde gehen? Darf man das zulassen? Selbst wenn man nur als Fremder ein paar Tage auf unserer Insel ist? Es ist aber keine

Zeit zu verlieren, man bereitet schon etwas gegen meine Gerichtsbarkeit vor; es finden schon Beratungen in der Kommandantur statt, zu denen ich nicht zugezogen werde; sogar Ihr heutiger Besuch scheint mir für die ganze Lage bezeichnend; man ist feig und schickt Sie, einen Fremden, vor. – Wie war die Exekution anders in früherer Zeit! Schon einen Tag vor der Hinrichtung war das ganze Tal von Menschen überfüllt; alle kamen nur um zu sehen; früh am Morgen erschien der Kommandant mit seinen Damen; Fanfaren weckten den ganzen Lagerplatz; ich erstattete die Meldung, daß alles vorbereitet sei; die Gesellschaft – kein hoher Beamte durfte fehlen – ordnete sich um die Maschine; dieser Haufen Rohrsessel ist ein armseliges Überbleibsel aus jener Zeit. Die Maschine glänzte frisch geputzt, fast zu jeder Exekution nahm ich neue Ersatzstücke. Vor Hunderten Augen – alle Zuschauer standen auf den Fußspitzen bis dort zu den Anhöhen – wurde der Verurteilte vom Kommandanten selbst unter die Egge gelegt. Was heute ein gemeiner Soldat tun darf, war damals meine, des Gerichtspräsidenten, Arbeit und ehrte mich. Und nun begann die Exekution! Kein Mißton störte die Arbeit der Maschine. Manche sahen nun gar nicht mehr zu, sondern lagen mit geschlossenen Augen im Sand; alle wußten: jetzt geschieht Gerechtigkeit. In der Stille hörte man nur das Seufzen des Verurteilten, gedämpft durch den Filz.
Heute gelingt es der Maschine nicht mehr, dem Verurteilten ein stärkeres Seufzen auszupressen, als der Filz noch ersticken kann; damals aber tropften die schreibenden Nadeln eine beizende Flüssigkeit aus, die heute nicht mehr verwendet werden darf. Nun, und dann kam die sechste Stunde! Es war unmöglich, allen die Bitte, aus der Nähe zuschauen zu dürfen, zu gewähren.
Der Kommandant in seiner Einsicht ordnete an, daß vor allem die Kinder berücksichtigt werden sollten; ich allerdings durfte kraft meines Berufes immer dabeistehen; oft hockte ich dort, zwei kleine Kinder rechts und links in meinen Armen. Wie nahmen wir alle den Ausdruck der Verklärung von dem gemarterten Gesicht, wie hielten wir unsere Wangen in den Schein dieser endlich erreichten und schon vergehenden Gerechtigkeit! Was für Zeiten, mein Kamerad!“
Der Offizier hatte offenbar vergessen, wer vor ihm stand; er hatte den Reisenden umarmt und den Kopf auf seine Schulter gelegt. Der Reisende war in großer Verlegenheit, ungeduldig sah er über den Offizier hinweg. Der Soldat hatte die Reinigungsarbeit beendet und

jetzt noch aus einer Büchse Reisbrei in den Napf geschüttet. Kaum merkte dies der Verurteilte, der sich schon vollständig erholt zu haben schien, als er mit der Zunge nach dem Brei zu schnappen begann. Der Soldat stieß ihn immer wieder weg, denn der Brei war wohl für eine spätere Zeit bestimmt, aber ungehörig war es jedenfalls auch, daß der Soldat mit seinen schmutzigen Händen hineingriff und vor dem gierigen Verurteilten davon aß.
Der Offizier faßte sich schnell. „Ich wollte Sie nicht etwa rühren", sagte er, „ich weiß, es ist unmöglich, jene Zeiten heute begreiflich zu machen. Im übrigen arbeitet die Maschine noch und wirkt für sich. Sie wirkt für sich, auch wenn sie allein in diesem Tal steht. Und die Leiche fällt zum Schluß noch immer in dem unbegreiflich sanften Flug in die Grube, auch wenn nicht, wie damals, Hunderte wie Fliegen um die Grube sich versammeln. Damals mußten wir ein starkes Geländer um die Grube anbringen, es ist längst weggerissen."
Der Reisende wollte sein Gesicht dem Offizier entziehen und blickte ziellos herum. Der Offizier glaubte, er betrachte die Öde des Tales; er ergriff deshalb seine Hände, drehte sich um ihn, um seine Blicke zu erfassen, und fragte: „Merken Sie die Schande?"
Aber der Reisende schwieg. Der Offizier ließ für ein Weilchen von ihm ab; mit auseinandergestellten Beinen, die Hände in den Hüften, stand er still und blickte zu Boden. Dann lächelte er dem Reisenden aufmunternd zu und sagte: „Ich war gestern in Ihrer Nähe, als der Kommandant Sie einlud. Ich hörte die Einladung. Ich kenne den Kommandanten. Ich verstand sofort, was er mit der Einladung bezweckte. Trotzdem seine Macht groß genug wäre, um gegen mich einzuschreiten, wagt er es noch nicht, wohl aber will er mich Ihrem, dem Urteil eines angesehenen Fremden aussetzen.
Seine Berechnung ist sorgfältig; Sie sind den zweiten Tag auf der Insel, Sie kannten den alten Kommandanten und seinen Gedankenkreis nicht, Sie sind in europäischen Anschauungen befangen, vielleicht sind Sie ein grundsätzlicher Gegner der Todesstrafe im allgemeinen und einer derartigen maschinellen Hinrichtungsart im besonderen, Sie sehen überdies, wie die Hinrichtung ohne öffentliche Anteilnahme, traurig, auf einer bereits etwas beschädigten Maschine vor sich geht – wäre es nun, alles dieses zusammengenommen (so denkt der Kommandant), nicht sehr leicht möglich, daß Sie mein Verfahren nicht für richtig halten? Und wenn Sie es nicht für richtig halten, werden Sie dies (ich rede noch immer im

Sinne des Kommandanten) nicht verschweigen, denn Sie vertrauen doch gewiß Ihren vielerprobten Überzeugungen. Sie haben allerdings viele Eigentümlichkeiten vieler Völker gesehen und achten gelernt, Sie werden daher wahrscheinlich sich nicht mit ganzer Kraft, wie Sie es vielleicht in Ihrer Heimat tun würden, gegen das Verfahren aussprechen. Aber dessen bedarf der Kommandant gar nicht. Ein flüchtiges, ein bloß unvorsichtiges Wort genügt. Es muß gar nicht Ihrer Überzeugung entsprechen, wenn es nur scheinbar seinem Wunsche entgegenkommt. Daß er Sie mit aller Schlauheit ausfragen wird, dessen bin ich gewiß. Und seine Damen werden im Kreis herumsitzen und die Ohren spitzen; Sie werden etwa sagen: ›Bei uns ist das Gerichtsverfahren ein anderes‹, oder ›Bei uns wird der Angeklagte vor dem Urteil verhört‹, oder ›Bei uns gab es Folterungen nur im Mittelalter‹.
Das alles sind Bemerkungen, die ebenso richtig sind, als sie Ihnen selbstverständlich erscheinen, unschuldige Bemerkungen, die mein Verfahren nicht antasten. Aber wie wird sie der Kommandant aufnehmen? Ich sehe ihn, den guten Kommandanten, wie er sofort den Stuhl beiseite schiebt und auf den Balkon eilt, ich sehe seine Damen, wie sie ihm nachströmen, ich höre seine Stimme – die Damen nennen sie eine Donnerstimme -, nun, und er spricht: ›Ein großer Forscher des Abendlandes, dazu bestimmt, das Gerichtsverfahren in allen Ländern zu überprüfen, hat eben gesagt, daß unser Verfahren nach altem Brauch ein unmenschliches ist. Nach diesem Urteil einer solchen Persönlichkeit ist es mir natürlich nicht mehr möglich, dieses Verfahren zu dulden. Mit dem heutigen Tage also ordne ich an – und so weiter.‹
Sie wollen eingreifen, Sie haben nicht das gesagt, was er verkündet, Sie haben mein Verfahren nicht unmenschlich genannt, im Gegenteil, Ihrer tiefen Einsicht entsprechend, halten Sie es für das menschlichste und menschenwürdigste, Sie bewundern auch diese Maschinerie – aber es ist zu spät; Sie kommen gar nicht auf den Balkon, der schon voll Damen ist; Sie wollen sich bemerkbar machen; Sie wollen schreien; aber eine Damenhand hält Ihnen den Mund zu – und ich und das Werk des alten Kommandanten sind verloren."
Der Reisende mußte ein Lächeln unterdrücken; so leicht war also die Aufgabe, die er für so schwer gehalten hatte. Er sagte ausweichend: „Sie überschätzen meinen Einfluß; der Kommandant hat mein Empfehlungsschreiben gelesen, er weiß, daß ich kein

Kenner der gerichtlichen Verfahren bin. Wenn ich eine Meinung aussprechen würde, so wäre es die Meinung eines Privatmannes, um nichts bedeutender als die Meinung eines beliebigen anderen, und jedenfalls viel bedeutungsloser als die Meinung des Kommandanten, der in dieser Strafkolonie, wie ich zu wissen glaube, sehr ausgedehnte Rechte hat. Ist seine Meinung über dieses Verfahren eine so bestimmte, wie Sie glauben, dann, fürchte ich, ist allerdings das Ende dieses Verfahrens gekommen, ohne daß es meiner bescheidenen Mithilfe bedürfte."

Begriff es schon der Offizier? Nein, er begriff noch nicht. Er schüttelte lebhaft den Kopf, sah kurz nach dem Verurteilten und dem Soldaten zurück, die zusammenzuckten und vom Reis abließen, ging ganz nahe an den Reisenden heran, blickte ihm nicht ins Gesicht, sondern irgendwohin auf seinen Rock und sagte leiser als früher: „Sie kennen den Kommandanten nicht; Sie stehen ihm und uns allen – verzeihen Sie den Ausdruck – gewissermaßen harmlos gegenüber; Ihr Einfluß, glauben Sie mir, kann nicht hoch genug eingeschätzt werden. Ich war ja glückselig, als ich hörte, daß Sie allein der Exekution beiwohnen sollten. Diese Anordnung des Kommandanten sollte mich treffen, nun aber wende ich sie zu meinen Gunsten. Unabgelenkt von falschen Einflüsterungen und verächtlichen Blicken – wie sie bei größerer Teilnahme an der Exekution nicht hätten vermieden werden können – haben Sie meine Erklärungen angehört, die Maschine gesehen und sind nun im Begriffe, die Exekution zu besichtigen. Ihr Urteil steht gewiß schon fest; sollten noch kleine Unsicherheiten bestehen, so wird sie der Anblick der Exekution beseitigen. Und nun stelle ich an Sie die Bitte: helfen Sie mir gegenüber dem Kommandanten!"

Der Reisende ließ ihn nicht weiterreden.

„Wie könnte ich denn das", rief er aus, „das ist ganz unmöglich. Ich kann Ihnen ebensowenig nützen, als ich Ihnen schaden kann."

„Sie können es", sagte der Offizier. Mit einiger Befürchtung sah der Reisende, daß der Offizier die Fäuste ballte.

„Sie können es", wiederholte der Offizier noch dringender. „Ich habe einen Plan, der gelingen muß. Sie glauben, Ihr Einfluß genüge nicht. Ich weiß, daß er genügt. Aber zugestanden, daß Sie recht haben, ist es dann nicht notwendig, zur Erhaltung dieses Verfahrens alles, selbst das möglicherweise Unzureichende zu versuchen?

Hören Sie also meinen Plan. Zu seiner Ausführung ist es vor allem nötig, daß Sie heute in der Kolonie mit Ihrem Urteil über das

Verfahren möglichst zurückhalten. Wenn man Sie nicht geradezu fragt, dürfen Sie sich keinesfalls äußern; Ihre Äußerungen aber müssen kurz und unbestimmt sein; man soll merken, daß es Ihnen schwer wird, darüber zu sprechen, daß Sie verbittert sind, daß Sie, falls Sie offen reden sollten, geradezu in Verwünschungen ausbrechen müßten.
Ich verlange nicht, daß Sie lügen sollen; keineswegs; Sie sollen nur kurz antworten, etwa: ›Ja, ich habe die Exekution gesehen‹, oder ›Ja, ich habe alle Erklärungen gehört‹. Nur das, nichts weiter. Für die Verbitterung, die man Ihnen anmerken soll, ist ja genügend Anlaß, wenn auch nicht im Sinne des Kommandanten. Er natürlich wird es vollständig mißverstehen und in seinem Sinne deuten. Darauf gründet sich mein Plan.
Morgen findet in der Kommandantur unter dem Vorsitz des Kommandanten eine große Sitzung aller höheren Verwaltungsbeamten statt. Der Kommandant hat es natürlich verstanden, aus solchen Sitzungen eine Schaustellung zu machen. Es wurde eine Galerie gebaut, die mit Zuschauern immer besetzt ist. Ich bin gezwungen, an den Beratungen teilzunehmen, aber der Widerwille schüttelt mich. Nun werden Sie gewiß auf jeden Fall zu der Sitzung eingeladen werden; wenn Sie sich heute meinem Plane gemäß verhalten, wird die Einladung zu einer dringenden Bitte werden. Sollten Sie aber aus irgendeinem unerfindlichen Grunde doch nicht eingeladen werden, so müßten Sie allerdings die Einladung verlangen; daß Sie sie dann erhalten, ist zweifellos. Nun sitzen Sie also morgen mit den Damen in der Loge des Kommandanten. Er versichert sich öfters durch Blicke nach oben, daß Sie da sind. Nach verschiedenen gleichgültigen, lächerlichen, nur für die Zuhörer berechneten Verhandlungsgegenständen – meistens sind es Hafenbauten, immer wieder Hafenbauten! – kommt auch das Gerichtsverfahren zur Sprache.
Sollte es von seiten des Kommandanten nicht oder nicht bald genug geschehen, so werde ich dafür sorgen, daß es geschieht. Ich werde aufstehen und die Meldung von der heutigen Exekution erstatten. Ganz kurz, nur diese Meldung. Eine solche Meldung ist zwar dort nicht üblich, aber ich tue es doch. Der Kommandant dankt mir, wie immer, mit freundlichem Lächeln, und nun, er kann sich nicht zurückhalten, erfaßt er die gute Gelegenheit.
›Es wurde eben‹, so oder ähnlich wird er sprechen, ›die Meldung von der Exekution erstattet. Ich möchte dieser Meldung nur

hinzufügen, daß gerade dieser Exekution der große Forscher beigewohnt hat, von dessen unsere Kolonie so außerordentlich ehrendem Besuch Sie alle wissen. Auch unsere heutige Sitzung ist durch seine Anwesenheit in ihrer Bedeutung erhöht. Wollen wir nun nicht an diesen großen Forscher die Frage richten, wie er die Exekution nach altem Brauch und das Verfahren, das ihr vorausgeht, beurteilt?‹
Natürlich überall Beifallklatschen, allgemeine Zustimmung, ich bin der Lauteste. Der Kommandant verbeugt sich vor Ihnen und sagt: ›Dann stelle ich im Namen aller die Frage.‹ Und nun treten Sie an die Brüstung. Legen Sie die Hände für alle sichtbar hin, sonst fassen sie die Damen und spielen mit den Fingern. – Und jetzt kommt endlich Ihr Wort.
Ich weiß nicht, wie ich die Spannung der Stunden bis dahin ertragen werde. In Ihrer Rede müssen Sie sich keine Schranken setzen, machen Sie mit der Wahrheit Lärm, beugen Sie sich über die Brüstung, brüllen Sie, aber ja, brüllen Sie dem Kommandanten Ihre Meinung, Ihre unerschütterliche Meinung zu.
Aber vielleicht wollen Sie das nicht, es entspricht nicht Ihrem Charakter, in Ihrer Heimat verhält man sich vielleicht in solchen Lagen anders, auch das ist richtig, auch das genügt vollkommen, stehen Sie gar nicht auf, sagen Sie nur ein paar Worte, flüstern Sie sie, daß sie gerade noch die Beamten unter Ihnen hören, es genügt, Sie müssen gar nicht selbst von der mangelnden Teilnahme an der Exekution, von dem kreischenden Rad, dem zerrissenen Riemen, dem widerlichen Filz reden, nein, alles Weitere übernehme ich, und, glauben Sie, wenn meine Rede ihn nicht aus dem Saale jagt, so wird sie ihn auf die Knie zwingen, daß er bekennen muß: Alter Kommandant, vor dir beuge ich mich. – Das ist mein Plan; wollen Sie mir zu seiner Ausführung helfen? Aber natürlich wollen Sie, mehr als das, Sie müssen."
Und der Offizier faßte den Reisenden an beiden Armen und sah ihm schwer atmend ins Gesicht. Die letzten Sätze hatte er so geschrien, daß selbst der Soldat und der Verurteilte aufmerksam geworden waren; trotzdem sie nichts verstehen konnten, hielten sie doch im Essen inne und sahen kauend zum Reisenden hinüber.
Die Antwort, die er zu geben hatte, war für den Reisenden von allem Anfang an zweifellos; er hatte in seinem Leben zu viel erfahren, als daß er hier hätte schwanken können; er war im Grunde ehrlich und hatte keine Furcht. Trotzdem zögerte er jetzt im

Anblick des Soldaten und des Verurteilten einen Atemzug lang. Schließlich aber sagte er, wie er mußte: „Nein."
Der Offizier blinzelte mehrmals mit den Augen, ließ aber keinen Blick von ihm.
„Wollen Sie eine Erklärung?" fragte der Reisende.
Der Offizier nickte stumm.
„Ich bin ein Gegner dieses Verfahrens", sagte nun der Reisende, „noch ehe Sie mich ins Vertrauen zogen – dieses Vertrauen werde ich natürlich unter keinen Umständen mißbrauchen -, habe ich schon überlegt, ob ich berechtigt wäre, gegen dieses Verfahren einzuschreiten, und ob mein Einschreiten auch nur eine kleine Aussicht auf Erfolg haben könnte. An wen ich mich dabei zuerst wenden müßte, war mir klar: an den Kommandanten natürlich. Sie haben es mir noch klarer gemacht, ohne aber etwa meinen Entschluß erst befestigt zu haben, im Gegenteil, Ihre ehrliche Überzeugung geht mir nahe, wenn sie mich auch nicht beirren kann."
Der Offizier blieb stumm, wendete sich der Maschine zu, faßte eine der Messingstangen und sah dann, ein wenig zurückgebeugt, zum Zeichner hinauf, als prüfe er, ob alles in Ordnung sei. Der Soldat und der Verurteilte schienen sich miteinander befreundet zu haben; der Verurteilte machte, so schwierig dies bei der festen Einschnallung durchzuführen war, dem Soldaten Zeichen; der Soldat beugte sich zu ihm; der Verurteilte flüsterte ihm etwas zu, und der Soldat nickte. Der Reisende ging dem Offizier nach und sagte: „Sie wissen noch nicht, was ich tun will. Ich werde meine Ansicht über das Verfahren dem Kommandanten zwar sagen, aber nicht in einer Sitzung, sondern unter vier Augen; ich werde auch nicht so lange hier bleiben, daß ich irgendeiner Sitzung beigezogen werden könnte; ich fahre schon morgen früh weg oder schiffe mich wenigstens ein."
Es sah nicht aus, als ob der Offizier zugehört hätte. „Das Verfahren hat Sie also nicht überzeugt", sagte er für sich und lächelte, wie ein Alter über den Unsinn eines Kindes lächelt und hinter dem Lächeln sein eigenes wirkliches Nachdenken behält.
„Dann ist es also Zeit", sagte er schließlich und blickte plötzlich mit hellen Augen, die irgendeine Aufforderung, irgendeinen Aufruf zur Beteiligung enthielten, den Reisenden an.
„Wozu ist es Zeit?" fragte der Reisende unruhig, bekam aber keine Antwort.

„Du bist frei“, sagte der Offizier zum Verurteilten in dessen Sprache. Dieser glaubte es zuerst nicht.
„Nun, frei bist du“, sagte der Offizier. Zum erstenmal bekam das Gesicht des Verurteilten wirkliches Leben. War es Wahrheit? War es nur eine Laune des Offiziers, die vorübergehen konnte? Hatte der fremde Reisende ihm Gnade erwirkt? Was war es? So schien sein Gesicht zu fragen. Aber nicht lange. Was immer es sein mochte, er wollte, wenn er durfte, wirklich frei sein und er begann sich zu rütteln, soweit es die Egge erlaubte.
„Du zerreißt mir die Riemen“, schrie der Offizier, „sei ruhig! Wir öffnen sie schon.“
Und er machte sich mit dem Soldaten, dem er ein Zeichen gab, an die Arbeit. Der Verurteilte lachte ohne Worte leise vor sich hin, bald wendete er das Gesicht links zum Offizier, bald rechts zum Soldaten, auch den Reisenden vergaß er nicht.
„Zieh ihn heraus“, befahl der Offizier dem Soldaten. Es mußte hiebei wegen der Egge einige Vorsicht angewendet werden. Der Verurteilte hatte schon infolge seiner Ungeduld einige kleine Rißwunden auf dem Rücken.
Von jetzt ab kümmerte sich aber der Offizier kaum mehr um ihn. Er ging auf den Reisenden zu, zog wieder die kleine Ledermappe hervor, blätterte in ihr, fand schließlich das Blatt, das er suchte, und zeigte es dem Reisenden.
„Lesen Sie“, sagte er.
„Ich kann nicht“, sagte der Reisende, „ich sagte schon, ich kann diese Blätter nicht lesen.“
„Sehen Sie das Blatt doch genau an“, sagte der Offizier und trat neben den Reisenden, um mit ihm zu lesen. Als auch das nichts half, fuhr er mit dem kleinen Finger in großer Höhe, als dürfe das Blatt auf keinen Fall berührt werden, über das Papier hin, um auf diese Weise dem Reisenden das Lesen zu erleichtern. Der Reisende gab sich auch Mühe, um wenigstens darin dem Offizier gefällig sein zu können, aber es war ihm unmöglich. Nun begann der Offizier die Aufschrift zu buchstabieren und dann las er sie noch einmal im Zusammenhang.
„›Sei gerecht!‹ – heißt es“, sagte er, „jetzt können Sie es doch lesen.“
Der Reisende beugte sich so tief über das Papier, daß der Offizier aus Angst vor einer Berührung es weiter entfernte; nun sagte der Reisende zwar nichts mehr, aber es war klar, daß er es noch immer nicht hatte lesen können.

„›Sei gerecht!‹ – heißt es“, sagte der Offizier nochmals.
„Mag sein“, sagte der Reisende, „ich glaube es, daß es dort steht.“
„Nun gut“, sagte der Offizier, wenigstens teilweise befriedigt, und stieg mit dem Blatt auf die Leiter; er bettete das Blatt mit großer Vorsicht im Zeichner und ordnete das Räderwerk scheinbar gänzlich um; es war eine sehr mühselige Arbeit, es mußte sich auch um ganz kleine Räder handeln, manchmal verschwand der Kopf des Offiziers völlig im Zeichner, so genau mußte er das Räderwerk untersuchen.
Der Reisende verfolgte von unten diese Arbeit ununterbrochen, der Hals wurde ihm steif, und die Augen schmerzten ihn von dem mit Sonnenlicht überschütteten Himmel. Der Soldat und der Verurteilte waren nur miteinander beschäftigt. Das Hemd und die Hose des Verurteilten, die schon in der Grube lagen, wurden vom Soldaten mit der Bajonettspitze herausgezogen. Das Hemd war entsetzlich schmutzig, und der Verurteilte wusch es in dem Wasserkübel. Als er dann Hemd und Hose anzog, mußte der Soldat wie der Verurteilte laut lachen, denn die Kleidungsstücke waren doch hinten entzweigeschnitten. Vielleicht glaubte der Verurteilte, verpflichtet zu sein, den Soldaten zu unterhalten, er drehte sich in der zerschnittenen Kleidung im Kreise vor dem Soldaten, der auf dem Boden hockte und lachend auf seine Knie schlug. Immerhin bezwangen sie sich noch mit Rücksicht auf die Anwesenheit der Herren.
Als der Offizier oben endlich fertiggeworden war, überblickte er noch einmal lächelnd das Ganze in allen seinen Teilen, schlug diesmal den Deckel des Zeichners zu, der bisher offen gewesen war, stieg hinunter, sah in die Grube und dann auf den Verurteilten, merkte befriedigt, daß dieser seine Kleidung herausgenommen hatte, ging dann zu dem Wasserkübel, um die Hände zu waschen, erkannte zu spät den widerlichen Schmutz, war traurig darüber, daß er nun die Hände nicht waschen konnte, tauchte sie schließlich – dieser Ersatz genügte ihm nicht, aber er mußte sich fügen – in den Sand, stand dann auf und begann seinen Uniformrock aufzuknöpfen. Hierbei fielen ihm zunächst die zwei Damentaschentücher, die er hinter den Kragen gezwängt hatte, in die Hände.
„Hier hast du deine Taschentücher“, sagte er und warf sie dem Verurteilten zu. Und zum Reisenden sagte er erklärend: „Geschenke der Damen.“

Trotz der offenbaren Eile, mit der er den Uniformrock auszog und sich dann vollständig entkleidete, behandelte er doch jedes Kleidungsstück sehr sorgfältig, über die Silberschnüre an seinem Waffenrock strich er sogar eigens mit den Fingern hin und schüttelte eine Troddel zurecht. Wenig paßte es allerdings zu dieser Sorgfalt, daß er, sobald er mit der Behandlung eines Stückes fertig war, es dann sofort mit einem unwilligen Ruck in die Grube warf. Das letzte, was ihm übrigblieb, war sein kurzer Degen mit dem Tragriemen. Er zog den Degen aus der Scheide, zerbrach ihn, faßte dann alles zusammen, die Degenstücke, die Scheide und den Riemen, und warf es so heftig weg, daß es unten in der Grube aneinanderklang.

Nun stand er nackt da. Der Reisende biß sich auf die Lippen und sagte nichts. Er wußte zwar, was geschehen würde, aber er hatte kein Recht, den Offizier an irgend etwas zu hindern. War das Gerichtsverfahren, an dem der Offizier hing, wirklich so nahe daran, behoben zu werden – möglicherweise infolge des Einschreitens des Reisenden, zu dem sich dieser seinerseits verpflichtet fühlte -, dann handelte jetzt der Offizier vollständig richtig; der Reisende hätte an seiner Stelle nicht anders gehandelt.

Der Soldat und der Verurteilte verstanden zuerst nichts, sie sahen anfangs nicht einmal zu. Der Verurteilte war sehr erfreut darüber, die Taschentücher zurückerhalten zu haben, aber er durfte sich nicht lange an ihnen freuen, denn der Soldat nahm sie ihm mit einem raschen, nicht vorherzusehenden Griff. Nun versuchte wieder der Verurteilte, dem Soldaten die Tücher hinter dem Gürtel, hinter dem er sie verwahrt hatte, hervorzuziehen, aber der Soldat war wachsam. So stritten sie in halbem Scherz. Erst als der Offizier vollständig nackt war, wurden sie aufmerksam. Besonders der Verurteilte schien von der Ahnung irgendeines großen Umschwungs getroffen zu sein. Was ihm geschehen war, geschah nun dem Offizier. Vielleicht würde es so bis zum Äußersten gehen. Wahrscheinlich hatte der fremde Reisende den Befehl dazu gegeben. Das war also Rache. Ohne selbst bis zum Ende gelitten zu haben, wurde er doch bis zum Ende gerächt. Ein breites lautloses Lachen erschien nun auf seinem Gesicht und verschwand nicht mehr.

Der Offizier aber hatte sich der Maschine zugewendet. Wenn es schon früher deutlich gewesen war, daß er die Maschine gut verstand, so konnte es jetzt einen fast bestürzt machen, wie er mit

ihr umging und wie sie gehorchte. Er hatte die Hand der Egge nur genähert, und sie hob und senkte sich mehrmals, bis sie die richtige Lage erreicht hatte, um ihn zu empfangen; er faßte das Bett nur am Rande, und es fing schon zu zittern an; der Filzstumpf kam seinem Mund entgegen, man sah, wie der Offizier ihn eigentlich nicht haben wollte, aber das Zögern dauerte nur einen Augenblick, gleich fügte er sich und nahm ihn auf. Alles war bereit, nur die Riemen hingen noch an den Seiten herunter, aber sie waren offenbar unnötig, der Offizier mußte nicht angeschnallt sein. Da bemerkte der Verurteilte die losen Riemen, seiner Meinung nach war die Exekution nicht vollkommen, wenn die Riemen nicht festgeschnallt waren, er winkte eifrig dem Soldaten, und sie liefen hin, den Offizier anzuschnallen. Dieser hatte schon den einen Fuß ausgestreckt, um in die Kurbel zu stoßen, die den Zeichner in Gang bringen sollte; da sah er, daß die zwei gekommen waren; er zog daher den Fuß zurück und ließ sich anschnallen. Nun konnte er allerdings die Kurbel nicht mehr erreichen; weder der Soldat noch der Verurteilte würden sie auffinden, und der Reisende war entschlossen, sich nicht zu rühren. Es war nicht nötig; kaum waren die Riemen angebracht, fing auch schon die Maschine zu arbeiten an; das Bett zitterte, die Nadeln tanzten auf der Haut, die Egge schwebte auf und ab. Der Reisende hatte schon eine Weile hingestarrt, ehe er sich erinnerte, daß ein Rad im Zeichner hätte kreischen sollen; aber alles war still, nicht das geringste Surren war zu hören.
Durch diese stille Arbeit entschwand die Maschine förmlich der Aufmerksamkeit. Der Reisende sah zu dem Soldaten und dem Verurteilten hinüber. Der Verurteilte war der Lebhaftere, alles an der Maschine interessierte ihn, bald beugte er sich nieder, bald streckte er sich, immerfort hatte er den Zeigefinger ausgestreckt, um dem Soldaten etwas zu zeigen. Dem Reisenden war es peinlich. Er war entschlossen, hier bis zum Ende zu bleiben, aber den Anblick der zwei hätte er nicht lange ertragen. „Geht nach Hause“, sagte er. Der Soldat wäre dazu vielleicht bereit gewesen, aber der Verurteilte empfand den Befehl geradezu als Strafe. Er bat flehentlich mit gefalteten Händen, ihn hier zu lassen, und als der Reisende kopfschüttelnd nicht nachgeben wollte, kniete er sogar nieder. Der Reisende sah, daß Befehle hier nichts halfen, er wollte hinüber und die zwei vertreiben. Da hörte er oben im Zeichner ein Geräusch. Er sah hinauf. Störte also das Zahnrad doch? Aber es war etwas anderes. Langsam hob sich der Deckel des Zeichners und

klappte dann vollständig auf. Die Zacken eines Zahnrades zeigten und hoben sich, bald erschien das ganze Rad, es war, als presse irgendeine große Macht den Zeichner zusammen, so daß für dieses Rad kein Platz mehr übrigblieb, das Rad drehte sich bis zum Rand des Zeichners, fiel hinunter, kollerte aufrecht ein Stück im Sand und blieb dann liegen. Aber schon stieg oben ein anderes auf, ihm folgten viele, große, kleine und kaum zu unterscheidende, mit allen geschah dasselbe, immer glaubte man, nun müsse der Zeichner jedenfalls schon entleert sein, da erschien eine neue, besonders zahlreiche Gruppe, stieg auf, fiel hinunter, kollerte im Sand und legte sich. Über diesem Vorgang vergaß der Verurteilte ganz den Befehl des Reisenden, die Zahnräder entzückten ihn völlig, er wollte immer eines fassen, trieb gleichzeitig den Soldaten an, ihm zu helfen, zog aber erschreckt die Hand zurück, denn es folgte gleich ein anderes Rad, das ihn, wenigstens im ersten Anrollen, erschreckte.

Der Reisende dagegen war sehr beunruhigt; die Maschine ging offenbar in Trümmer; ihr ruhiger Gang war eine Täuschung; er hatte das Gefühl, als müsse er sich jetzt des Offiziers annehmen, da dieser nicht mehr für sich selbst sorgen konnte. Aber während der Fall der Zahnräder seine ganze Aufmerksamkeit beanspruchte, hatte er versäumt, die übrige Maschine zu beaufsichtigen; als er jedoch jetzt, nachdem das letzte Zahnrad den Zeichner verlassen hatte, sich über die Egge beugte, hatte er eine neue, noch ärgere Überraschung. Die Egge schrieb nicht, sie stach nur, und das Bett wälzte den Körper nicht, sondern hob ihn nur zitternd in die Nadeln hinein. Der Reisende wollte eingreifen, möglicherweise das Ganze zum Stehen bringen, das war ja keine Folter, wie sie der Offizier erreichen wollte, das war unmittelbarer Mord. Er streckte die Hände aus. Da hob sich aber schon die Egge mit dem aufgespießten Körper zur Seite, wie sie es sonst erst in der zwölften Stunde tat. Das Blut floß in hundert Strömen, nicht mit Wasser vermischt, auch die Wasserröhrchen hatten diesmal versagt. Und nun versagte noch das Letzte, der Körper löste sich von den Nadeln nicht, strömte sein Blut aus, hing aber über der Grube, ohne zu fallen. Die Egge wollte schon in ihre alte Lage zurückkehren, aber als merke sie selbst, daß sie von ihrer Last noch nicht befreit sei, blieb sie doch über der Grube.

„Helft doch!“ schrie der Reisende zum Soldaten und zum Verurteilten hinüber und faßte selbst die Füße des Offiziers. Er wollte sich hier gegen die Füße drücken, die zwei sollten auf der anderen Seite den Kopf des Offiziers fassen, und so sollte er langsam von den Nadeln gehoben werden. Aber nun konnten sich die zwei nicht entschließen zu kommen; der Verurteilte drehte sich geradezu um; der Reisende mußte zu ihnen hinübergehen und sie mit Gewalt zu dem Kopf des Offiziers drängen. Hierbei sah er fast gegen Willen das Gesicht der Leiche. Es war, wie es im Leben gewesen war; kein Zeichen der versprochenen Erlösung war zu entdecken; was alle anderen in der Maschine gefunden hatten, der Offizier fand es nicht; die Lippen waren fest zusammengedrückt, die Augen waren offen, hatten den Ausdruck des Lebens, der Blick war ruhig und überzeugt, durch die Stirn ging die Spitze des großen eisernen Stachels.

Als der Reisende, mit dem Soldaten und dem Verurteilten hinter sich, zu den ersten Häusern der Kolonie kam, zeigte der Soldat auf eins und sagte: „Hier ist das Teehaus."
Im Erdgeschoß eines Hauses war ein tiefer, niedriger, höhlenartiger, an den Wänden und an der Decke verräucherter Raum. Gegen die Straße zu war er in seiner ganzen Breite offen. Trotzdem sich das Teehaus von den übrigen Häusern der Kolonie, die bis auf die Palastbauten der Kommandantur alle sehr verkommen waren, wenig unterschied, übte es auf den Reisenden doch den Eindruck einer historischen Erinnerung aus, und er fühlte die Macht der früheren Zeiten. Er trat näher heran, ging, gefolgt von seinen Begleitern, zwischen den unbesetzten Tischen hindurch, die vor dem Teehaus auf der Straße standen, und atmete die kühle, dumpfige Luft ein, die aus dem Innern kam.
„Der Alte ist hier begraben", sagte der Soldat, „ein Platz auf dem Friedhof ist ihm vom Geistlichen verweigert worden. Man war eine Zeitlang unentschlossen, wo man ihn begraben sollte, schließlich hat man ihn hier begraben. Davon hat Ihnen der Offizier gewiß nichts erzählt, denn dessen hat er sich natürlich am meisten geschämt. Er hat sogar einigemal in der Nacht versucht, den Alten auszugraben, er ist aber immer verjagt worden."
„Wo ist das Grab?" fragte der Reisende, der dem Soldaten nicht glauben konnte. Gleich liefen beide, der Soldat wie der Verurteilte, vor ihm her und zeigten mit ausgestreckten Händen dorthin, wo sich das Grab befinden sollte. Sie führten den Reisenden bis zur Rückwand, wo an einigen Tischen Gäste saßen. Es waren

wahrscheinlich Hafenarbeiter, starke Männer mit kurzen, glänzend schwarzen Vollbärten. Alle waren ohne Rock, ihre Hemden waren zerrissen, es war armes, gedemütigtes Volk. Als sich der Reisende näherte, erhoben sich einige, drückten sich an die Wand und sahen ihm entgegen.
„Es ist ein Fremder", flüsterte es um den Reisenden herum, „er will das Grab ansehen."
Sie schoben einen der Tische beiseite, unter dem sich wirklich ein Grabstein befand. Es war ein einfacher Stein, niedrig genug, um unter einem Tisch verborgen werden zu können. Er trug eine Aufschrift mit sehr kleinen Buchstaben, der Reisende mußte, um sie zu lesen, niederknien.
Sie lautete: ›Hier ruht der alte Kommandant. Seine Anhänger, die jetzt keinen Namen tragen dürfen, haben ihm das Grab gegraben und den Stein gesetzt. Es besteht eine Prophezeiung, daß der Kommandant nach einer bestimmten Anzahl von Jahren auferstehen und aus diesem Hause seine Anhänger zur Wiedereroberung der Kolonie führen wird. Glaubet und wartet!‹ Als der Reisende das gelesen hatte und sich erhob, sah er rings um sich die Männer stehen und lächeln, als hätten sie mit ihm die Aufschrift gelesen, sie lächerlich gefunden und forderten ihn auf, sich ihrer Meinung anzuschließen. Der Reisende tat, als merke er das nicht, verteilte einige Münzen unter sie, wartete noch, bis der Tisch über das Grab geschoben war, verließ das Teehaus und ging zum Hafen.
Der Soldat und der Verurteilte hatten im Teehaus Bekannte gefunden, die sie zurückhielten. Sie mußten sich aber bald von ihnen losgerissen haben, denn der Reisende befand sich erst in der Mitte der langen Treppe, die zu den Booten führte, als sie ihm schon nachliefen. Sie wollten wahrscheinlich den Reisenden im letzten Augenblick zwingen, sie mitzunehmen. Während der Reisende unten mit einem Schiffer wegen der Überfahrt zum Dampfer unterhandelte, rasten die zwei die Treppe hinab, schweigend, denn zu schreien wagten sie nicht. Aber als sie unten ankamen, war der Reisende schon im Boot, und der Schiffer löste es gerade vom Ufer. Sie hätten noch ins Boot springen können, aber der Reisende hob ein schweres, geknotetes Tau vom Boden, drohte ihnen damit und hielt sie dadurch von dem Sprunge ab.

Friedrich Glauser – Die Hexe von Endor (1928)

1.

Am 31. März 1925 zog Adrian Despine, zweiter Kassier an der Banque Fédérale in Genf, in ein möbliertes Zimmer im dritten Stock des Hauses Nr. 23 der Rue du Marché. Amélie Nisiow, die Zimmervermieterin, hatte ihm drei Tage vorher erzählt, sie sei Witwe und lebe von ihren Renten. Ihr Mann habe sie vor zehn Jahren verlassen und sei verschollen, ihr achtzehnjähriger Sohn studiere in Paris an den Arts et Métiers und wollte sich zum Kunsttöpfer ausbilden. Despine war an jenem Tag ein sonderbarer Geruch aufgefallen, der die ganze Wohnung erfüllt hatte. Der Geruch war nicht unangenehm: Kampfer und frisches Nussöl ließen sich deutlich erkennen, dazu der ein wenig giftige Duft einer blühenden Pflanze. Despine hielt den Ausspruch der Wirtin: „Ich leide an Beklemmungen" für eine Erklärung.

Am Abend des 31. März war Despine bis um elf Uhr nachts mit dem Einordnen seiner Sachen beschäftigt. Sein Zimmer ging auf einen kleinen Hof. Vor dem Fenster lief eine Holzveranda von der Treppe zur Eingangstür der Wohnung. Nach und nach gingen die Abendgeräusche zur Ruhe. An der gegenüberliegenden Hauswand wehte Wäsche im Mondlicht. Um 11 Uhr 15, Despine lag im Bett und starrte auf das schwere Rechteck des Fensters, läutete die Flurglocke unangenehm hell. Und doch hatte Despine keine Schritte auf der Holzveranda gehört. Die schwammigen Schritte der Wirtin ließen den Fußboden erzittern, leises Flüstern raschelte, dann waren die zurückkehrenden Schritte schleichend, aber es war auch diesmal der Tritt nur eines Menschen; es schnappte gedämpft. Despine schlief ein. Später gab er bei einem Verhör an, er sei einmal in der Nacht erwacht: Ganz deutlich hätte er von St. Pierre die Melodie des „Allons danser sous les ormeaux" gehört, darauf die zwei dunklen Stundenschläge.

In der Wohnung summte ein Lied auf. Das Summen kam näher, dröhnte laut, so laut, dass er meinte, das Holz der Türfüllung mitklingen zu hören; es war eine Melodie, leicht zu behalten: zwei Töne tief, drei eine Quart höher, wie das Hornzeichen einer Feuerwehr; dann drei Töne eine Oktave höher als die ersten. Despine lauschte; Erinnerungen an den Gesangsunterricht in der Schule halfen ihm;

er zählte mechanisch: zweimal die Einheit, rechnete er, dreimal die Vierheit, zweimal die Achtheit; zwei und zwölf und sechzehn ist Dreißig. Die Rechnung stimmte, das Summen hörte auf. Dreißig, dachte Despine. Drei Nullen hüpften vorüber. Dreißigtausend, Dreißigtausend...

Es war nicht ein Erwachen aus dem Schlaf. Das erste war, dass die Haut des Körpers wieder fühlte: warmes Wasser; die Hand strich an der Blechkante, der gewölbten Blechkante einer Badewanne entlang. Dann hörten die Ohren wieder eine seltsam hallende Stimme: „Der ›Bund‹, der ›Bund‹, verlangen Sie die letzte Ausgabe des ›Bund‹!" Endlich sahen die Augen wieder. Sie waren schon lange offen, so starr aber, dass sie schmerzten. Und die feuchte Hand strich über die Augen, die Stirne war auch feucht. Die Hand strich weiter über den kahlen Kopf; da kam der erste Gedanke: „Wo sind meine Haare?" Nun klappten die Lider hoch, und der Kopf drehte sich von links nach rechts; die Augen sahen drei Badewannen nebeneinander. In der einen stand ein bärtiger Mensch; der Mensch schrie: „Der ›Bund‹, der ›Bund‹, neueste Ausgabe, kaufen Sie mich!" und schlenkerte freundschaftlich die Hand im Gelenk. In der zweiten Wanne lag ein Skelett, ganz dünne Haut war noch über die Knochen gespannt. Der Mund hatte keine Lippen. Er stotterte leise: „Zehntausend Pferde, zehntausend Rinder, Dreißigtausend Schafe."

Dreißigtausend, dachte Despine. Zweimal die Prim, dreimal die Quart, zweimal die Oktav, macht Dreißig, und drei Nullen. Dreißigtausend. Das Zimmer, das er gemietet. Der Geruch nach dem Kampfer, dem Nussöl und der blühenden giftigen Pflanze. Bilsenkraut, Tollkirsche? Er beschnupperte seinen Arm.

Das einzige Fenster des Badraums hatte Milchglasscheiben, davor war ein einfaches Eisengitter. Die Stäbe warfen Schatten auf den Boden, der aus Holzlatten bestand. „Die Zwischenräume lassen das Wasser ablaufen", dachte Despine mechanisch. Da sagte eine Stimme aus einer Ecke hinter ihm: „Geht es besser?" Er wandte den Kopf mit einem Ruck, spürte ein Reißen im Hinterkopf, so schmerzlich, dass ihm die Augen tränten. Als sie wieder klar waren, sahen sie einen Mann in weißer Uniform, mit einer großen roten Kautschukschürze. Der Schnurrbart des Mannes war von derselben stumpfen Röte wie die Schürze. Der Mann stand auf und war gross und hager. Mit demselben Zögern auf allen Lippen- und Gaumenlauten, mit schwer rollendem Zungen-r fuhr der Mann fort: „Sehr aufgeregt, letzte Nacht, hat der Nachtwächter gemeldet. Sehr aufgeregt die beiden letzten Nächte. Jetzt geht es besser, nicht wahr?“

Despine wollte aufstehen.

„Nur liegenbleiben“, der Mann trat näher, drückte Despine in die Wanne zurück. Es war eine schwere Hand, mit roten Härchen bis an die Nägel, schimmernden roten Härchen. Bei der Berührung dieser Hand erkannte Despine, dass er nackt war, und er schämte sich. Er sah die Haut seines Körpers, die weiss war, die Haut an den Fingerspitzen faltig wie bei den Waschweibern. Der „Bund“ rief seine Abendausgabe aus. „Wieviel Uhr ist es?“ fragte Despine.

„Das wird Ihnen der Doktor sagen.“ Der Mann mit dem roten Schnurrbart streifte die weißen Ärmel über die Ellbogen zurück und hob Despine aus der Wanne, trug ihn in einen großen Saal und legte ihn sorgfältig auf ein Bett. Hier hatten die Fenster keine Gitter, aber auf den zwölf, nein? dreizehn Betten lagen rotgegitterte Plumeaus. Der Boden war braunglänzendes Parkett, über das Filzpantoffeln, sechs Paar, lautlos glitschten. Despine konnte die dazugehörenden Körper nicht unterscheiden, denn ein dichtbelaubter Ast vor dem Fenster, seinem Bette gegenüber, gab die weiße Sonnenscheibe frei, und er musste die Augen schließen. Er fühlte noch, dass man ihm ein Hemd aus grobem Stoff anzog, eine sanfte Decke wurde über ihn ausgebreitet.

Das Zimmer war rötlich, als er die Augen wieder aufschlug. Ein runder, glattgeschorener Kopf war kaum eine Spanne weit von seinem Gesicht entfernt, und braune Augen betrachteten ihn wissenschaftlich und teilnahmslos. Dann stieg der Kopf in die Höhe und stand still. Der Mund sprach gemessen die Worte:

„Wie heissen Sie?“

„Despine. Und Sie?“

„Ich bin der Doktor Metral.“

Despine versuchte im Bett eine Verbeugung, die misslang. Die folgenden Fragen nach Alter und Stand beantwortete er klar. Die Frage nach dem Datum war schwieriger, nach einigem Zögern: „1. oder 2. April 1925.“

„Nein“, sagte Metral streng. Despine wurde schüchtern, die Augen zwinkerten. Auch konnte er den Ort, an dem er sich befand, nicht nennen.

„Spital?“ fragte er zögernd.

„Tun Sie nicht so naiv“, verwies ihn Metral. Was er in den letzten Tagen gemacht habe?
„Nichts“, sagte Despine erleichtert, „das heißt, meine Arbeit“, und lächelte, Einladung zum Mitlächeln, die der Doktor ablehnte. Er solle sich aufsetzen, verlangte Metral. Das gelang mit einiger Mühe. Die nackten Beine baumelten über dem Bettrand. Metral schlug mit einem kleinen Kautschukhammer auf die weiche Stelle unter der Kniescheibe.
Das erstemal blieb das Bein unbeweglich, das zweitemal (Metral schlug energisch) schnellte es sehr träge ein wenig vor. Metral zog eine Stecknadel aus dem Ärmel seines langen weißen Kittels, fuhr mit der Spitze kreuz und quer über den nackten Oberschenkel des Sitzenden, über den nackten Bauch; es zeigten sich schwache rote Linien, eine Zickzackzeichnung. Die Linien verdickten sich, blieben.
„Patellar gehemmt, Dermographie“, diktierte der Doktor einem Unsichtbaren. Dann pochte er Rücken und Brust ab, presste das kalte Ohr auf die Herzgegend (Despine klapperte ein wenig mit den Zähnen; „das Bad“, entschuldigte er sich). Mitleidlos diktierte Metral weiter: Lungen o.B., Herz o.B.
„Schauen Sie meinen Zeigefinger an“, sagte er streng. Der Zeigefinger kam bis zur Nasenspitze Despines, entfernte sich, kam wieder näher. Metral brummte Unverständliches. Der Zeigefinger fuhr von rechts nach links, hinauf, hinunter, Despines schmerzende Augen folgten verzweifelt. Eine Hand legte sich auf das rechte Auge, ließ das Auge wieder frei.
„Pupillarreflex verlangsamt.“ Ein Seufzer beendete die Untersuchung.

„Niemals geschlechtskrank gewesen?“ fragte Metral strenger, überhörte das indignierte „nein“. „Alle sagen sie nein, und dann ist der Wassermann doch positiv!“ Wieder ein Seufzer.
„Machen Sie ein Fragezeichen. Blut und Liquid abzapfen.“
„Natürlich trinken Sie“, er starrte Despine wieder an. „Strecken Sie die Hände aus... Tremor“, bestätigte er sich selbst befriedigt. „Schnaps, Wein, Bier? Nicht wahr? Und wo ist das Geld?“ fragte er und stemmte die Fäuste in die Seiten. „Wieviel war es?“
„Dreißigtausend“, sagte Despine.

„Aha“, Metral nickte, „man fängt sie doch alle“, sprach er befriedigt zum Unsichtbaren hinter seinem Rücken. „Das wissen Sie also doch noch, und der Rest war wohl Theater, wie?“
„Aber nein“, Despine wehrte sich, ließ sich zurückfallen und zog die Decke bis ans Kinn. „Das war doch nur ein Traum. Zweimal die Prim, dreimal die Quart, zweimal die Oktav, das macht Dreißig und drei Nullen, das sind Dreißigtausend, und das kann doch nur Geld bedeuten, denn ich bin Kassier, wie ich Ihnen doch sagte.“
„Verstellen Sie sich nicht“, sagte Metral väterlich, „es fehlen in Ihrer Kasse Dreißigtausend Franken, die Sie im Beisein von Zeugen am 2. April um 2 Uhr 30 Ihrer Schalterkasse entnommen haben, worauf Sie sich unter dem Vorwand, sich zu Ihrem Direktor zu begeben, entfernt haben. Wo sind diese Dreißigtausend Franken?“
Nun stand auch der unsichtbare Diktataufnehmer neben dem Fragenden. Es war eine kleine Gestalt. Als Despine seine Blicke hilfesuchend durchs Zimmer schickte, blieben sie schließlich auf dieser unscheinbaren Gestalt kleben, wanderten zum Gesicht, das bleich war; in den weißen Ohrläppchen schimmerten goldene Reißnägel, und Despine erkannte, dass er eine Frau sah.
„Sie müssen ihn nicht mehr quälen“, sagte die Frau.
„Fräulein Vigunieff, lassen Sie mich in Frieden.“
„Ich werde ihn morgen fragen“, sagte Fräulein Vigunieff, klemmte Papiere unter ihren Arm und schraubte die Füllfeder zu.
„Gut.“ Metral zog die Lippen zwischen die Zähne. Er schnalzte mit den Fingern, worauf der rote Schnurrbart herbeigeschlichen kam. „Geben Sie ihm Chloral diese Nacht. Ich werde es aufschreiben.“ Er ging zur Tür. Das kleine Fräulein Vigunieff zog ein rot und braun gestreiftes Taschentuch aus der Tasche ihrer Arztbluse und wischte die großen Schweißtropfen von Despines Stirne.

2.

Frau Nisiow machte dem Untersuchungsrichter Vibert in einem schwarzseidenen Kleid einen Besuch. Sie nannte es Besuch, obwohl es eine Vorladung war. Herrn Viberts Gesicht bestand aus einem riesigen blonden Bart, mit einem Streifen Haut darüber; Mund, Nase und Augen hatten sich nur mühsam den Platz darein geteilt, doch für die Stirne war nichts übriggeblieben.
„Amélie Nisiow, geborene Petroff, 3. März 1860, Petersburg, verwitwet, Rentnerin, Rue du Marché 23. Stimmt?“ Die Worte

wurden durch die Barthaare filtriert, so dass sie sauber zu dem Schreiber hinüberrollten, der sie nur nachzuschreiben brauchte.
Frau Nisiow ächzte ein Nicken. Sie wollte Einzelheiten über ihr Leben erzählen, aber ein: „Unnötig, wir wissen alles“ unterbrach sie hart. Die Augen des Herrn Vibert gingen im schmalen Hautstreifen auf und verdrängten die Haut nach allen Seiten. Dann flutete die Haut wieder zurück, und die Augen gingen unter, verschwanden wieder, wie Sterne dreizehnter Größe.
„Erzählen Sie, was am Abend des 2. und am Morgen des 3. April vorgefallen ist.“
„Er ist gekommen heim um 11 Uhr. War noch sehr unruhig in seinem Zimmer. Ich kann nicht gut schlafen, und er hat mich gestört. Am andern Morgen ist er nicht aufgestanden. Ich habe gedacht: komischer Angestellter, er hat sich verschlafen am Vortag schon, er verschläft sich wieder. Habe geklopft an seine Türe.“ Frau Nisiow schlug dreimal mit der prallen rechten Faust auf die Fettpolster der linken Handfläche. „Er hat nicht geantwortet. Da habe ich die Türe aufgemacht. Herr Despine ist gelegen nackt auf dem Bett, ganz nackt, ich habe mich geschämt. (›Na, na‹, sagte Herr Vibert, ohne die Augen aufgehen zu lassen.) Ich habe ihn gerüttelt, er ist nicht aufgewacht. Die Augen waren halb zu. Man hat nur gesehen das Weisse. Da habe ich Frau Courvoisier, welche wohnt auf dem gleichen Stock, zum Doktor und zur Polizei geschickt. Und der Doktor und die Polizei...“
„Weiss ich“, sagte Herr Vibert. „Es fehlen Dreißigtausend Franken. Wo ist diese Summe hingekommen?“ Da Frau Nisiow schwieg, wiederholte er leise und filtriert: „Wo sind diese hingekommen?“
„Also, ich habe seine Sachen nicht durchsucht“, wehrte sich Frau Nisiow. Dass ihr Gesicht rot war, braucht wohl nicht erwähnt zu werden, aber sie schwitzte krachend in ihrem Mieder.
„Wer war, oder besser, was ist die Hexe von Endor?“ fragte Herr Vibert, und die Augen gingen wieder auf am bleichen Hautfirmament.
„Was wissen Sie von diesem Buch?“ fragte Frau Nisiow sehr leise. Der Untersuchungsrichter zog eine Schublade auf und hielt einen dünnen Pergamentband in die Höhe, auf dem schwarze russische Buchstaben gemalt waren.
Frau Nisiows Mieder krachte stärker. „Es ist mein Buch“, sagte sie, „wo haben Sie es gefunden?“
„Im Bett von Adrian Despine.“ Die Augen gingen wieder unter.

„Er hat es gestohlen, wie er hat gestohlen das Geld.“
„Ja, aber er weiß nichts von dem Geld, sagt er. Ich habe ihn noch nicht verhört. Ich wollte zuerst Ihre Ansicht wissen. Sie haben keine Ansicht?“
„Er hat gestohlen das Geld.“
„Aber wo hat er es hingebracht?“
„Vielleicht“, sagte Frau Nisiow, zog einen geöffneten Brief aus dem Mieder (auf dem Kuvert war ein roter Zettel, „Express“, deutlich sichtbar) und reichte ihn über den Tisch. Dem Untersuchungsrichter saß plötzlich ein Hornkneifer rittlings auf dem Vorsprung, der die Nase vorstellen sollte. Die Augen gingen wieder auf. Herr Vibert las:
„Deine Wirtin gefällt mir nicht, mein Lieber. Nimm Dich vor ihr in acht. Ich werde am 2. April, abends 8 Uhr, auf der Place du Molard auf Dich warten. Wir können bei mir Tee trinken, denn mein Mann ist verreist. Leb wohl inzwischen
N.“
„Akten“, sagte Vibert und warf dem Schreiber den Brief mit abgezirkelter Bewegung hin. „Zuerst dem vereidigten Graphologen zeigen. Einiges...“ Vibert kämmte seinen Bart, stockte. „Notieren Sie: elegante Frau, Dilettantin in Malerei, leichtes Schielen auf dem linken Auge, kurze Finger, unglückliche Kindheit, Geldheirat, verschwenderisch – erlauben Sie“, er nahm den Brief wieder an sich, „zwei Geburten. Wird nicht schwer zu finden sein.“
„Despine ist also am 2. April, 11 Uhr nachts, nach Hause gekommen?“ fragte Herr Vibert.
„Ganz sicher, um 11 Uhr.“ Frau Nisiow stotterte ein wenig.
„Warum ist Despine am 2. April erst um 2 Uhr nachmittags ins Geschäft?“ – Frau Nisiows Mund wurde breit: „Habe Ihnen schon gesagt, er hat sich verschlafen.“ „Verschlafen?“ Die ersten zwei Silben tief, die letzte hoch gesprochen, dann war die Rede wieder eintönig. „Warum sollte er sich in der ersten Nacht bei Ihnen verschlafen haben? Ihre Technik ist mangelhaft, Frau Nisiow. Ihr letzter Mieter hieß doch Arthur Abramoff? Und ist noch immer verrückt? Oder? War da nicht auch ein verschwundenes Portefeuille? Ja, ja, die Hexe von Endor.“ Als Herr Vibert geendet hatte, war der Hautstreifen zwischen dem blonden Haupthaar und dem rechteckigen Bart ein unbeschriebenes Stück elfenbeingelbes Pergament.
Die Witwe Nisiow zog sich zurück.

3.

Dr. Metral: Blau.
Despine: Rot.
Dr. Metral: Baum.
Despine: Ast.
Dr. Metral: Adler.
Despine (kurzes Zögern): Schlange.
Dr. Metral: Mutter.
Despine (zögert fünf Sekunden): Hexe.
Dr. Metral: Geld.
Despine (ohne Zögern): Dreißigtausend.
Metral: Geliebte.
Despine (zögert acht Sekunden): Frau (zögert nochmals, als ob er noch etwas zu sagen hätte, Dr. Metral wartet, den Finger an der Stoppuhr, endlich sagt Despine nach neun Sekunden) Tanz.
Es ist das Ende des Assoziationsexperimentes.
„Wir machen das Ganze noch einmal", sagte Dr. Metral. Die Stoppuhr knipst wieder, Dr. Metral spricht das Reizwort. Eintönig und folgsam, wie man es von ihm verlangt, sagt Despine das erste Wort, das ihm in den Sinn kommt. Manchmal muss er warten, bis ihm etwas einfällt; es scheint ihm gefährlich zu warten, während er das Ticken der Stoppuhr hört. Er bemüht sich, das Wort, das ihm einfällt, ohne Betonung auszusprechen; es gelingt ihm manchmal, zuweilen jedoch wird es ein Aufschrei oder eine weinerliche Klage.
„Was sehen Sie da?" fragt Dr. Metral und gibt Despine ein Blatt in die Hand. Darauf hat die Tinte sonderbare ungewollte Formen gezeichnet, eine Klecksographie. Und Metral hat noch sechs derartige Blätter vor sich. Vor dem Blatt, das er in der Hand hält, erschrickt Despine, er stottert „Ein... Hexenritt", die Augen verdrehen sich, er wird steif, hölzern, fällt dann hintenüber auf den Diwan.
Metral telephoniert auf die Abteilung. Der rote Schnurrbart schleicht nach einigen Minuten ins Zimmer, nimmt die hölzerne Puppe auf seine Arme und schleicht wieder lautlos zur Türe hinaus.
„Wenn er aufwacht, zur Vorsicht ins Bad. Ich komme noch einmal, später, auf die Abteilung."
Dann geht Dr. Metral zu Fräulein Vigunieff. Sie sitzt in ihrem Zimmer am Fenster und liest in einem abgegriffenen Schmöker: Fantômas, 14. Band, Der Gehenkte von London. In der Ecke spielt

das Grammophon ganz leise: Aases Tod. Dr. Metral stellt das Grammophon ab, nimmt den Schmöker aus Fräulein Vigunieffs Händen und gruppiert seine magern Glieder auf einen Lehnstuhl am Tisch. „Was soll ich mit diesem Despine machen?" fragt er. „Ich habe das Assoziationsexperiment gemacht. Komplexempfindlichkeit bei Mutter, Adler. Wie ich den Rorschach mit ihm versuchen will, sieht er einen Hexenritt und fällt um. Vielleicht eine verspätete Reaktion auf Mutter. Mutter hat Hexe ausgelöst; Geliebte: Frau und plötzlich Tanz."
„Irgendein Trauma", sagt Fräulein Viguniеff traumhaft und sehnt sich nach Fantômas.
„Trauma, Trauma! Das ist alt, uralt, abgetan, unbrauchbar. Ich brauche ein Gutachten. Und ein Untersuchungsrichter braucht kein Trauma, sondern Verblödung, Tobsucht, Paralyse oder Alkoholdelir. Auch mit Hypnose kann man ihn schließlich hinter dem Ofen hervorlocken. Aber Trauma. Überhaupt dieser Despine. Rekapitulieren wir: Ein zweiundDreißigjähriger Mann, solid, kleine Liebschaft mit einer verheirateten Frau, die zwei Kinder hat, sehen Sie den niedlichen Mutterkomplex? Ist seit zehn Jahren in der gleichen Bank beschäftigt und bleibt plötzlich an einem Morgen ohne Entschuldigung aus. Er kommt erst am Nachmittag, versieht seinen Dienst sehr zerstreut und scheint auf etwas zu warten. Sowie das Telephon auf dem Pult des ersten Kassiers läutet, stürzt er drauf zu und reißt den Hörer ans Ohr. Die Umstehenden hören ihn sagen: ›Jawohl, Herr Direktor, Dreißigtausend in Hunderternoten, sofort.‹ Er geht zu dem ihm zugeteilten Geldschrank und nimmt sechs Päckchen, zu je fünfzig Hundertfrankenscheinen, steckt sie in seine Aktenmappe und stolpert zur Tür. Der Direktor weiß nichts, beschließt, bis zum nächsten Morgen zu warten, glaubt, Despine sei einer Mystifikation zum Opfer gefallen. Am nächsten Morgen ist Despine bei uns. Nackt, mit Schmutz bedeckt auf seinem Bett gefunden. Haben Sie seine Wirtin, diese Frau Nisiow, schon gesehen?"
Fräulein Vigunieff schüttelt den Kopf.
„Erinnern Sie sich an Abramoff auf D III, der alle drei Wochen ins Dauerbad muss?" fährt Dr. Metral fort. „Der hat auch bei dieser Nisiow gewohnt. Hier hat er ja in der ersten Zeit auch von einer Hexe halluziniert. Jetzt lallt er nur noch. Kein Wunder bei der Paralyse. Aber ein auslösendes Moment muss doch auch hier vorhanden gewesen sein."

„Was ist das für eine Frau, diese Nisiow?“ fragt Fräulein Vigunieff und blättert wieder zerstreut in Fantômas.
„Gross, rot und fett, sehr fett“, sagt Dr. Metral und knetet in der Luft unsichtbaren Teig.
„Grüne schläfrige Augen, ein vierfaches Kinn, eine Brust, auf der man bequem Tee für vier Personen servieren kann. Eine Landsmännin von Ihnen, glaub' ich. Und sonst? Zweifellos eine Hysterika. Hat eine Zeitlang bei dem Medium Helene verkehrt, das Kreuzigungen mit den Zehen malt. Unter Despines Körper hat man ein russisches Buch gefunden, der Titel soll übersetzt heißen: Die Hexe von Endor...“
„Die Hexe von Endor –“ Fräulein Vigunieff ist plötzlich interessiert.
„Das kenne ich. Der vereidigte Übersetzer hat wohl nichts verstanden. Haben Sie die Übersetzung gelesen? Ja? Erinnern Sie sich: Wer das Blut des weißen Ritters vermählt mit dem Schweiß des Tieres, das geduldig drischt, und gibt dazu den Duft des Baumes, höher schlägt das Herz alsdann, wenn dein Leib umgeben ist von Pflanze, Tier und brennender Luft. Der Herr des Fliegens und der summenden Welt ist um dich, bei dir und in dir. König bist du dem andern im Blau des aufgehenden Mondes.“
„Ja, ich erinnere mich“, sagte Metral sachlich, und wundert sich über die Begeisterung des Fräulein Vigunieff.
„Wissen Sie, welche Wirkung Skopolamin in großen Dosen hat?“ fragt Fräulein Vigunieff ironisch.
„Hoffentlich.“ Dr. Metral ist gereizt.
„Und Kampferöl kennen Sie auch? Auch Rindsschmalz?“
„Machen Sie sich nicht lustig über mich.“
„Nun, der weisse Ritter klingt doch schöner als Hyoscyamus niger. Wissen Sie was? Überlassen Sie mir den Herrn Despine. Es wird vielleicht drei Monate dauern. Aber dann kann ich Ihnen wohl einen interessanten Beitrag zur Wirkung der Rauschgifte auf den Mutterkomplex liefern.“
Fräulein Vigunieff zieht das Grammophon auf, lässt „Mary Lou, I love you“ von Negern singen und vertieft sich in das sonderbare Abenteuer Fantômas, der einen Kautschukschlauch verschluckt, bevor er gehängt wird, was dem Detektiv Juve erlaubt, ihn von den Toten zu erwecken, um ihm furchtbare Geheimnisse zu entreißen.

4.

„Haben Sie diesen Brief geschrieben, Madame?“ fragte der Untersuchungsrichter Vibert die elegante Dame, die vor ihm saß. Sie schielte auf dem linken Auge, hatte kurze Nägel an den breiten Fingern, und es entströmte ihr ein leichter Terpentingeruch, den Herr Vibert als Beweis seiner graphologischen Fähigkeiten befriedigt feststellte.
„Wir werden Sie nicht belästigen, Madame“, Herr Vibert filtrierte sorgfältig seine Worte. „Wir wollen nur eine Bestätigung. Haben Sie Despine um 8 Uhr getroffen?“
„Herr Despine ist ein Freund meines Mannes und auch ein Schulfreund von mir“, sagte die Dame ärgerlich, „ich habe eine Stunde auf ihn gewartet, aber er ist nicht gekommen.“
„Das wäre alles, Madame. Tiefe Trauer ergreift mich, dass ich Sie habe belästigen müssen. Ich bin deshalb Ihr untertänigster Diener“, sagte Herr Vibert und geleitete die Dame zur Türe hinaus.
„Wenn ich nur wüsste, ob sie eine unglückliche Kindheit gehabt hat“, fragte sich Herr Vibert und läutete, um die Witwe Nisiow hereinführen zu lassen.
Die Witwe Nisiow (es war ihre fünfte Vernehmung) hatte schon beim zweiten Male das schwarze Seidenkleid verschmäht und trug sich mausgrau, in einem schlampigen Wollkleid. Und auch das Mieder hatte sie daheim gelassen. Daher sickerte sie über den Stuhl, wenn sie saß. Es war ein erstarrtes Sickern.
„Wir haben jetzt erfahren“, sagte Herr Vibert mit untergegangenen Augen, „dass Adrian Despine am 2. April, um 8 Uhr abends, die bewusste Dame nicht getroffen hat. Außerdem hat sich bei mir ein Chauffeur gemeldet, der am 2. April um 3 Uhr nachmittags vor dem Hause Nr. 21 gehalten und einen Betrunkenen ins Nebenhaus hat torkeln sehen. Der Betrunkene ist ihm aufgefallen, weil er gegen die Hausmauer getaumelt ist und dabei eine Aktentasche hat fallen lassen. Der Chauffeur hat den Mann angerufen und ihm die Tasche wiedergegeben. Dabei hat er bemerkt, dass der Taumelnde gar nicht nach Schnaps oder Wein roch. Er hatte starre, glänzende Augen, mit kleinen Pupillen. Dicke Schweißtropfen rollten die Wangen herab, aber der Mann schien das gar nicht zu fühlen. Die Beschreibung, die der Chauffeur von diesem Manne gab, passt genau auf Adrian Despine.“

Herr Vibert hielt inne. Frau Nisiow hatte die Lider über die Augen gesenkt und murmelte Unverständliches.
Das Fenster im Rücken des Herrn Vibert stand weit offen. Plötzlich schlug sich Herr Vibert klatschend auf die Wange; auf dem Schreibtisch krabbelte hilflos eine halberschlagene Bremse, Frau Nisiow murmelte ungestört weiter.
„Eine Bremse im April, sonderbar", wunderte sich Herr Vibert; im Fenster hinter ihm entstand ein Summen, das anschwoll. Schwarze Striche zogen sich durchs Fenster. Herr Vibert fuchtelte um sich, auch der Schreiber wedelte mit den Aktenblättern. Das Zimmer füllte sich mit Fliegen, Mücken, Wespen, Bienen, fliegenden Ameisen, Libellen. Sie krochen auf dem Schreibtisch herum, fielen klatschend auf den Boden. Das dumpfe Gebrumm großer Hummeln war deutlich zu unterscheiden vom hellen Weinen der Mücken und dem leisen Orgelton der Bremsen und Bienen. Unwillkürlich musste Herr Vibert an den Satz denken, den laut Protokoll des Dr. Metral Adrian Despine so oft wiederholt hatte: „Erst zweimal die Prim, dann dreimal die Quart und zweimal die Oktav."
Um Frau Nisiow war ein leerer Raum. Herr Vibert wehrte sich verzweifelt gegen das Ungeziefer, das sich in seinem Bart verfangen hatte. Der Hautstreifen darüber schwoll rot an, und von der Stirne liefen Blutstropfen und färbten die blonden Haare an manchen Stellen. Das Händefuchteln war nutzlos. Die Handrücken waren schwarz, dicht bedeckt mit surrenden Leibern. Der Schreiber hatte die Arme verschränkt auf den Tisch gelegt und den Kopf darauf, auch seine weißen Haare waren unsichtbar unter einer surrenden schwarzen Perücke.
Frau Nisiow stand auf, ging zur Tür. Ein eintöniges Summen kam von ihren Lippen. Das Summen im Zimmer wurde stärker. Sie wechselte die Melodie, pfiff mit gespitzten Lippen Quint und Septim, den ganzen Dominantseptakkord, hinauf und hinunter. Das Ungeziefer sammelte sich zu einer Wolke, als habe es ein Signal gehört, und folgte Frau Nisiow zur Türe hinaus, durch die Gänge des Justizpalastes, in denen die erschrockenen Schutzleute Spalier bildeten, um die schlampige alte Frau mit ihrer sonderbaren Leibgarde passieren zu lassen. Die Wolke folgte ihr auch, als sie durch den besonnten Hof schritt, auf die Gasse hinaus und die steile Rue Verdaine hinab. Das Pfeifen hatte sie eingestellt, dennoch

folgte ihr der Schwarm, folgte ihr auch in das Haus, die Holztreppe hinauf und in ihre Wohnung.
„Verstehen Sie das?" Herr Vibert wandte seinem Schreiber einen verschwollenen Hautstreifen zu. Vergebens versuchten die Augen aufzugehen.
„Insektenschwärme im April? Gibt es das? Nein, bitte, kein Zitat", wehrte er ab, als sein Schreiber den Mund öffnen wollte.
Ein kleines, kupferhaariges Männlein, glatt rasiert, trat ins Zimmer und kam, schwingend den gewölbten Hinterteil, auf den Untersuchungsrichter zu. Er legte ein mit braunem Packpapier umhülltes Paket auf den Schreibtisch und flüsterte Herrn Vibert etwas ins Ohr, während die Umhüllung von den Gegenständen fiel.
Herr Vibert nickte und diktierte dann laut:
„Die Haussuchung bei der Witwe Nisiow, Rue du Marché 23, am 10. April, 15 Uhr, von dem Kommissar Vachelin und den Polizisten Sandoz und Corbaz vorgenommen, hat ergeben:
Das Beklopfen der Wand hinter dem ungemachten Bett vorerwähnter Witwe einen Hohlraum, verbergend ein Wandkästchen, das unter der Leitung von Kommissar Vachelin mit einem, zu diesem Behufe mitgeführten Stemmeisen gesprengt wurde. Der Inhalt bestand aus: 1 Glasflasche, enthaltend zirka 200 Gramm Schwefeläther; 1 Steinguttopf mit einer nach Kampfer riechenden Salbe; 1 roter Zierkürbis, enthaltend fein zerriebene Blätter einer unbekannten Pflanze; 1 Pravazspritze, Marke Record; 1 Schachtel mit 3 Ampullen mit einer 2prozentigen Morphiumlösung; 1 schmutziger Lederbeutel, enthaltend eine Münze mit griechischer Aufschrift auf der einen Seite, auf der andern die Abbildung einer nackten männlichen Gestalt, mit vier ausgebreiteten Fliegenlöffeln, die in der rechten Hand eine sogenannte Pansflöte hält, in der linken ein Insektenei.
Haben Sie das, Grandjean? Sie verstehen wohl auch nichts? Nein, nein, bitte keine Zitate."
Dann ging Herr Vibert an den blechernen Wasserbehälter, drehte den kleinen Hahn auf und ließ das Wasser in ärmlichem Strahl in das emaillierte Waschbecken stottern. Er kühlte sein Gesicht mit dem Handtuch, das, laut ungeschriebener Vorschrift nur für die Hände bestimmt war.
„Was wollen Sie hier, Sandoz?" flüsterte da der Kommissar Vachelin, als sich ein breiter, hoher Waadtländer auf schweren

Nagelschuhen zur Tür hereinschob und eckig salutierte. Er wischte den braunen Schnurrbart beiseite und sagte:
„Sie hat sich aufgehängt, und die dreckigen Viecher fressen sie auf."
„Wir wollen hingehen", sagte Herr Vibert ganz ruhig, „diesen Anblick darf ich mir nicht entgehen lassen."
In der Wohnung fanden sie an der Innenseite des krachenden Mieders (es hing über dem Bettende) wohlverteilt dreihundert Hundertfrankenscheine. In der Küche fand der Polizist Corbaz in einer mit Mehl gefüllten Schublade ein rotes Portefeuille, das drei Tausendfrankenscheine enthielt, Visitenkarten aus Büttenpapier, mit dem Namen: Mr. Douglas Tennyson, Connecticut, und einen Pass, lautend auf Arthur Abramoff, maître d'hôtel.

5.

In seinem Gutachten über den Fall Despine spendet Dr. Louis Metral dem Fräulein Vigunieff ein verdientes Lob über die Resultate der von ihr gehandhabten Behandlungsweise und gibt den Bericht dieser talentvollen Anfängerin wieder:
„Ich versuchte bei Despine die sogenannte analytische Behandlung und ließ ihn frei assoziieren, das heißt jeden Einfall wiedergeben. Bei vollkommener Ehrlichkeit seinerseits könne ich ihm vollkommene Genesung versprechen. Nach der Aufdeckung des ganzen Sachverhalts ließ ich mir von ihm die Erlaubnis geben, den Sachverhalt dem Herrn Untersuchungsrichter mitteilen zu dürfen. Despine war von seiner Mutter abhängig. Sie erzog ihn nach dem Tode seines Vaters und blieb bei ihm bis zu ihrem Tod, der 1915 erfolgte. Despine fühlte sich die folgenden Jahre sehr einsam, es war, wie er sagte, eine große Leere in ihm. Er nahm das Zimmer bei der Witwe Nisiow in einem unbewussten Zwang, weil diese seiner Mutter glich. Die kluge Frau merkte sofort den Einfluss, den sie auf diesen Mann gewinnen konnte. Am Abend des 31. März zog Despine bei ihr ein. Sie fand erst spät Gelegenheit, sich ihrem neuen Mieter zu nähern. Nach 11 Uhr empfing sie den Besuch ihres Sohnes aus Paris, der ihr seine Geldnöte klagte. Sie entschloss sich, ihren Mieter zu wecken und ihn um ein Darlehen zu bitten. Um ihn nicht zu erschrecken, summte sie eine Melodie vor sich hin und klopfte an seinem Zimmer, bat ihn dann auf einen Augenblick in ihr Wohnzimmer. Despine kam. Um das Darlehen angegangen, weigerte er sich: Er habe kein Geld. Die Witwe ließ das Thema

fallen. Despine sprach von seiner Mutter, wie sehr er sie vermisse und wie sehr er sich nach ihr sehne.
Ich möchte hier einen Traum wiedergeben, den mir der Patient erzählte und der es mir erst ermöglichte, das ganze Erlebnis aus der Verdrängung ans Licht zu ziehen. Er träumte, er stehe auf einer Bergwiese im Mondschein. Um einen aufgestellten Stein tanzten nackte Frauen im Kreise. Eine von ihnen dreht sich plötzlich um und winkt ihm, der abseits steht. Er fürchtet sich, die Gebärde befiehlt ihm, Verbotenes zu tun, er weiß nicht was, aber es ist verboten. Er weigert sich, hat Angst, das Gebotene auszuführen, Angst, es zu unterlassen. Diese Angst lässt ihn erwachen.
Nach diesem Traum bedurfte es zweier Tage schwerer Arbeit, um den Zusammenhang mit dem eben Erlebten zu finden. Dann erzählte Despine, schon das Summen vor seiner Zimmertür habe ihm wie ein Befehl geklungen. Von der Mutter habe er die Noten gelernt. Damals seien ihm die Intervalle wie Zahlen vorgekommen, er habe mit ihnen gerechnet, sie addiert, wenn sie aufsteigend, subtrahiert, wenn sie absteigend gewesen seien. Diese Erinnerung an Dreißigtausend sei ihm hartnäckig geblieben. Ich erklärte ihm, das sei eine Deckerinnerung, die das Unterbewusste brauche, um sich unangenehme Erlebnisse fernzuhalten. Über einen kleinen Diebstahl, den er als Knabe begangen hatte, kamen wir endlich zum Kern der uns beschäftigenden Angelegenheit.
Frau Nisiow (Despine assoziiert auf ihren Namen stets den der Giftmischerin Voisin, und sonderbarerweise ist Nisiow die Umkehrung dieses Namens, mit ein wenig geänderter Orthographie) schlägt ihm vor, seine Mutter sehen zu lassen; sie verfüge über geheime Kräfte und könne ihn an den Ort führen, wo die Seele seiner Mutter, an den Körper gebunden, jede Nacht tanze. Despine glaubte dies. Frau Nisiow redet von dunklen Gewalten, über die sie Herrin sei, murmelt Worte dazu, das Zimmer ist erfüllt mit Fliegengesumm. Es sei hier nur bemerkt, dass das Mittelalter den Teufel als Fliegengott kannte. Die Beschwörung sollte am nächsten Tag vor sich gehen.
Despine ist ein wenig betäubt. Es ist spät. Am nächsten Morgen verschläft er sich. Am Abend des ersten April, um zehn Uhr schon, beginnt die Beschwörung. Der Sohn ist abgereist. Despine wird mit einer Salbe eingerieben, die wohl Belladonna oder sonst ein Alkaloid enthalten haben mag, wird langsam berauscht, hat die typischen Flugträume, in denen er mit der dicken Nisiow durch die

Luft fährt, die Bergwiese sieht und den Befehl seiner Mutter empfängt. Er hat dies Erlebnis während meiner Behandlung in dem vorher erwähnten Traum reproduziert. Vor dem Erwachen bekommt er von der besorgten Witwe noch eine starke Morphium-Kampfer-Einspritzung. Die Witwe erklärt ihm, er müsse Dreißigtausend Franken stehlen und ihr bringen, damit sie durch ihre Künste seine Mutter aus dem höllischen Tanz befreien könne. Despine ist noch nicht ganz mürbe, er wehrt sich. Die Witwe bringt ihn zu Bett, legt ihm ein mit Äther getränktes Tuch auf die Nase. Am nächsten Morgen schläft Despine bis um zwölf Uhr.
Er erwacht mit schwerem Kopf, bekommt irgendeinen betäubenden Blätteraufguss und wird nach der Bank geschickt.
„Ich werde dich rufen, damit du deine Pflicht nicht vergissest", ruft ihm die Nisiow nach.
Er wartet auf den Ruf. Soll man Telepathie annehmen, dass er den Ruf durch das Telephon erwartet? Ich glaube nicht. Auch dass er einem nicht vorhandenen Direktor antwortet, ist wohl leicht durch Suggestion zu erklären. Er bringt der Witwe das Geld. Sie hat Angst, verraten zu werden, überzeugt den Halbbetäubten, nochmals auf die Bergwiese zu fliegen. Sie benutzt den Rausch zu hypnotischer Beeinflussung und befiehlt ihm, alles zu vergessen. Als der Betäubte gegen Morgen in eine Art Starrkrampf verfällt, wird die Witwe ängstlich, lässt einen Arzt und die Polizei rufen und atmet auf, als sie erfährt, dass Despine im Irrenhaus interniert worden ist.
Es ist mir unmöglich, auf alle noch vorhandenen Unklarheiten einzugehen. Ich möchte nur bemerken, dass ich das Buch ›Die Hexe von Endor‹ aus Russland kenne, wo es von Kurpfuschern und abergläubischen Leuten benützt wird, um durch Rezepte, die es enthält, mit dem Teufel in Verkehr treten zu können. Es ist mir natürlich unmöglich, die Macht dieser Frau auf Fliegen und andere Insekten erklären zu können. Aber ich kann über den Gesundheitszustand des Adrian Despine nur Gutes berichten und seine baldige Entlassung aus der Anstalt befürworten.

Willy Seidel - Alarm im Jenseits (1927)

I

Im Bankenviertel gibt es eine fürnehme Seitenstraße, und in dieser steht eingeklemmt ein Haus, das wohl um 1800 herum entstanden ist. Es hat eine Fünffensterfront nach Norden. Es ist sehr reserviert, dies Haus.
Vom 1. Stock ab ist es stilrein; unten jedoch gähnt ein mit Firmenschildern gepflasterter Toreingang zu einem Hinterhof, wo es nach Hotelküchenmüll und Benzin duftet, denn dort hat sich die Filiale einer Auto- und Motorradfabrik eingenistet. So ist das Haus im Erdgeschoß eine Hölle von Gerüchen und Geräuschen. Sein Bauch ist geschändet: – durchtobt von neuzeitlichem Geknatter und dem Eilmarsch kolonnenhaft hindurchströmender Bureaufiguren, die es einsaugt und ausspeit ...
Klettert man aber im Hof die schmale Treppe zum ersten Stock hinauf, so versinkt das alles hinter einem wie ein wüster Traum. Man sieht eine vergitterte Glastür und daran – Spaß beiseite – einen Klingelzug. Man setzt ihn in Bewegung. Es scheppert umständlich in eine Stille hinein, in der es von Anno 1800 gemunkelt hat noch Sekunden, bevor du kamst. Diese hundertdreiundzwanzigjährige Stille hält erschrocken den Atem an und gebiert dann, wenn du Glück hast, in entlegener Ferne so etwas wie einen schlürfenden Schritt, der näher und näher kommt ...
Ein Schatten erscheint hinter dem Milchglas, ein verkrümmtes Skelett; spärliche Regsamkeit raschelt an klirrenden Riegeln, und unter dürrem Hüsteln entpuppt sich ein von fünfundsiebzig Lenzen belastetes Frauenzimmer und sieht dich aus wäßrigblauen Hundeaugen schier vorwurfsvoll an ...
Das ist die alte Afra, ein mit Isarwasser getauftes, vom Glück von jeher gemiedenes Wesen. Sie schnupft auf und sucht das Geräusch, das dabei entsteht, mit ihrer lachsfarben verbrühten Hand abzudämpfen. Sie merkt, daß sie die Resonanz nur verstärkt, und senkt die zerarbeitete Hand in die Schürzenfalte. Es ist große Resignation in dieser Geste.
Gebeugt steht sie da und glotzt, ohne eine Spur von Neugier. Sie hört dein Begehren an mit der stupiden Devotion eines bezahlten Klageweibes, dem Mangel an Beschäftigung die Kehle rosten und das Hirn erschlaffen ließ. Es ist keine Flunkerei: es gibt noch greise

Faktota – trotz unserer selbstgefälligen Schnellebigkeit – die wie beseelte Möbelstücke wirken, zierhaft dastehen in aller Abgewetztheit, und an die man sich lehnen möchte im Gefühl, sie müßten anfangen leise zu knirschen ...
„Ah ...", sagt sie endlich, und es dämmert ihr, daß sie mich schon einmal erblickt haben müsse. Zum Einheitsbild verschmolzen, kehren in ihren ausgebleichten Augen meine fünf Doppelgänger wieder, die jedesmal dasselbe Begehren hatten und dieselbe sture Geduld. – Ich bin der Herr mit der „Wohnung".
Ich raffe den ermatteten Rest meiner Energie zusammen und sage, mit dem Zeigefinger das Skelett bedrohend, sehr laut:
„Aber heute ist es mir zu dumm, Fräulein Afra. – Heute muß ich endlich Frau Bibescu wegen der Zimmer sprechen."
Selbst geschwungene Fäuste, fühle ich, in Begleitung eines Tobsuchtsanfalls, würden keinen Wirbel in dieser bleiernen Atmosphäre auslösen. In ihren bleichen Augen rührt sich nichts; sie betrachtet mich wie ein Einsiedlerkrebs durch die trübe Aquariumsscheibe hindurch, distanziert und dumpf. Genau wie ein solcher kriecht sie auch zurück und spricht entsagungsvoll ihr gewohntes Sprüchlein:
„Ich will schauen, ob die Gnäfrau aufg'standen is ..."
Sie schleicht hinweg, und man hört eine Tür quietschen. Es klingt, als ob man einen kaum geborenen Säugling erwürge ... so leise und jämmerlich. – Das Begehren des Herrn „mit der Wohnung" begegnet dumpfem Gemurmel. In ferner Ecke des Aquariums sitzt ein Pulp in seinem Auslug und wird nun von dem Einsiedlerkrebs durch Betasten zager Organe oder Bruchstücke im Dialekt zögernd informiert...
Endlich taucht sie wieder auf und trägt ein Lächeln an den Mundkanten. All die behaarten Leberfleckchen lächeln mit. Sie spricht und hält die lachsfarbenen Hände dabei parallel den Schürzenfalten –: „Heut ham S' Glück, Herr. Die Gnäfrau is disponiert. Hocken S' Ihnen derweil in 'n Salong. Die Gnäfrau kommt in zehn Minuten ... hat s' g'sagt."
Auf borstigen Filzschlappschuhen strebt sie in steifer Luftlinie einer Tür zu, in deren Rahmen sie sich aufbaut. Ich begreife die Ermunterung und schreite hinein. Die Tür schließt sich. –
Ein prächtiges, ein mächtiges Zimmer ist's, darin ich sitze, schier ein Saal. Es ist Halbdunkel, weil die gelben Damaststores an den zwei Fenstern herabgelassen sind.

Ich befinde mich in Gesellschaft großer, trotziger Möbel, deren Schlummer ich störe. Es riecht nach Staub. An der Wand steht ein Gebäude aus Mahagoni, mit Schnörkeln und Schnecken, die Meisterleistung eines Handwerkers, der vor sechzig Jahren blühte. Vor mir als spiegelnde Wüste dehnt sich ein Tisch, an dem zwanzig Gespenster bequem tafeln könnten ohne Besorgnis, sich mit den Ellenbogen zu genieren.
Um diesen Tisch gruppieren sich frühviktorianische Stühle, hochlehnig, steif, die schlicht geschweifte Armstützen öffnen. Diese Gruppe ist in das gelbe Dämmerlicht der Stores getaucht und empfängt mich mit Ansprüchen, die leise knacken.
Oder gehen diese Geräusche von dem Möbel aus, auf dem ich sitze? Ist es mein Pulsschlag, der die mit geblümter Cretonne überzogene, britisch geräumige Polsterung zum Protest anregt? –
„Ein Besuch", denkt das Möbel und wird kritisch. Ich beruhige es, indem ich es streichle. An den Wänden dämmern, halb verwischt durch die Mausoleumsbeleuchtung, Schabstiche, von längst verdorrter Hand in Rosa und Hellblau koloriert: nacktbusige englische Backfische, deren ländliches Gemütsleben durch zerbrochene Krüge und entflogene Piepvögel erschüttert ist und die verschollene Zähren [1]vergießen. Auf anderen Bildern ist ihre Unschuld durch stürmische Herren mit prall sitzenden Wildlederhosen in Frage gestellt. Diese Unschuld klagt in altmodischen Symbolen zu den Wattewölkchen zärtlicher Himmel hinauf. Und immer wieder ist es der gleiche veilchenblaue Augenaufschlag der Hamilton...
Ich werde ganz versonnen; die „Gnäfrau" läßt auf sich warten. – Endlich klinkt der Messinggriff der hohen weißen Tür, und etwas Dunkles, Feistes rauscht an mir vorüber mit den in österreichischem Akzent geäußerten Worten: „Kleinen Moment, Herr Doktor ... Ich mach' sofort Licht ..."
Sie zerrt an den Schnüren der gelben Stores; das grelle Asphaltlicht des heißen Julimittags dringt ruckweise herein. Unter brüchigem Schnurren vergewaltigt sie den Mechanismus; bald ist der Raum voll trockener Sonne, die von den gegenüberliegenden Fenstern des erzbischöflichen Palais reflektiert wird. Der Glanz erobert sich noch die eine Hälfte der Mahagoniwüste; wir beide bleiben im hellen Dämmer sitzen.

---

1 Tränen

Feist und dunkel rauscht sie zurück und bietet sich der Betrachtung dar. Es ist die Üppigkeit einer Odaliske, die zunächst an Frau Bibescu auffällt. Ihr Leib ist von tief violenfarbenem Hausgewand aus Schillersamt umhüllt. Darüber pendelt eine Garnierung von haarsträubend verwahrlosten echten Spitzen; sie quellen überall hervor, es ist ein Reichtum. Der Busen, eine undefinierbare, mattschimmernde Masse, wird vom Hausgewand mild gebändigt, ohne jedoch Einschränkungen zu erliegen. Im Gegenteil: er kennt keine Grenzen, wie die Liebe.
Die Züge sind regelmäßig wie bei einer augusteischen Gemme; heller Bernstein. Man kennt die Leere, die oft in der Symmetrie „klassischer Antlitze" haust. Der blasse Mund (oder ist es nur der Teint, der die Lippen blaß erscheinen läßt?) zeigt porzellanweiße Zähne in erstarrtem Lächeln. Die fein geschnittene Römernase bläht die Nüstern; lichtziegelrot blitzt es auf, wenn sie in schalkhaften Momenten den Kopf zurückwirft. Diese Nüstern sind das einzige Rege in dem sonst toten Gesicht. Denn die Augen, so grell sie auch rollen unter bläulichen Liderkuppeln, behalten den Ausdruck bei des nicht ganz Bei-der-Sache-Seins, des Zurückspähens in den Osten: animalisch, melancholisch, entlegen ... Niedere, glatte Stirn tritt aus blauschwarzer Frisur, die sich im Nacken zu erstaunlichem Knoten schlingt. Dies Haar ist echt und hat den Glanz von Rabenfedern. An dem Modellierwachs flacher Ohrmuscheln hängt, Blutstropfen gleich, Granatschmuck. Er klirrt leise, sobald der Kopf auf bewegtem Busen ins Schaukeln kommt...

II

„Sie haben Glück, Herr Doktor. Sie sind der einundzwanzigste Herr, der die Zimmer will. Warum Sie sie wahrscheinlich bekommen, werden Sie erfahren, wenn wir uns ... näher kennen. Sie wer'n es mir zugute halten, daß ich ein wenig mißtrauisch bin, es ist Lindas wegen ... Wer Linda ist? Nun, Linda ist meine Tochter; ein Prachtkind, ein talentiertes ... Ich zeig' sie Ihnen nachher ... Schüchtern ist sie ja. Aber heißes Blut hat sie geerbt von mir; tchaa...! Ich bin zwar jetzt eine enttäuschte alte Person; aber auch ich war einmal knusprig ..."
„Nun, nun; das kann unmöglich lange her sein!"

Sofort entfährt ihr ein gurrendes Kehlgelächter; licht blitzen die Nüstern. Ich nehme die Wirkung wahr und werde distanzierter. „Handelt es sich um dieses Zimmer hier?“ frage ich.
Sie nimmt Strenge an. „O nein, Herr Doktor. – Dieses Zimmer ist ein Sanktum; hier wohnt mein Mann.“
„Aber Sie sind doch verwitwet, gnädige Frau ...“
„Ich bin Witwe und bin es auch nicht, Herr Doktor. Lassen Sie mich Ihnen sagen, daß es so einen Zustand gibt.“
Sie flüstert, und ihr Gesicht, die Kamee, spiegelt sich verschwommen in der Tischplatte; ihr Zischeln läßt einen matten Hauch darüberhuschen.
„Hier –“, und sie blickt sich um wie ein witternder Falke, mit ruckweisen Profilstößen, „lebt und webt er. Glauben Sie mir, er würde sehr zürnen, wenn so etwas wie ... ein Nachfolger es sich hier bequem machte ... Er ist eifersüchtig!“ spricht sie mit sonorer Altstimme, laut, vernehmlich.
Die bläulichen Augäpfel rollen, leises Echo des Wortes bebt nach in verstecktem Klirren alten Porzellans. Es ist, als zucke ein vergrabener Pulsschlag durch den greisen Mahagoniturm des Büfetts.
„Er kontrolliert mich! – Neulich –“ und der mattschimmernde Busen gewinnt, von einem pfeifenden Seufzer gehoben, an Plastik – „fand er so viele Worte für seine Entrüstung, daß Linda kaum folgen konnte auf der Schiefertafel. Dabei schreibt sie schnell. – Es ist ein Kreuz.“
Ich finde mich sofort zurecht.
„Aha“, sage ich. „Dann muß man ihm eben, im selben Tempo, zu verstehen geben, daß er sich, den Teufel auch, verständlicher manifestieren soll. Es ist überhaupt billig, aus dem Jenseits heraus zu schelten. Man bringt die eigenen Argumente so schwierig an. Und versucht man's doch, so verschanzt er sich hinter dem großen Schweigen, wie?“
Sie blickt mich schier entgeistert an. Sie rückt näher herzu, mir wird wieder schwül. Doch sie meint es diesmal nicht so, o nein; sie fühlt sich verstanden und ist fast außer sich darüber.
„Ich hab' mir's gleich gedacht, als ich Ihre Dichterstirne sah, Herr Doktor,“ murmelt sie hingerissen, „daß da ein Mensch gekommen sei, ein seltener, der meine ganz schaurig-schöne Situation begreift ... Ihnen sag' ich alles, und was wird sich erst Linda freuen, das Kind, das zutrauliche ... Also hören Sie. – Mein Mann schmeißt mit

Invektiven, das stimmt. Lediglich weil ich einen Freund hab'. Denken Sie, und ganz platonisch. Ein alter Herr, nah an Siebzig! Bitt' Sie, ist das ein Grund für meinen Mann? So ein bisserl ist der alte Herr ja noch zärtlich; aber was kann da weiter herausspringen, bei siebzig Jahr'! Nur ein paar Ausdrücke hat er, wissen Sie, wie ein Kind, wenn es was möcht' ... und diese Ausdrücke: da könnt' ich tiefsinnig werden! Die hat er von meinem Mann! ›Ganz mein Mann‹, sag' ich dann zu ihm! – Und dann freut er sich, das Dummerl, und ist ganz zufrieden ... Vorkommen tut nie etwas, weil ich treu bin, und es fällt mir nicht schwer ... Aber es scheint, daß der Jenseitige kein Urteil hat. Eine beschlagene Brille, sozusagen. Er glaubt einfach, er wird betrogen, und dann schimpft er ohne Sinn und Verstand ...“
Sie tupft sich die Augen mit dem Taschentuch.
„Nun ja“, meine ich. „In diesem Fall haben Sie's aber doch leicht. Warum sagen Sie nicht einfach zu Linda: *›Leg' die Schreibtafel weg!‹?* Dann ist er doch gestraft! Dann ist ihm der einzige Weg abgeschnitten, auf dem er sich bemerkbar machen kann ...“
Sie starrt mich an, schier atemlos. Nichts rührt sich in der Kamee ihres Gesichts. Sie sieht drein wie ein hellenistisches Mumienporträt.
Der Mund steht halb offen, wie gelähmt. Übermäßig viel neue Ideen – (fühle ich) – gibt es nicht in diesem Hause; und die meine war sehr neu. – Endlich dringt es ihr geflüstert aus der Kehle, hilflos bestürzt und halb fragend:
„Aber ich bitt' Sie: – ich darf ihm doch den Rapport nicht erschweren ...?“
Dies ist irgendwie sehr rührend. Mein Zynismus verraucht wie Fleckwasser. Es ist toll: eine Frau, die einem Phantom die Treue hält! – Eine Bukarester Odaliske, die ihre Erotik knebelt, um einen Geist nicht zu verkürzen! Die ganz listig zu Werk geht, damit er, an dem sie alles zu messen fortfährt, nichts erfahre und auf spukhafte Weise, mittels automatischer Schrift, seinen Unmut lüfte! – Dies alles ist so dunkel, daß ich mich aufs Warten verlege. Vielleicht – (und ich kann mich des Gedankens nicht erwehren) – zielt das tolle Garn, das sie spinnt, doch auf mich; vielleicht will sie Eindruck machen. ›Bin ich nicht begehrenswert, wenn man sich noch im Jenseits darüber aufregt, daß ich einen platonischen Ersatz mir suche für das verschollene Handfeste? Blassen Ersatz für feurig Legitimes? Ich soll Linda die Tafel wegnehmen, soll mich der

Brücke berauben?‹ – So ähnlich, fühle ich, läuft ihr Gedankengang. – Auf einmal beugt sie sich wieder vor und sagt verschmitzt lächelnd wie ein ungezogenes Kind: „Sie haben ja recht, Herr Doktor. – Strafe muß sein, und ab und zu krieg' ich auch einen Zorn und laß ihn einen ganzen Tag nicht heran an die Tafel. Wenn er ganz besonders deutlich gewesen ist. Dann hat er zwei Tage Zeit, sich sein Benehmen zu überlegen. Was er dann schreibt, ist eitel Sirup und Zucker. Bonbons krieg' ich zu lutschen und entschuldigen tut er sich ellenlang, so daß die Tafel nicht ausreicht und Linda von vorn wieder anfangen muß zu wischen, das gute Kind, das geduldige. Aber eigentlich überläuft's mich –" (sie seufzt pfeifend und der Schillersamt schlägt Wellen) – „wenn er recht tobt. Eifersucht beweist Liebe. Allzuviel Schmeichelei geht mir auch auf die Nerven. Deshalb verzeih' ich ihm schnell, nur damit er wieder – keck wird und Temperament zeigt. Davon leb' ich."
„Wie lange schon, gnädige Frau? – Ich meine, wie lange ist es her, daß ... ehem ..."
„Daß er in den anderen Zustand eingetreten ist? – Sechs Jahr', Herr Doktor; aber so springlebendig ist Ihnen der Mann, daß er sich ungeschwächt weiter manifestiert ... *›Du brauchst mich, Pamela‹ (so heiß' ich nämlich) – ›als Witwentrost‹* ruft er ... Wissen S', ich bin nämlich unpraktisch veranlagt, weil meine Stärke die Empfindung ist und weniger das Rechnen; und so gibt er mir Tips. Mein Freund, der Baron Meerveldt – (ach du Gütiger, jetz' ist mir der Name doch ausgekommen; aber Sie sind ja düskret, Herr Doktor, mit Ihrem Dichterköpfchen, Ihrem feing'schnittnen) – also der Baron sagt mir zwar oft, die Tips vom Seligen taugen nichts; ist aber halt schon nah an Siebzig! So halt' ich mich zum goldenen Mittelweg und nehm' vom Baron ein bisserl und vom Seligen ein bisserl und richt' mich halt ein mit dem Gerstel und mit der Wohnung, die was mein Kapital ist ... Auch Lindas wegen muß ich das schon, das Kind darf nichts entbehren ... Nicht schlecht geschimpft hat mein Seliger, daß ich mir Mieter nehmen muß. Fallt ihm doch der Baron schon schwer, der hinten am Gang haust.
›Nimm dir eine alte reiche Frau hinein,‹ hat er gerufen, *›die was sich zurückziehen will von der Welt und pünktlich zahlt.‹* Ich wer' doch kein Kloster machen aus meiner Klause. *›Nein‹*, hab' ich trotzig geschrieben, und Linda hat's dreimal dick unterstrichen. O mein Gott, was war da der Mann bös'. Eine ganze Woche hat die Verstimmung gedauert. Aber beruhigen Sie sich, Herr Doktor." Sie

lächelt mich schmelzend an und legt mir, weiß Gott, die mollig-schlanken, von bunten synthetischen Steinen beladenen Finger auf das zuckende Knie. „Sein S' nur ganz ruhig. – Sie kriegen die Zimmer. Sie schon! – Ich steh' Ihnen gut dafür!!"
Hier endet das erstaunliche Gespräch, denn ich finde es an der Zeit, mich umzusehen, wo und wie ich mich einzurichten habe.

III

Die mir zugedachten Räume liegen neben dem geschilderten Empfangssalon. Sie bestehen aus einem schlauchartigen Saal mit zwei Straßenfenstern. Vorn ist er bei Sonnenschein also mäßig hell und hinten, am Korridoreingang, mystisch dunkel. Ist trübes Wetter, so versagt der Reflex der südlich liegenden konvexen Scheibenquadrate des erzbischöflichen Palais, und der ganze Schlauch liegt in fröstelndem Kellerlicht. Das Schlafzimmer ist eine lächerliche Kammer, ein Anhang nur, gänzlich verbaut: ein abgestumpftes Dreieck. Die dicke Mauer läßt es trotz des hohen französischen Fensters wie eine Gefängniszelle wirken. Immerhin herrscht in diesen Räumen eine versunkene, entrückte Pracht, beispiellos taub gegen unsere schnellebige Zeit.
In beiden Räumen hängen Kronleuchter aus reifenförmig gereihtem Tropfglas, das oben und unten durch facettierte Kugeln abgelöst wird. Sie hängen als massive, funkelnde Drohungen über meinem Schädel, wenn ich mich darunterstelle. Sie sind verstaubt und voll Fliegendreck; knipst man sie abends an, so geben sie ein transparentes Licht, das jede Ecke des Gemaches gleichmäßig mit trübem Gold bestreut. Es ist, als habe Herr Bibescu den gesamten Hausrat eines Kasinos aufgekauft aus den Zeiten, da die Queen seufzend in ihren Pompadour greifen mußte, um die ersten Eskapaden ihres Sohnes zu begleichen. Trotz ihres vierzigjährigen Aussehens herbergen die Möbel jedoch jene Bequemlichkeit, die dem Briten von jeher eignete. Ein Teetisch auf silbernen Rädchen steht kokett innerhalb fünf kranzartig gruppierter, fetter Klubsessel. Sie sind mit gelbem Samt überzogen und abgeschabt; immerhin federn sie noch mächtig; beansprucht, schnaufen und quietschen sie wie eine entschlummerte Tafelrunde beleibter Greise. An der mit zitronenfarbiger Tapete bezogenen endlosen Wand brüstet sich, gleich einem spendierfreudigen Gastgeber – (diskret zurückgerutscht, doch nicht minder mächtig) – das Sofa. Es allein schon

ist ein Hohn auf die Wohnungsnot, bietet es doch einer ganzen Familie Platz, sich ungeniert darauf fortzupflanzen oder in Frieden zu sterben. An den drei Fenstern hängen dieselben Damaststores wie nebenan. In der Ecke, nächst der Tür, steht ein zylindrischer weißer Biedermeierofen, mit Messingreifen geschmückt. Damit ist die Aufzählung erschöpft; das ist das „möblierte Zimmer". – Was mir sonst noch fehlt – (und das ist so ziemlich das Wesentliche) – habe ich selber zu beschaffen. Ich besitze Mobiliar für drei normale Zimmer, Gottseidank. Aber schon jetzt fühle ich: dieser unverschämte Saal wird es schlucken und kaltstellen, zur Bagatelle verdammen.

Das Schlafzimmer enthält Bett und Waschkommode. Für einen Kleiderschrank ist kein Platz. Bei Dunkelheit ist es Turnerei und Eiertanz, ins Bett zu finden. Aber mit den zwölf Glühbirnchen hat man die Direktive, wenn man auch in der verschwenderischen Lichterpracht unwillkürlich auf Lakaien rechnet, denen man Unterhosen und Strümpfe zuwerfen könnte ... Die Lakaien bleiben aus...

In der ersten Nacht kann ich nicht einschlafen und stehe im Saal. Da liegt nun mein Hausrat, Füllsel eines großen Möbelwagens, auf dem spiegelblanken Parkett. Noch ist es eine einzige Wirrnis: aus einer Barrikade vertrauter Schränke, Truhen, Kommoden wächst ein Berg von Büchern, einem erstarrten Erdrutsch ähnelnd. Die fünf beleibten Sessel, provisorisch weggeräumt, stehen an die Wand gedrückt in gerader Reihe. Dort mokieren sie sich, das ist klar; bilden eine Abwehrphalanx gegen das eingedrungene Neue – aber ihr werdet euch schon vertragen und einen Kompromiß eingehen! Die erste Brücke zwischen euch baut der Lüster...

Ja, der Lüster! – Da hängt dieser protzige Lichterberg, – doch nicht in einer Theaterkuppel über Hunderten von Köpfen. Nein: er hängt nur über dem Gedächtnis von Puderzöpfen, Perücken, Haarbeuteln und Scheiteln, die sich seit hundertdreiundzwanzig Jahren unter ihm geregt; diese geistern noch durch den knapp zwei Meter tiefen Luftzwischenraum, der ihn vom Parkett trennt. Dieses gibt den Glanz als verschwommenen Schimmer zurück.

Die Damaststores sind vorgezogen, es ist tiefste Nacht, jener kälteste Moment des Lebens zwischen halb drei und halb vier; ich stehe unter meinen Büchern; tot blinken die Deckel, hieroglyphenhaft die wohlbekannten Titel. Intimstes steht oder liegt da, nackt und vereinsamt unter der Bestrahlung. Zuweilen webt ein Knistern

durch den Raum: die aufeinander geschachtelten Bücherbretter zirpen einander die Frage zu: „Ist dies endlich die letzte Station?“ – Ich wandle in Pumps umher; das Geräusch meines zagen Schleichens hallt marschschrittmäßig von den Wänden wider. Endlich begreife ich's: die Uhr muß hervor, muß strammstehen; Dienst tun. Sie muß die hundertunddreiundzwanzig Jahre fortspinnen, emsig verlängern; sonst stagniert hier alles, und ich sinke samt all diesen Gegenständen in die Zeit zurück wie in Triebsand. Ich zerre das Möbel unter den anderen hervor.
Es ist eine schmucklose Standuhr aus Birkenmaser; sie hat eine tiefe Gongstimme, wie ein Familienarzt. Den Teufel: als ich sie in die Ecke gepflanzt, Pendel und Gewichte eingehängt habe und nun den Schlüssel einsetze, schnurrt sie bockig und haucht mit widerlichem Gerassel ihren Geist aus.
Keine Gongstimme spricht mir melodische Beruhigung zu und mahnt mich sanft an mein allmähliches Verbröckeln, sondern mit hemmungslos umherwirbelnden Zeigern krepiert sie mir vor der Nase, als habe ihr die Atmosphäre die Kehle eingedrückt. Das Geschnarr schlägt brutal in die Stille. Schwer erschrocken höre ich das Geräusch abebben und versickern. Man will hier keine Zeit. In der ganzen Umgebung nistet die Zeitlosigkeit und streckt ihre Schattenfaust zu mir herein...
Mit einem mißtrauischen Blick auf die Uhr, die ihren alten Beruf dort weiterzuheucheln scheint, ziehe ich mich, von plötzlichem Frösteln gepackt, zurück. Ich knipse den Saallüster aus und gewinne, mit Hilfe eines fadendünnen Lampenstrahls von draußen, den Weg ins Schlafzimmer.
Kaum bin ich dem Schacht von Raum entronnen, so spricht es aus der Finsternis hinter mir drein wie ein Kichern. Rührt sich, im Schutz der Schwärze, die Zunge der Dinge? – Nervös lausche ich. Dies Haus ist so voll von Ungesagtem ...
Hat mich das verrückte Weib angesteckt? – Oder diese lebend geisternde Mumie, die Afra? – Wieder höre ich das Kichern – doch nein, es ist ein halbes Ächzen darin. Ich stelle auch fest, daß es nicht aus dem eben verlaßnen Saal kommt, sondern anderswoher. Es kommt aus der Wand hinter dem Kopfende meines Bettes hervor. Nach Untersuchung dieser Wand stelle ich eine Tapetentür fest, geschickt, schier unsichtbar eingefügt, und mache mir klar, daß das Schlaf- und eigentliche Wohnzimmer von Frau Bibescu an das meine grenzt. Offenbar redet sie im Schlummer.

Doch halt: es sind zwei Stimmen. Die ihre und eine andere, quäkende. Es ist ein Zwiegespräch, offenbar mit Linda, der Tochter, die ich bis jetzt noch nicht zu Gesicht bekommen habe. Ich muß dies Geräusch hören, ob ich will oder nicht; um wenigstens eine kostenlose Unterhaltung herauszuschlagen, spitze ich das Ohr.

„... no, und wie schaut er denn aus? – So red' doch, Mutter!"
„Blond ist er. – Blond."
„Uh jeh! – Ich hab' mir schon gedacht, daß du auf einen Blonden fliegst."
„Mein Kind, deine Ausdrucksweise ist, unter uns gesagt, bisserl ordinär."
Scharf: „Ich flieg' nicht. – Merk' dir das."
„No ja."
„Unerhört, von der Mutter zu sagen, ›sie fliegt‹. – Der Herr ist nicht unsympathisch. Das ist mein Empfinden. Weiteres findet sich."
„Wie alt ist er denn beiläufig?"
„Beiläufig – no – so an dreißig, dreißig-fünf herum ..."
„Drum ..."
„Jetzt gewöhnst dir das blöde ›Drum‹ ab. Überlaß das doch der Afra! – Er könnt' auch älter sein, solang' er zahlt. Interesse für das Automatische hat er. Wegen Horoskop und Sternzukunft fühl' ich ihm noch auf den Zahn."
„Du bist ihm natürlich gleich mit Papa ins Gesicht gesprungen, Mutter. Das vertragt doch nicht jeder. Da wird er kopfscheu."
„Da haust' daneben. Er hat gleich zugegriffen. Vielleicht ist er selbst medial. Hätt'st sehn sollen, wie atemlos interessiert ..."
„Ja was noch. Aus Höflichkeit. Innerlich hat er sich gedacht: ›Jetz' das ist einmal eine spinnige Person, eine zudringliche ...‹"
Ein unmelodisches Aufkreischen im andern Bett: „Was sagst du da wieder! – Fratz, unverschämter ..."
Eine heftige Erwiderung, gar nicht mehr in Tuschelform: „Is ja wahr! Ich darf immer an die Türritzen hinhängen! Nie stellst du mich jemand vor! Ich hätt's anders gemacht, gewiß ja! Staad hätt'st sein müssen, Mutter, und schön schweigsam vom Wetter red'n. Gleich herausgekehrt, die Privatgeschichten, und übermorgen zieht er aus. Wirst sehn. Das hab' ich nachher von der ›guten Tochter‹. Ich will auch einmal ein zweibeinig's Mannsbild sehn. Immer der alte Trottel von Baron ..."

Jetzt entsteht ein großes Matratzenknacken und ein Geräusch wie ein Klaps auf etwas Unbekleidetes. Ein Schnaufen klingt auf wie ein Schluchzen, und daraus gebiert sich die mütterliche Stimme, etwas heiser: „Von wem du das nur hast! Die ordinären Ausdrück'. Von mir nicht und vom Papa nicht. Und der hört dich, hört dich! Der ist gegenwärtig hier im Zimmer; schier spür' ich ihn; wie er sich schämen muß in sein' Zwischenzustand, sein' hilflosen, daß er dir keine runterhaun kann!" – Klatsch; kissendumpfes Wimmern – (oder ersticktes Gelächter?) – „So ein vornehmer Mann, der Baron Meerveldt! So ein düskreter! Und das gütige Interesse für seine kleine Linda! *›Welch ein interessanter Fall‹* ist sein drittes Wort ... Und was tut der Fratz, der ausgekochte? Nennt ihn einen Trottel! Aber paß auf, du! – Paß auf!"
„Ich paß schon auf, Mutter", erwidert jetzt die weinerliche Stimme. „Aber schau, ich kenn' schon deine Anpreiserei, und wenn die Leute scharf wer'n und was sehn woll'n, sperrst du mich hier ein oder schiebst mich ab in die Kunstakademie ... Ich möcht' anmal an anständigen Akt sehn. In der Akademie ham s' bloß so an dreckigen Lausbub'n. Eine Künstlerin möchtest machen aus mir, und psychopathisch bin ich auch, und da darf ich nix, aber auch gar nix ..."
„Du bist halt zu jung. Wenn er's nicht spannt, darfst schon anmal spitz'n, wenn er sich wascht oder so ... Aber sonst hast mich als Modell, merk' dir das. Und für die Mannsbilder: zu was hast denn nachher den Parthenonfries in dem teuren Kunstbuch da, und die Vasenbilder?"
„Herrschaft ja, Mutter, aber schau: Du bist halt doch bisserl reif schon?! – Weißt, die Linie ..."
„Linie?! – Aber ich bütte! – Dein Papa war ganz narrisch drauf! Und war der kein Künstler; ich bütte!?"
„Ja no ... damals ... du bist halt ein wenig dick wor'n; du hockst zuviel zu Haus ... und mich laßt' mithocken ..."
Pause. – Die Entrüstung verschlägt Frau Bibescu anscheinend den Atem. Endlich kommt ihr die Stimme zurück.
„Ihr seid's grausam, ihr Kinder. Hast ja recht. Immerhin: meine Fesseln ... schau her."
„Ja, die gehn", spricht die Tochter anerkennend.
„Und das da ... und so ..."
„No ja. –" Die Tochter kichert. „Aber ich kann doch nicht ewig immer dasselbe abmal'n. Mit an Zirkelmaß ging's schneller. Und mit

den Porträts von dir hab' ich's auch dick jetzt ..." Abgrundtief seufzend: „Ich möcht' anmal – was anders mal'n!!"
„Nachher stellst dich selbst vor'n Spiegel hin."
„Aber das geht doch nicht. – Man malt dann daneben."
„Rembrandt hat sich auch selbst hergenommen, wenn er kein entspröchendes Modell zur Hand g'habt hat ..."
„Und was hat er gemalen? – Immer nur sein' alten Schnauzbart. Mit Barett und Helm ..."
„Du mußt deine Bewegung erwischen. – Schau her, so!" – Das Parkett knarrt leise. Offenbar hat Frau Bibescu das Bett verlassen. Eine Weile entsteht Schweigen während dieser Pantomime. Ein leises, triumphierendes, von leichtem Asthma behindertes Zischeln: „Schau, das hat dein Papa auch so gern g'habt. In diesem Augenblick hat er mir zugeschaut; ich fühl's. Bisserl Schwung hat deine Mutter noch, wie? – Fünfzig Jahr', ich bitt' dich! – Noch ganz elastisch, wie, für eine alte Frau? – Das kopierst einfach vor'm Spiegel, mein Kind; und nachher fängst das Bild aus'm Gedächtnis ein und malst es hin mit dem Bleistift. Wenn man so eine Figur hat ... Und ein bisserl Ridmus ..."
Offenbar versuchte es nun auch die Tochter. – Das Schweigen wird dann unterbrochen durch ihren prustenden Ausruf:
„Meinst wirklich, Mutter ... so geht's?"
„Wart', ich hol' dir die Tunika ..."
Eine Erschütterung des Bodens: Frau Bibescu bewegt sich auf die Wand zu, an der ich lausche. Dann höre ich einen leichten Aufschrei, so aus der Nähe mir ins Gesicht, daß ich zurückpralle: „Jessas!! – die Tür ist offen."
Es raschelt kurz hinter der Tapetentür; dann schnappt drinnen eine zweite Klinke ein, und jedes Geräusch von drüben wird erstickt wie mit Watte. Die Garderobe der Damen, entdeckte ich somit, ist in die Wand eingebaut; steht sie nach innen offen, dann hört man alles. Ob sie heute nacht durch Zufall offen stand, wage ich nicht zu entscheiden. – Ich habe das starke Bedürfnis nach einem Schnaps. Drüben geht das Gespräch als ganz entferntes, kaum hörbares Murmeln weiter, dann versinkt es in die sausende Stille, die ein herzhafter Schluck Martell in meinem Kopf erzeugt.
Eine Lässigkeit ergreift Besitz von mir. Durch den Hintergrund dieser zerrinnenden Empfindung spukt es von blassen Gliedern, von nackten, schwellenden Hüften, von östlicher Buntheit und großer Verachtung für Zeit.

Denn wo ist da noch ein Zeitbegriff, wenn man sich mitten in der Nacht, in rabenschwarzer Stille, tuschelnd und kindlich-lüstern unterhält mit Gesprächsbrocken, die gewöhnlich nur mittags gedeihn?
Mit Vorstellungsfetzen, die gemeinhin nur dann plastisch werden, wenn grelle Sonne ihr Flammengitter, durch Jalousien hindurch, auf seidene Kissen zeichnet?

IV

Ich erwache ein wenig verdutzt. Ein großes Schnurren, Rumoren und Poltern geschieht kaum drei Meter unter mir. Das ist das zwanzigste Jahrhundert mit seinem scheußlich grellen Menschenaufwasch und seinen vier- bis vierzehnpferdigen Motorrädern, die unten auf der Straße, gerade unter der „Flucht meiner Fenster", von Jünglingen in Golfhosen begutachtet werden. Zuweilen klemmt sich einer im Jockeisitz auf ein metallenes Biest, das Gestank und Krach von sich spritzt, und schnurrt ab.
Aufatmend denkt man: Gottlob, einer weniger, dann kommt er schon wieder um die Ecke herumgefegt und füllt die „stille Seitenstraße" von neuem mit Detonationen. Es hört sich an wie ein frischfröhliches Konzert fabrikneuer Maschinengewehre. Man streichelt die Tiere, stochert in ihnen herum, gibt ihnen Ölinjektionen und läßt sie dann, zur Abwechslung, leer laufen.
Ich stehe in Pyjamas in einem der französischen Fenster, und der Ritz der halbgeöffneten Damastportiere blendet mich. Die bauchigen Scheiben Seiner Eminenz von drüben beschießen mich mit funkelnden Lanzen. Vom Asphalt spült eine Welle von Benzin- und Teergeruch herauf. Wo habe ich doch schon solchen Lärm gehört, solche Gerüche gespürt? – – – Ua, schammâm!! – – zieht ein geisterleises Gebrüll vorüber mit Hitze und orientalischer Sonne ... Haremsweiber ... Melonen ... Aha, das Frühstück. Ein schönes Melonenfrühstück ...
Es klirrt hinter mir. Welch neckische Telepathie! – Ich schnelle herum: da steht die alte Afra vollkommen ratlos mitten in dem unaufgeräumten Möbelkram, wie eine Sibylle zwischen Trümmern, und hält in ihren hölzernen Händen ein Tablett wie eine Opfergabe. Zuweilen schnupft sie auf, dann beben die Hände, dann gibt es das silberne Glöckchenspiel. Ihre ausgebleichten Augen fangen meinen Blick auf; ihre Oberlippe, von grauen Härchen geschmückt, wie

eine Kellerwand von Schimmelfädchen, zieht sich in langsamem Grinsen auseinander. All die Leberfleckchen und Daunenwarzen geraten in trägen Fluß. Und dann entringt sich ihrem verdorrten Brustkasten folgende morgendliche Begrüßung, heiser und monoton:
„Dreimal waar i scho' herin g'wen, Herr Dokta; un' jetz' woaß i imma no net, wo i dees Zoigs hitoa sui ..."
„Danke schön, Afra. – Hätten Sie's halt auf den Teetisch gestellt."
Sie dreht sich stumm nach Nordnordwest.
„Am Dätisch?"
„Ja freilich. – Der ist doch wie gemacht dafür."
„Drum", spricht sie befriedigt. Ein mystisches Wort. Sie folgt der Suggestion und ladet alles fein säuberlich, mit viel Vorsicht in den Knochenfingern, darauf ab. Ich raffe einen Klubsessel heran und mache mich ans Schmausen: zwar keine Melonen, aber ein Ei mit Semmeln und sehr dünnem Kaffee. Sie steht stockstill, die Hände parallel den Schürzenfalten, wie ein Grenadier. Ich fühle, daß sie einiges auf dem Herzen hat; daß sie reden will. Sie räuspert sich mehrmals und schnupft auf, wobei sie mich wohlwollend betrachtet. Ich blicke sie fragend an; das alte Wesen fühlt nun die Zunge gelöst.
„I hamas› scho denkt, daß Sie am Dätisch ees'n wuin", bekennt sie mit knarrendem, nun etwas höherem Organ. „Drum hob' i ›drum‹ g'sagt." Sie meckert und schnalzt an den Stockzähnen. – Mit dem Daumen über die Schulter: „Raama S' heit no ei?"
„Ja freilich, Afra; ich räume heute noch ein. – Den Dienstmann hole ich mir gleich nachher."
„Am Promenadenplatz is oana; da Zacherl. – Den kunnten S' glei braucha."
„So, so. – Danke."
„I hol' Eana 'n Zacherl. I muaß eh umi zem Eihol'n."
Pause. – Sie ist ohne Zweifel angeregt. Ein neuer Mieter! – –
„Na, nehmen Sie schon Platz, Afra. Ich hoffe, wir vertragen uns gut."
Das alte Wesen läßt sich auf der Kante eines entfernteren Sessels nieder, mit mädchenhaftem Zieren, voll verschollener Gesten. Sie fährt mit den Händen an ihrem schwarzen Kammgarnfähnchen herab, als sei es ein bauschiger Faltenrock von Anno Eins. – „Hom S' guat g'schlaffa, Herr Dokta?"
„Nicht besonders."

„Dees glaab' i scho', Herr Dokta." Etwas wie Verschmitztheit erwacht in den ausgebleichten Augen. „Dees wer'n S' no oft erlem, doß die zwoa an Krach mach'n bei der Nacht. D' Linda is a Luda; de is ganz spinnat. Mondsucht hot's, hoaßt's; und die Gnäfrau is aa net vüi besa."
„So, so. – Ich bin mit den Damen noch nicht näher bekannt."
„Dees derf'n S' g'wiß glaam, Herr Dokta, dos i net hetz'n wui. Oba i moan halt, es ko nix schad'n, wann i Sie a biserl vorbereit'. Damit S' net erschreg'n. De zwoa san ganz narret. I waar scho längst weg von den Plotz. I find' oba nixen mehr; i bi an olta Pason un' ko' den Deanst grad' no dakraft'n. Die Gnäfrau is Eana a ganz a Scharfe. De lost ka Mannsbild net so leicht aus, des wo si eifonga laßt. A so g'schwuin redt's' daher. Un' oziag'n tuat sie si zum Reißausnema. – Und tean tuat's nixn den liaben, langen Dog; nur bei der Nacht werd's munta ..."
Sie schnappt den Mund zu, verschließt ihn hermetisch und blickt mich sanft erwartungsvoll an. Ich beschließe eine durchaus neutrale Haltung einzunehmen. – Da beugt sie sich vor und flüstert schärfer: „A Skandal is. – Net amal katholisch san die. – San Sie katholisch, Herr Dokta?"
Ich bin protestantisch getauft, will ihr jedoch die Enttäuschung nicht bereiten, daß sie einem Ketzer gegenübersitzt. So sage ich denn:
„Ich bin ein Christ."
„Dees is a no was", sagt sie zaghaft, doch tolerant. „Aber de Gnäfrau is a Jüdin! – Jawui! –" Sie schwillt vor Begeisterung über diese Erkenntnis, die ihr offenbar gelegentlich selber gelungen. „Jud'n san dees! Un' ganz schlimme! – Orderdax oder wia ma's hoaßt! Wo's herkema, woas ka Mensch! – De sperr'n si ei mit da Schreibtafa un' ruaf'n an Geist! Ganz hoamli, ganz staad! D' Linda, dees Luada, schreibt Botschaft'n auf, und de Gnäfrau kriagt Mordskrämpf, weil's fest glaabt an den Schmarr'n!! – I hob's mein Kaplan g'sagt, ›Hochwürd'n,‹ sag' i, ›de zwoa zaabr'n da herin und do muaß i zuschaug'n! –‹ Sag' i. – Sagt a: ›Afra,‹ hat'r g'sagt, ›do muaßt di net kümmern drum,‹ sagt a, ›unser Herrgott laßt si net oschaug'n weg'n zwoa spinnete Weibsbild'r‹, sagt a. ›Mir is ja a gleich,‹ sag' i, ›bal's ma nur mein Glaam net vaderb'n. – Aba muaß dees sei, doß de Jud'n ...‹ – ›Psch,‹ sagt a, ›do koscht nix mach'n, Afra. – Gibt halt solchene Leit', de wo ums Verreck'n net krischtkatholisch wer'n wuin‹, sagt a; ›sie haben ihren Lohn dahin.‹

– – Aba, wie g'sagt, mir is gleich, und Eana ko ja a nix pasir'n als an gebülten Menschen ... I hob's Eana nur vazält, daß S' im Büld san ... Und wos mit der Bibescu i'rm erschten Mo is, den wo s' allwei' zitiert ...“
Weiter kommt die Gute nicht. Denn es klopft sehr spitz und dringend – (wer hätte jenen molligen Fingern solche Eindringlichkeit zugetraut!) – und ohne mein „Herein“ abzuwarten, füllt Frau Bibescu den Rahmen der Tür aus.
Ihr Antlitz blickt hoheitsvoll. Und sich an Afra wendend, die schnell in die Höhe geht, spricht sie scharf akzentuiert: „Also hier find' ich Sie, Afra ...“ Ihr Blick ist gar nicht gemütlich; der Satz atmet sich nicht so recht aus und bleibt, von schneidendem Fragezeichen belastet, als Damoklesschwert in der Luft hängen. Die Alte strebt denn auch, steif, auf ihren borstigen Filzschlappschuhen der Tür zu; sie murmelt etwas von „in Rua los'n“ und „gar so eilig“, und Frau Bibescu läßt sie passieren wie der Alte Fritz die Veteranenparade.
Hierauf schließt sich die Tür, und ich bin wieder mit dem wogenden Schillersamt allein, der sanfte Wellen schlägt und auf mich zuschwimmt wie ein seltenes Meeresgeschöpf, rar von Farbe und gefallsüchtig. Strotzend von Huld, quellenden Sirup in jeder Pore, läßt sie sich auf dem von Afra soeben verlassenen Sessel nieder; nicht auf der Kante nur wie jene, sondern sie schmiegt Mächtig-Sphärisches in Wohlig-Ausgebuchtetes, geht mit dem Sessel restlose Vermählung, ja: Verlötung ein, so daß ich mir die Mühe einer Loslösung mit womöglich dabei geschaffenen schelmischen Komplikationen schon schaudernd im voraus ausmale. – Da heißt es kein „Gestatten Sie?“ oder „Störe ich?“; nein, sie sitzt; und sie wird nach menschlichem Ermessen auch noch sitzen, wenn der Dienstmann Zacherl kommt ...
Mit zwei Fingern stützt sie die Stirn, jeder Zoll hingegossene „Bedeutung“. Ein Lächeln, offenlippig und inhaltslos, jeder Verheißung voll, die eine schläfrige Phantasie stellen mag, bleibt auf dem klassischen Antlitz stehen. Und dann spricht sie mit tiefem Blick aus den leuchtend schwarzen Augen, so halb von unten herauf, mit einem Senkblick voll tastender Suggestion: „Na? ... Gut geschlummert an fremdem Ort, Herr Doktor?“
O Gott, denke ich. Nun, ich muß mich zusammennehmen und auf den Kitsch eingehen; vielleicht finden sich später Mittel und Wege...

„Ausgezeichnet“, sage ich also mit fröhlicher, morgenfrischer Stimme. „Sie auch, gnädige Frau?“
Ihr Blick scheint an einem imaginären Senkblei zu zupfen; er wird leicht forschend; dann kommt es etwas zögernd: „Nun, es tut sich ... Ich als enttäuschte, alte Frau schlaf schlecht, und dann kommt noch, wissen Sie, dazu, daß Linda zuweilen an Phobie leidet, an Kinderschreck, sagt der Arzt ... Sie schmunzeln, Herr Doktor, aber auch schlafwandeln tut das Kind ... Phantasie hat sie Ihnen enorm ...“ Ihre Augen irren im Zimmer umher. „No, das schaut aber noch aus hier ... Die Afra holt Ihnen einen Dienstmann ... ich wer's ihr sag'n ... Aber ich will nicht vorgreifen, vielleicht hab'n Sie das schon besprochen mit ihr ...?“
Sie sieht mich blank fragend an. Ich bin überzeugt, sie hat vorhin an der Tür geklebt, und ihre Abgebrühtheit setzt mich in Erstaunen. Ich schweige gespannt; ich bin neutral.
Sie hat sich zu ihrem Thema herangewurmt. „Wenn Sie etwas wünschen, Herr Doktor, sag'n Sie's lieber schon gleich mir selbst; die Afra is auch halt nicht mehr die Jüngste, fabulierlustig und ein bisserl blöd, wie sie halt wer'n mit siebzig ...“ Sie gibt drei mokante Pusterchen aus ihren ziegelroten Nüstern von sich. „Abergläubisch ist sie Ihnen und ein wenig schreckhaft, da muß ich sie halt zusammenstauchen von Zeit zu Zeit, dann steht sie wieder stramm ... Ich hab' sie so mehr aus Mitleid bei mir, das alte Mensch; die Inflation ist an ihrem Tiefsinn schuld ... aber schmeiß'n Sie sie nur raus, wann sie Ihnen zuviel wird ...“ Dies kommt stockend, in singend-anheimstellendem Tonfall, hervor. Dabei wandern die schwarzen Augen unablässig. „Bücher, Barmherziger, Bücher ... Gelt, ich leih' mir was aus ...“ Plötzlich lüstern: „Hab'n Sie beiläufig was ... Okkultes?“
„Auch das, gnädige Frau.“
„Scharmant, bitt' Sie, scharmant ...“ – Pause. – Dann wie nebenbei: „Sie hat Ihnen gewiß erzählt, daß ich Jüdin bin?“
Ich verschlucke mich und kämpfe mit einem Hustenanfall. „Das brauche ich mir von niemandem erzählen zu lassen, gnädige Frau. – Zudem bin ich absolut vorurteilslos.“
„Mit Ihr'm Köpferl, Ihr'm blonden ...“
(Uch nein, protestiert mein Magennerv!)
„Ist ja wahr, Sie schau'n nicht aus wie ein Feuerfresser ... Lieb schaun Sie aus ... und ein feingebildeter Mann sind Sie auch ... Natürlich bin ich mosaisch, erzmosaisch ...“

Hier kommt Haltung in sie. Es ist erstaunlich: das Molluskenhafte ihres Wesens strafft sich; sie wird Mrs. Siddons; die kommende Eröffnung steift diese quellende Masse empor wie gerinnender Gips ...
„Wissen Sie, daß man bei mir zu Haus in Bukarest noch Portugiesisch redet, noch die Sprache des Camôes? Wissen Sie, daß ich vom Stamme der reinrassigen Sephardim bin? Uralter Adel, ich bitt' Sie! hätt' sonst mein Mann die hunderttausend Porträts gemacht von mir? Wissen Sie, daß der Mann sich Ihnen nachmittagelang hier hineingehockt hat ins Nordlicht und mein Profil studiert und meine Händ' und meine Füß' mit Schuhnummer 34?! – Pamela, stell' dich einmal so hin, sagt er, daß ich das erwischen kann, und das ... In der Nationalgalerie, da häng' ich dutzendweis'! Gelt, da staunen Sie ... so ein Buchgelehrter ... Durch und durch kannte mich der Mann, und deshalb lebt er noch ..."
›*Toll*‹, so geht meine wirrwerdende Überlegung. ›*Jetzt erscheint der Gemahl wieder am Horizont. – Was tu' ich nur, um's Himmels willen ...*‹
Laut sage ich: „Ja, es muß ihm schwer geworden sein, zu scheiden."
„Schwer ist kein Ausdruck", erwiderte die tragische Maske. „Offne Wundflächen werden das, wenn so verschweißte Seelen auseinanderreißen ..."
Das Keuchen der Macbeth spielt wie schwüler Wind über die Bühne. – Und während ich noch schier betäubt verharre, von ihrer aggressiven Geste vor den Kopf geschlagen, ich armes Publikum, wechselt die Tonart ins Scherzo hinüber. Gurrend beginnt sie zu verhandeln. Der Mietpreis (in Devisen, ich bitte Sie!) – die Sicherstellung für Abnutzung der Möbel, Garantien, Trinkgelderfragen, und „wenn Damen heraufkommen, nur Qualität, und nur unter Tags", Kündigungsfrist und das ganze öde Tausenderlei ...
Sie beherrscht die Materie, das muß man ihr lassen. Wochen voll intensiver Überlegung müssen vorangegangen sein. Bis auf Heller und Pfennig – bis auf Naturkatastrophen und Putsche – Gott in Ehren, stellt sie sich sicher. Wer kann die Mauer einrennen, die sie um sich baut! Und das Resultat ist schließlich meine ächzende Zustimmung und schweißtriefende Mithilfe bei der Zangengeburt eines Kontraktes, der mich mit Haut und Haaren in ihre Hände liefert. Wer kann auch dieser öligen Suada und diesem Geschütz von „Wenns" und „Abers" unbeschadet widerstehen! – Eine volle Stunde raufen wir uns herum. Dann klopft es massiv. Der Dienstmann Zacherl erscheint.

V

Nun habe ich mich endlich eingerichtet.
Die Uhr ist repariert und teilt mir aus der Ecke mit sonorer Altstimme, auch ungefragt, die Zeit mit. Sie sagt es vorsichtig, um niemanden zu verletzen. Denn jünger wird man nicht. – Und die Zeit rauscht ...
Ich habe nun die ganze Etage erforscht und weiß, woran ich bin. Nie noch gab es in Mitteleuropa ein Gelaß gleich diesem. Vorn zwei Säle, was sage ich: Hallen! – Diesen beigeordnet meine Schlafzelle und das durch die Garderobe zwischen Tapetentüren davon abgetrennte Schlaf-, Wohn- und Spintisier2gemach dieser erstaunlichen Frauen ... Ich habe noch keine Gelegenheit gehabt, einen Blick hineinzuwerfen, ebensowenig wie mir der Anblick Lindas, des begabten Wesens, annoch zuteil geworden ist. Man hört sie wohl, im Gang, im Treppenflur; man hört eine quäkende, blutarme Stimme, die imstande ist, sich durch die meterdicken Wände hindurchzuschrauben ... einen Korkzieher von einer Stimme, der vom Rost der Alltäglichkeit knarzt. – Einmal bin ich auch draußen auf der Wendeltreppe fast über einen Kobold gestolpert. Er hat sich, leise zischend, verflüchtigt. Das kann sie unmöglich gewesen sein.
Ich hege allerhand romantische Ideen in bezug auf Linda. Eine sechzehnjährige Ausgabe der Mutter: à la bonheur! Da muß etwas daran sein! Orientalisch, was denn, und rassig-grazil! Eine eifersüchtig verborgengehaltene Perle!
Rehschlank; massiv, wo es sich gehört; von allen Rüchlein Arabiens umwittert! No! – – Vom Stamm der Sephardim ein Reis, Jasminblüte aus Bukarest!
Was sagt mir die Stimme! Was bedeutet schon der Klang einer Stimme! Sie ist halt erkältet, sagt mir mein Herz, und auch von Kummer bedrückt. Suggestiv und hysterisch; was bei andern ihres Alters normale Backfischlaunen sind, wächst bei ihr ins Extrem. Ein Medium, mit geheimnisvollen Kräften begabt, eine vibrierende Nervenbrücke zur andern Welt! Welche Sensation! Ein Instrument für eine geisterhafte Energie, um darauf zu spielen; eine bebende Klaviatur für den heißgeliebten Vater, der nicht rasten will!

---

2 Spintisieren entspricht nachdenken, philosophieren, sinnieren, spinnen.

Im allgemeinen denke ich nur beim Kaffee oder abends an Linda. Im Grunde genommen ist meine Neugier weder akut noch aktiv; sie ist eine milde Würze des halben Traumdaseins, das ich führe, und besteht eher aus einer sanften Erwartung. Sie ist verteufelt geschickt darin, sich nie sehn zu lassen. Zweimal habe ich inzwischen versucht, die alte Afra auszuholen. Sie hat auch bereitwillig zur Information angesetzt, war gerade dabei, ihren Sermon abzubeten nach einem vielversprechenden Auftakt von ungefähr folgenden Worten: „D' Linda! – Ja mei! – Wissen S', Herr Dokta, i wui net hez'n; oba doß d' Linda a Luda is, a ganz an ausg'schamts, des derf'n S' g'wiß glaam. – D' Linda ...“ –
Weiter kam sie leider nicht, denn jedesmal wurde sie in diesem Moment „dringend“ von Frau Bibescu „benötigt“ und verschwand murmelnd, mit hölzernen Abwehrbewegungen der zerarbeiteten Hände ... Das Mysterium vertieft sich und glimmt wie Zunder in mir fort.
Ich begann dies Kapitel mit einer Schilderung der Wohnung. Stellt man sich in den Korridor, so entdeckt man noch eine Glastür. Sie gehört zu einem Alkoven von etwa zwei Meter im Geviert, der dem großen Empfangssalon, „dem Zimmer Herrn Bibescus“, dem nie benutzten kühl-prächtigen Raum, als Garderobe scheinbar angegliedert war.
Jetzt ist das Räumchen Rumpelkammer tollster Art; vollgepfropft mit Möbeln, Matratzen, Bildern; besonders hervorstechend sind halb verwischte Kohleakte, zerknüllt zwischen Mintonporzellan und verdorrten Fächerpalmen ...
Überall winken die schwarzen Augen der Gattin herab; zahllos sind die fetten Schultern und uferlosen Hüften, darüber sie neckisch oder melancholisch schimmern.
Herr Bibescu hat viel Kohle zerpulvert, um dies sein Lieblingsthema in allen Variationen der Nachwelt zu erhalten.
Welch ein Gedanke, das Original dieser orgienhaften Skizzen lebend – und höchst lebendig! – in nächster Nähe, Tür an Tür, zu wissen! Mir durch nichts vorenthalten als durch dreieinhalb Millimeter schäbigen Schillersamts! – Doch die Entsagung wird mir erleichtert durch die Erwägung, daß auch der beste Jahrgang einmal firn wird ...
Vom Korridor aus, nach Süden, geht es ins Ungewisse. Denn ein endloser Gang beginnt, doppelt so lang schier als eine rechtschaffene Kegelbahn.

Er wird durch Glasfenster vom Hof aus beleuchtet. An seiner Innenseite liegen zwei Kammern, die nur indirektes Licht erhalten. Nach diesen Kammern kommt ein Gemach, darin Afra haust und in einem Behälter aus schwärzlichem, zerbeultem Blech plätschernd hantiert. Das Ding erinnert der Form nach an eine Badewanne. Dann kommt die „Gelegenheit", ein finsterer, bedrückender, ängstlicher Ort, und an diese schließt sich, last and least, die Küche an. Hier speisen die drei Weiblichkeiten zu Mittag und zu Abend, höre ich; vermutlich sind das die Momente des Tages, wo Frau Bibescu den Magen siegen läßt über ihr aristokratisches Empfinden und Stuhl an Stuhl mit dem Volke schmaust. Oder vielleicht soll das Volk kontrolliert werden, wieviel es schmaust, auf daß man es zügeln könne...

Wäre ich mein Leser, so hätte ich mich schon baß darüber gewundert, daß der Baron in dieser Geschichte noch nicht aufgetaucht ist. Ich, als Berichterstatter, weiß es besser: – er ist unpäßlich, würde sich aber nach Genesung ein Vergnügen daraus machen, dem neuen Mitmieter vorgestellt zu werden. Gazevorhänge vor den beiden erwähnten Kammern am Gang verhüllen das Krankenlager. Wann er sich lüftet, ist mir unerfindlich. Abends, wenn ich eine gelegentliche Pilgerschaft, einen Ausflug nach Süden, unternehmen muß, beleuchtet er sich mit sanfter Ampel. Von all diesen menschlichen Amphibien ist er entschieden das lautloseste. Alles, was ich entdecke, ist ein Schattenriß, aus dem eine Hakennase springt. – Zuweilen räuspert er sich bellend; mit Trompetenstößen schneuzt er sich. Sonst hört und sieht man nichts von ihm...
Dies ist die Situation, dies die Bühne; und was ich nun schildern will, bringt Katastrophe und Lösung. Denn all dies Ungelöste verlangt irgendwie nach einer Explosion, nach einem Windstoß, der diesen zaubrisch-boshaften Sumpf mit seinen lemurenhaften Bewohnern, zeitlosen Möbeln und halben Menschen von Grund aus aufpeitscht und in die grelle Beleuchtung des heutigen Tages zerrt ...

Es sind ungefähr zwei Wochen seit meinem Einzug verflossen, und ich habe mich an das Milieu gewöhnt. All diese Unwahrscheinlichkeiten sind mir jetzt bekannt; renne ich gegen sie an, so deute ich – sozusagen – nicht einmal mehr nach der Hutkrempe, sage nicht mehr „Pardon!", sondern springe sachlich und etwas

unwirsch mit ihnen um. Ich soll jedoch gewahr werden, daß dies alles erst die Oberfläche ist. Denn die alte Afra paßt die Gelegenheit ab und gräbt dann ein erstklassiges Skelett aus.
Das ereignet sich so: ich stehe wieder einmal am Fenster; es ist Samstagmorgen, gegen acht Uhr. Da kommen, offenbar aus unserm Hause, zwei Gegenstände ins Rollen: zwei Paradiesvögel von seltener Farbenpracht ... Ich blicke steil auf sie herab. Nein, es sind keine ausgestopften Erstaunlichkeiten; ihre Fortbewegung ist nicht mechanisch. Sie wandeln watschelnd. Sie überqueren die Straße. Ich kann sie von hinten sehen: ein junges und ein älteres Exemplar. Beiden eigentümlich sind sehr deutliche Schaukelbewegungen der unteren Partie. Beide tragen sie große Hüte aus rieselnden Straußenfedern und sackähnliche Seidengewänder.
Der Eindruck des Exotischen entsteht dadurch, daß hier der Mutter Natur nachgeholfen, daß sie triumphierend übertrumpft wird durch die Zusammenstellung der Farben: Giftgrün schmiegt sich in Rosa, Karmin schreit auf unter Violett, und was sich an Bändern, Rosetten und Schleifchen dazwischengenistet hat, ist unsagbar mannigfach.
Gerade als ich mir klarmache, daß das jüngere Exemplar, zart keimende Form der Mutter, niemand anders sein könne als Linda, schnappen zwei Sonnenschirme auf, blendende, feuerfarbene Räder, und entziehen mir den Anblick zur Hälfte.
Vier winzige Schnallenschuhe, weit auseinandergesetzt, tasten darunter weiter wie die Füße von vorsichtig sondierenden Insekten; dann wallen die beiden Seidengewänder um die Ecke, dann erlischt das Phänomen...
Ich starre noch eine Zeitlang entgeistert auf die leere Straße, die noch soeben Schauplatz eines Märchens war. Das Wunder kroch mir unter der Nase weg, das zeitlose Wunder. Es entstand in einer neuzeitlichen, von Motoren durchschnurrten Gegend, begab sich auf den Asphalt des zwanzigsten Jahrhunderts ...
Da klinkt hinter mir die Tür, und die alte Afra ist im Zimmer. Sie ist sehr weit weg. Aber die Etage gehört ihr; sie baut sich dort auf; sie spürt Genugtuung. Meine Aufmerksamkeit durch nochmaliges Aufschnupfen in ihre Richtung lenkend, spricht sie knarrend:
„Brauchen S' wos, Herr Dokta?"
„Nein, danke, Afra ..."

„Drum. – Weil S' net g'litten ham.“ – Sie fühlt wohl, daß ihre Anwesenheit einer handfesteren Erklärung bedarf. Sie blickt listig auf und schnalzt an den Stockzähnen. „De zwoa san weg!“
„Ja, ich habe sie eben fortgehen sehen.“
„Ham S' as g'sehn? – So! – Muaß ma net grad nauslacha, wie de zwoa auftaggelt san ...?“
„Etwas eigenartig gekleidet, das stimmt.“
„Dees moan i aa“, spricht sie kichernd. Sie ist bis zur Mitte des Zimmers gediehen. „Derf i mi hihocka zu Eana?“
„Ja, bitte, Afra, nehmen Sie nur Platz.“
„So. – Heunt ko s' mi net nausjag'n, weil s' net do is. – Jetz' ko i Eana was vazäh'n vom erschten Mo von der. – Ham S' des kloane Kammerl scho g'sehn, Herr Dokta? Des wo am Korridor draust is?“
„Die kleine Rumpelkammer? Der Alkoven?“
„Den moan i. – A halbs Johr is her, do hot a si drin affg'hängt.“
„Aufgehängt ...?“
„Der Herr Bibescu. – Jawui. – Des hätt'n S' Eana net tramma loss'n, gelten S', Herr Dokta!“ – Sie flüstert heiser und rutscht näher. „Wia–r–i nei-kimm zum Afframma, steht a hint' im Eck. ›*Wia is jetz' dees,*‹ sog i, ›*Herr Bibescu? – Suchan S' wos?*‹ sog i. Sogt a nixen un schaugt un schaugt, un i nix wia naus. – Wia s' an naustea ham, war a scho' blau. Un sie – de hot Eana an Deaader g'spuit, net zum Sag'n. G'schrian hot s' wia–r–a Rooß. Ganz Staad un hoamli is a herganga un hot si affg'hängt. Jetz' da schaung S', gelten S', Herr Dokta?“
Sie kneift den Mund triumphierend zu, und ihre ausgebleichten Augen haben einen warmen Funken. Herr Bibescu tut ihr leid, sicherlich; aber die ganze schauerliche Tatsache wird von einer milden, unausrottbar soliden Schadenfreude überglänzt. Ich muß hinter den Grund kommen.
„Ja, aber, Afra, das ist doch sehr tragisch!“
„Für eam scho“, pflichtet die Sibylle bei. „Bal si oana affhängt, is scho dragisch für eam. Oba er hot scho g'wißt, wia–r–a si rächa ko; des Weibsbüld hot' an neig'hezt in Schuld'n und Schuld'n, grod grauslich, grod doß sie si Kleider kaffa ko un' Barrfengs vo Baris un' irene Liebhob'r imponir'n ko damit, un' mishond'lt hot s' ean un auszog'n aff's Hemmad, un grod nur zol'n hat'r derfa un' zuschaug'n, wia sie's triem hot ...

Jetz' nacha hot s' nixen mehr g'hobt, un aus d'r Wohnung hätt'n s' as aa 'nausschmeiß'n wuin, is oba net ganga, weil da Baron eig'sprungen is ...
Der Baron – wissen S', Herr Dokta – is aa–r–a Spiritist. An olter Oasiedl'r un' Jungg'sell, der zolt d' Mieten jetzat un'n Lämsund'rholt, sinst kinnten s' gornet egsesdir'n, de zwoa. Wos Sie selm zol'n, Herr Dokta, dees zol'n S' draaf, g'wiß wohr. Den ham de zwoa eig'fongt, un bol s' a Sizung ham, de zwoa, und'rholt er si aa mit'n Herrn Bibescu. Z'erscht" – das alte Wesen meckert – „ham sie si owoi zakriegt, oba jetzat san s' Spezeln ..."
Ich verfalle unwillkürlich in ihre Ausdrucksweise, und es entfährt mir in wasserklarem Hochdeutsch:
„Ja, was wäre denn nachher jetzt dieses!"
Ich schlage mir kopfschüttelnd aufs Knie, irgendwie angesteckt von der leeren Verschmitztheit, die in ihren ausgebleichten Augen lauert: angesteckt mit einer hoffnungslos übermächtigen Lust, nachzugeben und gegen mein besseres Selbst ein wenig zu meckern ... „So, Herr Dokta," spricht sie plötzlich salbungsvoll, gleichsam bekümmert über meine Frivolität ... „jetz' muß i eihol'n ... G'wiß wohr, gelten S', da schaug'n S', doß solchene Sach'n gibt ... da derfat mo' scho' grod Obacht gäm, doß mo' koan Schad'n nimmt am Glaam ... oba de glaam fest dro, doß'r no hier ischt als Geischt ... do kunnt' m'r schier irr wer'n ... Gelten S', Herr Dokta, Sie sag'n nixen zu dera Pason, doß i Eana wos vazält hob', wia des zugeganga–r–is, doß a si afig'hängt hot ..."
In ihrer Miene drückt sich plötzlich Unruhe und ein Schatten sklavischer Bestürzung aus; ihre Augen, milchigblau, drehen sich nach den dämmrigen Zimmerecken hin. – „I kunnt' mein Posten valier'n ..."
„Seien Sie ganz ruhig, Afra", spreche ich mit wiedergewonnener Würde. „Ich lasse mir nichts anmerken."
„Is scho recht", sagt sie und trollt ab, mit hölzernem Händeschwenken...

In der Nacht, die diesem Tag folgt, habe ich ein schauriges Erlebnis. Mir ist, als wache ich auf. Es muß gegen vier Uhr sein. Es herrscht ein milchiggraublaues Licht in der Wohnung, so ein greisenhaft unproduktives Licht, wie von einem Schachtlämpchen im Hades. Die Augen der alten Afra und die dumme Angst vor der Ratte, die nicht sterben will: der Erinnerung.

Und woran? – An etwas fragwürdig Glaubensfeindliches, Nacktes, durch keine Beichte Wegzuklingelndes ...
Eine perverse Neugier packt mich. „Ich will doch sehen", sage ich zu mir, „ob das stimmt; das mit ... dem Alkoven."
Eigentlich fürchte ich mich, gleichzeitig aber treibt es mich magisch, den Schleier wegzureißen, hinter dem dieser psychische Abfallhaufen modert. Ich trete in meinen Saal; überall dieses graublaue Licht. Die Tür zum Korridor steht offen; die ganze Wohnung ist halb hell.
„Jetzt herrscht das Odlicht ..." denke ich schaudernd. „Man weiß nicht, daß ich wach bin." Die Zeitlosigkeit des Unbelauschten, jäh in geheimem Wandel Überrumpelten.
Plötzlich fängt die Standuhr in der Ecke an zu schnarren, mit häßlichem Laut, und ich sehe die Zeiger abwirbeln, so schnell, daß sie einen Dunst auf dem Zifferblatt erzeugen. Sie haucht eine Kältewelle herüber wie ein Ventilator. Ich wundere mich nicht im geringsten, daß sich das Phänomen von damals wiederholt; ich umgehe sie nur wie ein verdächtiges Tier.
Und dabei beobachte ich mich selbst, sehe mich gleichsam von außen, was ich tue. Mein Gesicht schimmert papieren. Ich schiebe mich weiter und spähe lauernd in den Korridor: die Tür ... die Alkoventür...
Sie scheint geschlossen, doch hinter ihrem Milchglas glimmt ein trüber, grünlicher Schimmer, und dieser Phosphorschimmer scheint die Quelle und der Ursprung all dieser seltsam gleichmäßig verteilten Halbhelle zu sein. Ich nähere mich. Da drinnen steht (das weiß ich) Herr Bibescu, mit der Gardinenschnur um den geschwollenen Hals; – es ist wie im Kuckucksanschlagspiel. Er ist beileibe nicht tot. Dies sind seine Stunden, wo er Alleinherrscher der Wohnung ist. Er ist höchst lebendig, von Energien geladen; er bändigt die eigene Tatkraft dadurch, daß er sich – (ha, jetzt habe ich das Wort!) – anhängt! Nicht aufhängt! Meine Haare sträuben sich. Wie, wenn er sich belauscht spürte?! – Wenn er sich losmachte? – Wenn er hervorstürzte und mich den Gang hinunterjagte, ganz nach hinten, und mich dort stellte und anspränge?
Und es geschieht, geschieht: Es raschelt drinnen. Es poltert im Alkoven: die aufeinandergestapelten Möbel knarren, als ob sich jemand den Weg bahne. Der Schein im Milchglas wird heller ... Schon klirrt das Glas, als tappten blinde Hände nach der Klinke ...

Ich schreie auf. Mein eigener Schrei weckt mich auf. Oder war es das schmetternde Räuspern des schlaflosen Barons? ...
Ich stehe in Pyjamas mitten auf dem Gang. Spatzengeschilpe tönt aus dem Hof. Sonst ist es totenstill. Nur mein Blut saust, saust ... die fern verdonnernden Wirbel des Acheron. Taumelnd finde ich zurück in mein Bett und erwarte, nach einem Schluck Martell, weitäugig die Geburt der Frühe und der gewohnten Geräusche, der einlullend-beruhigenden Sachlichkeit, in die sich die Dinge zu kleiden beginnen ...

VI

Das große Ereignis tritt ein: ich lerne Linda kennen. Und zwar auf etwas ungewöhnliche Weise: als ich eines Tages um sechs Uhr nach Hause komme und dabei etwas leiser als sonst in den Korridor getreten bin, geschieht ein großes Geraschel und kurzes Schnaufen, wie das eines überraschten Tieres. Die Geräusche sind bei meinen Büchern in der hellen Dämmerung des hinteren Teiles; sehen kann ich noch nichts. Das Wesen gebraucht die Klubsessel zur Deckung. Ich spähe dahinter: da sitzt ein blauschwarzer, sehr dicker Zopf wie eine halb entrollte Schlange auf einem sehr bunten, zusammengezogenen Körper. Unterhalb der Stelle, wo ich die Schulter errate, bläht sich rhythmisch das Kleid von heftig lautloser Atmung kleiner Brüste.
„Na, kommen Sie schon heraus, Fräulein Linda“, sage ich warm. „Sie können sich ruhig meine Bücher ansehen, Sie brauchen kein schlechtes Gewissen zu haben.“
Sie erhebt sich und wendet langsam und scheu ihr Profil zu mir. Mit der „Rose Saarons“ ist es nichts; das sehe ich ein. Kein Reis und Zweiglein von der überreichen Herbstblüte der Alten. Sondern etwas Neuartiges, schier erschütternd Häßliches.
Ja, Fräulein Bibescu hat ein Ponyprofil, kein Zweifel. Eine massive Nase, platt auf der Oberlippe aufliegend, kleine, engstehende, etwas schielende Augen, ein verdrücktes Kinn. Die Stirn ist schmal und von zwei kindlichen Falten zerschnitten, der Mund groß, wenn auch mit schönen Zähnen. Einige Fransen hängen gewellt über dies Antlitz herein, backfischhafte Simpelfransen ...
Was es sonst zu sehen gibt, ist weniger hoffnungslos. Die Figur ist schlank und äußerst biegsam, Hände und Füße edel. Das Haar ist erstaunlich. Jetzt, da sie aufrecht steht, kriecht die Zopfschlange bis

unter die Kniekehlen. Sie schluckt auf und blinzelt mich aus ihren kleinen Augen an; sie glitzern wie Regen am Fensterglas. Dann sagt sie fast flüsternd:
„Herr Doktor, auf Ehr': ich hab' wirklich nichts wollen da herin; die Mutter hat mich g'schickt, ich soll ihr was Okkult's holen, und da war'n Sie net da, und da hab' ich mir gedacht, ich schau einmal so nach ..."
„Gewiß", sage ich sehr neugierig. „Ich habe nichts dagegen." – Schon will sie hinausrascheln, da werfe ich ein Lasso mit den Worten: „Hier, warten Sie doch. Trinken Sie ein Gläschen? – Nein? – So. Sie kriegen den *›Schönen Menschen‹* hier, eine Fundgrube von Modellen. Den dürfen Sie dann mitnehmen; aber jetzt wollen wir einander kennenlernen!"
Zögernd läßt sie sich nieder, aber doch sehr erleichtert. Das Gesicht, dessen Haut trübfarbig und spröd scheint, wie die eines Kellerpilzes, mit zwei, drei kleinen Pockennarben, die durchaus nicht als Grübchen passieren wollen, überzieht sich mit Rosenschimmer ...
Es zuckt darin. Der Busen ebbt ab, die Stoffalten zerrieseln wie Hafenwellen. Ich blicke tief in die kleinen, mißfarbenen Augen; sie verschleiern sich leicht.
Nach einem letzten Kampf mit tierischer Scheu, einem letzten Schnaufer und Hüftenregen im Stuhl, hat sie sich bewältigt und wird zur Persönlichkeit, mit der man reden kann. Sie setzt mehrmals zum Sprechen an; dann entringt es sich ihr:
„Der – *›Schöne Mensch‹*, – das kann ich grad gut brauchen. Zum Kopieren und Lernen. Reizend von Ihnen, daß Sie mir das leih'n woll'n."
„Keine Ursache. – Ihre Frau Mutter lobte Ihr Talent; das muß man fördern."
„Was die Mutter spricht, ist ein Schmarrn", erwidert sie fast heftig. „Die Mutter hätt' müss'n geboren sein auf der Dult (Jahrmarkt). Die preist mich jedem an ... net zum Aushalten schier, als ob ich der Has' wär' mit zwaa Köpf ... Schauen S', Herr Doktor, ich bin ein Hascherl, ich renn' in der Nacht umeinand', und sie sperrt mich ein. Gesünder werd man net davon und auch net schöner. Und warum tut das die Mutter? – Nur weil ich den Vater hör' und schreiben muß, was der Vater sagt. Und dann noch wegen dem Baron. Wenn Sie eine Ahnung hätt'n, Herr Doktor, wie die zwaa mich

umeinanderreißen zwischen sich, als ob ich ein Kautschukmanderl wär' ...“
„Wie ist denn das?“ frage ich und lege etwas suggestive List in meine Stimme, „wenn Sie Ihren Vater hören?“
Ihre Augen irren ab. – „Hören eigentlich net“, flüstert sie. „Ich empfind' eigentlich nur, daß er da ist und daß er etwas sagt. Und dann packt er meine Hand, und ich muß halt schreiben, was er sagt. Und die zwei machen sich ihren Vers draus.“
„Dann könnten Sie aber auch einmal etwas anderes schreiben? Einmal etwas äußern, was Sie selbst sich ausdenken, und das würde Ihnen ebenso bedingungslos geglaubt und als Botschaft Ihres Vaters betrachtet?“
Sie antwortet nicht sogleich. Sie sitzt regungslos, die große Nase gesenkt, wie ein Vogel in sich fröstelnd. Es ist dunkler geworden; dann schlägt die Uhr. Sie hallt aus, und plötzlich spricht Fräulein Bibescu:
„Ja – freilich – das könnt' ich, Herr Doktor; könnt' ich glatt. – Ich hab's auch schon anmal g'macht. Aber es ist schwer, so – furchtbar schwer.“
Ich werde sehr aufmerksam.
„Was tut denn Ihre Mutter, wenn Sie schreiben?“
„Sitzt vor mir.“
„Und was tut sie?“
„No, sie schaut mich halt an.“
„Ununterbrochen?“
Sie faßt sich nach der Stirn, und eine neue Falte gesellt sich zu den anderen. „Ich weiß net, Herr Doktor,“ spricht sie gequält; „ich weiß wirklich net ... Der Vater sagt jedesmal, ich soll den Baron heiraten. Wenn ich schreib', bin ich ganz einverstanden, aber nachher graust's mir.“
„Ihr Vater diktiert Ihnen das? Wirklich Ihr Vater?“
„No freilich!“ sagt sie erstaunt. „Ich spür' ihn doch!“
„Soso“, sage ich. „Sie werden den Baron nicht heiraten.“ – –
Sie jubelt auf; der Vogel rührt sich, mit überschlagender Stimme, leicht krächzend. Es hat etwas grotesk Rührendes.
„Ich mag ihn nicht!“ bestätigt sie herzhaft.
„Ekelhaft ist mir der Mensch. – Wie ich neulich genachtwandelt hab', hat er sich Freiheiten erlaubt gegen meiner und hat mich nackert paradieren lassen in mei'm Schlafzustand. Die Afra ist dazwischenkommen und hat ihn wieder 'neing'sprengt in sein'

Koben. (Ich wundere mich über die Fülle der saftigen Ausdrücke bei so zarter Jugend.) Und die Afra hat mich ins Bett g'schafft. Aber die Mutter hat gelacht. Amüsant findet sie es, sagt sie. Und ich brauchte mich meiner Figur nicht zu schämen, und der Baron sei ein Ehrenmann."

„So so", sage ich. – „So so."

Und das bedeutet, daß mir ein Licht aufgeht – was sage ich: ein Lüster! – über die Zusammenhänge. – Es müßte lustig sein, der Alten ein wenig in die Politik zu pfuschen. Vielleicht bekommt man sie dann kirre und kann sie sich vom Leibe halten; auf jeden Fall kann ich mir, rechtloser Aftermieter in diesen Zeitläuften, ein klein wenig Kontrolle und Selbstbehauptung erobern. – „Wie ist das, Fräulein Linda", fahre ich scheinbar absichtslos fort: „Könnte es mir nicht auch einmal vergönnt sein, einer Schreibsitzung beizuwohnen?"

„Sie wer'n nichts Besonderes erleben dabei, Herr Doktor", meint sie mit ihrer leicht belegten, gleichgültigen Stimme. „Ich wer' die Mutter fragen ..." – Aber des letzteren wird sie enthoben, denn die Tür öffnet sich unter gleichzeitigem Trommelwirbel mit spitzem Knöchel, und The Lady in Purple tritt ein. Unter vielem Wogen und Wallen spitzenverzierter Ärmelsäume, „geraffter" Drapierungen und schamlos (weil unecht) funkelnder Behänge.

„Mutter," sagt Linda ein wenig konfus, „grad will ich mir das Buch holen, was du mir ang'schafft hast, und da hat der Herr Doktor was wiss'n woll'n ..."

„Eine Information?" – Welches Juwel von Wort, aus süßem Speichel gespitzten Mundes geboren, in reinstem wienerisch-östlichem Hochdeutsch! – Oh, sie bläht sich von Politik; sie ist schlau, diese Frau! Wie kupplerisch suggestiv, entgleitend und vermittelnd ... „Eine Information?"

„Nein, gnädige Frau. – Aber Sie haben mich bis jetzt noch nie eingeladen, bei den automatischen Produzierungen Lindas zugegen zu sein. Ich finde das nicht nett. Sie haben mir soviel Erstaunliches erzählt. In Anbetracht dessen, daß ich Ihnen andauernd Bücher leihe über das Gebiet ..."

Sie steift sich; sie ist auf der Hut.

„Aha; ja – sehr gut, Herr Doktor. – Selbstredend ... selbstredend."

Der Vorschlag ist ihr unbequem; ich merke das. – Zögernd fährt sie fort: „Sie müßten – allerdings versprechen, sich meinen Anordnungen zu fügen ... Ich führ' die Regie ... No, wenn es Ihnen

paßt, alsdann kommen Sie morgen nachmittag um vier Uhr. Der Baron ist auch dabei; den wer'n Sie kennenlernen ... Aber eins, Hand aufs Herz: Sehr wichtig ...: S–sollte mein S–seliger gegen Ihre Anwesenheit demonstrieren, so müßten Sie allerdings gehn, s–sofort gehn, denn der Mann ist was fürchterlich in seinem Zorn; gar nicht auszumalen, und ich und Linda, das Kind, das unschuldige, wir hätten's dann auszufressen ..."
„Ihr Gatte", meine ich begütigend, „kann doch unmöglich was gegen mich einzuwenden haben ..."
„Gläubig müssen Sie sein, gläubig", spricht sie und rollt dunkle Märchenaugen. „Der Baron glaubt, und deshalb hat mein Gatte sich ausg'söhnt mit ihm ... No, es wird schon gehn."
Sie erhebt sich unter Schwierigkeiten, und auch Linda rüstet. „Sie wer'n was erleben, Herr Doktor, mit dem Kind, dem begnadeten ... Alsdann auf Wiedersehn!" Das „begnadete Kind" seinerseits streckt der Voranwallenden die Zunge heraus.

VII

Am nächsten Tag, um halb vier Uhr, ist es in der Wohnung noch totenstill. Ich öffne leise, leise die Tür zum Korridor und lausche an Frau und Fräulein Bibescus Schlaf-, Wohn- und Spintisiergemach. Ich bekenne das einfach; man nenne solch Bekenntnis zynisch – nun wohl; der Abscheu meiner Leser wird sich mildern, wenn sie den Zweck erraten. Ich trage lautlose Hausschuhe; ich spioniere. – Drinnen höre ich genau, was ich zu hören erwarte.
„Du hörst nichts. Du siehst nichts. Nur mich siehst und hörst du. Tust du das?"
Ein gurgelndes „Ja".
„Du hast die Tafel in der Hand und Schreibgriffel. – Du wirst jetzt schnell schreiben, was ich dir diktiere. Ich werde immer leiser diktieren, ich werde flüstern, ich werde atmen, ich werde denken ... Worte, Worte. Du wirst ohne Unterbrechung weiterschreiben, denn meine Gedanken werden für dich schallen; nach innen wirst du lauschen und wirst sie hören. – Hast du verstanden?"
Wieder ein gurgelndes „Ja".
„Alsdann schreib' auf folgenden Satz: – ›Meine Unvergeßliche, die du noch wandelst im Fleisch, aus den Asphodeloswiesen herüber dringt mein Ruf ...‹ – Hast es geschrieben? – Weis her ..."

Leider werde ich gerade in diesem Moment von meinem Lauscherposten gescheucht durch die simple Tatsache, daß ein schmetterndes Räuspern die Erscheinung des Barons vorausmeldet. Ich habe gerade noch Zeit, mich in mein Zimmer zurückzuretten, da steht er schon hinten auf dem Gang und kommt nun mit langsamen Schlurfschritten auf meine Tür zu. Militärisches Klopfen. Ich rufe:
„Herein!"

Was nun auf der Schwelle erscheint, ist ein kahlgerupfter Geier, der Albino eines Kondors, wenn man so will, und schon stark bei Jahren. Ein Einzelgänger. Er ist einer jener Immobilienbesitzer, die gleich Phönixen aus dem Autodafé der Inflation hervorgegangen sind, ein Goldmarkrentner, ein seltener Kauz...
„Bitte, nehmen Sie Platz", sage ich und schwinge den Sessel so herum, daß er im Licht sitzt. Mit einem kleinen, hellen Räuspern sinkt das Männchen hinein. Gut vier von seinesgleichen hätten auf dem Möbel Platz. Er streichelt die Lehne mit der von Leberflecken gesprenkelten Rechten und spricht versonnen, in leicht ostpreußischem Tonfall, abgehackt, konstatierend: „Jut eingerichtet, die Frau, wie?"
Ich nicke Bestätigung. – „Herr Bibescu hatte Geschmack."
„Sehr richtig. – Sie sind heite auch jebeten?" – Er zupft seinen ausgebleichten, hängenden Schnurrbart, und seine Augen, schlehenblau, treten etwas heraus. Er bemüht sich, meinen Ausdruck zu erkennen, doch sitze ich etwas zu beschattet für ihn. Das ist auch gut so.
„Mir janz anjenehm," fährt er zögernd fort, „daß ich Sie vorher sprechen kann, Herr Doktor. Ich möchte Ihnen nur zu verstehen jeben, daß jestern noch eine Konferenz Ihretwejen war; man ist – vielmehr die Damen sind – ein wenig soupçonneux, daß es Ihnen an Erleichtung fehlen könnte ... Ich meinerseits bin von der Jejenständlichkeit der Manifestation Herrn Bibescus vellich iberzeicht."
„Um so besser," sage ich, „dann ist ja die Atmosphäre günstig. Ich höre, daß der Glaube Berge versetzt; warum soll er nicht auch schöpferisch wirken? Voilà, Herr Bibescu tritt in Erscheinung ..."
„Ihr Wort in Gottes Ohr!" spricht der Baron und glotzt stärker. „Jewiß wirkt der Glaube unjeheier stark ... Denken Sie etwa nur an ein Suggestionsprodukt mit einem gewissen Jrad von Realität? Nein,

lieber Freind. Herr Bibescu ist Tatsache, objektiv vorhanden. Der Glaube ist eine Bricke, ein Trapez, auf dem er sich iber die Schwelle hiniberschwingt. Nun, jut, auch ich war skeptisch zunächst; nun aber bin ich erleichtet. Prifen Sie selbst! Doch mißte – da bin ich mir mit den Damen einig – ein jewisser Jrad von Wohlwollen, von Neitralität bei Ihnen zujejen sein ...“
Ehe ich ihn über diesen Punkt beruhigen kann, öffnet sich die Tür. Die Dame des Hauses steht darin. Es ist nicht das Hausgewand aus Schillersamt; es ist etwas weit Prächtigeres, was sie heute trägt: ein Kimono ist's, goldene Drachen auf schwarzem Grund, mit fächerhaft entspreizten Krallen, silbern geifernd. Einem Paravent entnommen, Reservestück ihrer Garderobe, aller Exportartikel schwelgerischster ... so trägt sie es kühn, mit zugekniffenem Mund, streng das klassische Gesicht; sie weiß, es wirkt. Vorn baumelt eine lange Mandarinenkette, keine Exportware; scheppernd schlägt Bernstein an Rosenquarz und Chrysolith, und eine lange Seidenquaste verliert sich in mollig-nächtlichen Regionen. Roten Saffian, Schuhnummer 34 (ich bitte!) an den Füßen, die paillettenbestickt den Dom ihres Leibes tragen. Ein Geruch strömt mir entgegen und stimmt mich lau: eine Mischung von Kampfer und Ambra. Und sie, die Sibylle, neigt das Haupt; sie hebt aus rauschendem Ärmel die Hand und kredenzt uns förmlich die Richtung mit den klassischen Worten:
„Darf ich jetzt bitten – – beide Herr'n!“
Wo habe ich doch schon Ähnliches gehört und gerochen? – – – Ich habe keine Zeit, ich reiße mich zusammen, und wir ziehen unter ihrer Führung, eine Prozession, in jenes von Afra verfemte, von Geheimnissen schwangere Zimmer hinein...

Das ist der Orient, den ich rieche, spüre und erblicke. Einmal in meinem Leben empfand ich das schon, genau so stark. Ich saß, müde, in der Säulenhalle der Muaijad-Moschee. Aus Flammen geklöppelte Spitzen, vor meinen Knien am Boden, blendeten mich, doch war ich zu benommen, um den Kopf abzuwenden. Das war die Sonne, die durch das arabische Gitterwerk aus Stuck und durch die Rosette drang. Es war kühl hier; von draußen kamen, halb erstickt, wüste Händlerschreie und das brünstige Schluchzen eines Esels. Diese Stimmung, genau dieselbe, faßt mich hier. Ich sehe in ein Dämmerlicht, das allerhand bunte Farbtupfer hervortreten läßt; ein dumpfes Schwären von gesättigten Farben. Vorn steht ein

chinesisches Tischchen, auf dem eine Schiefertafel und ein Griffel liegt. Davor, dem Fenster zugewandt, bemerke ich etwas Nilgrünes, mit gelösten schwarzen Flechten: Linda im Hocksitz. Ihr Profil, perlblaß, ruht regungslos auf dem Kissenaufbau, der in ihrem Rücken aufgestapelt ist. Genau ihr gegenüber, auch im Hocksitz, thront die Sibylle. Die Ritzen der herabgelassenen Jalousie malen ein geometrisch exaktes Linienmuster auf den Zimmerboden: pinselfeine Striche aus Glut. Hinter der Jalousie quillt verworrener Lärm auf und verebbt rhythmisch, einlullend, in Entfernung gerückt: das Geknatter der leerlaufenden Motoren.
Hoheitsvolle Handbewegungen weisen uns unsere Kissensitze zu: dem Baron links und mir rechts von Linda. Nun sagt die Sibylle mit einer seltsam blechernen, eintönigen Stimme:
„Hörst du mich?"
Das Profil zuckt nach vorn. Der Mund öffnet sich halb; dann gurgelt ein halb ersticktes „Ja".
„Nimm Schreibtafel und Stift. – Dein Vater ist hier. Du siehst ihn. – Er sitzt neben mir. – Er macht den Mund auf, er spricht langsam. – Was sagt er dir? – Schreib's nach."
Die Hand mit dem Griffel tastet nach der Tafel. Die Augen Lindas stehen weit offen, hineinverbohrt und eingeschmolzen in die schwarzen, flüssigen Pupillen der Mutter. Und nun beginnt der Stift zu kratzen. Vage Linien zunächst und Kurven. Dann werden es Buchstaben, Wörter. Ich bemühe mich heiß, festzustellen, ob die Alte die Lippen bewegt oder nicht. Es gelingt mir nicht, da ich fast nur die schwarze Silhouette ihres Kopfes sehe. Der Baron, todernst, höchst andächtig, glotzt mit seinen hervortretenden Augen auf die schlanke, weiße, geschäftige Hand des Fräuleins. Sein Interesse ist zügellos; auch ist er, wie mir scheinen will, ein weniges nähergerückt, anscheinend, um jetzt schon zu versuchen, mitzulesen, was jedoch bei der Beleuchtung kaum möglich ist. Sein Ellenbogen ruht dicht an dem in Trance gelösten, schlanken Schenkel des Mädchens; sein ausgebleichter Schnurrbart zittert. Er ist höchst angeregt und voll brünstiger Überzeugung.
Linda hat verhältnismäßig schnell und ohne abzusetzen die Tafel vollgekritzelt. Die Mutter wendet nun die Augen von ihr ab, und die Lider des Mädchens beginnen zu zittern. Sie fährt noch einmal mit dem Griffel umher, als wolle sie weiterschreiben; doch die weiteren Äußerungen des verewigten Vaters bleiben als stumme Runen in der Luft hängen. Kein Wunder: ist ihm doch auch die

Tafel entzogen, die die Mutter an sich gerafft hat. Ihr Profilschattenriß, als sie sich jetzt näher zu den lichtspendenden Jalousieritzen neigt, tritt klassisch in Erscheinung. Sie liest stockend vor, sie liest mit eintönigem Singsang. – „Zunächst einmal kommen wieder“ – spricht sie, „die üblichen Krähenfüße und Schnörkel. Da tastet er noch, bevor daß er hinüberlangen kann ins Diesseits. – Nachher aber – bitte die Herren, sich zu überzeugen – wird's deutlicher; und dann kommt: *›Meine Unvergeßliche, die du noch wandelst im Fleisch, aus ... A ... Asphodelos –‹ (eigenartig, was? Das wird ja eine glänzende Manifestierung) – ›also Asphodeloswiesen‹ (no, wenn das nicht poetisch ist ...) – ›hinüberdringt mein Ruf zu dir und der Jungfrau, die du schützest und behütest. – Ich webe und lebe hier, um euch und über euch. Harret, und alles wird gut. Ich sehe einen Freund, einen älteren Freund. Er wird ihn tragen, den Edelstein; er wird es erlangen, das Ziel.‹ –*“
Die Sibylle hat es heruntergebetet wie den Textbeleg zu einer nachfolgenden Predigt. – Der Baron indessen ist gänzlich zu Linda hinübergerutscht, und seine welke Hand gleitet leise knisternd über Verlockungen, von denen er sich lediglich durch das nilgrüne Gewand getrennt fühlt. Es ist anscheinend nicht das erstemal, daß die „Rufe“ Herrn Bibescus so lebhaftes Echo in ihm wecken und Wurzeln schlagen. Der alte Herr fühlt sich sehr behaglich; das spürt man.
„Geben Sie Obacht, Herr Baron“, fährt die Mutter nach einer kleinen abwartenden Kunstpause fort, „daß Sie sie nicht aufwecken, das liebe Kind. Sie steht noch in der Beschattung; hör'n Sie nur, wie sie schnauft. Soll'n wir versuchen, den Sinn hervorzuziehen und das Verborgene zu deuten? Obwohl mir scheinen will, er drückt sich heut' durchaus klar, zum mindesten nicht undeutlich aus ...“ Sie gestattet sich ein kleines Pusterchen aus den Nüstern ... oder ist sie gerührt?
„Sehr deitlich, jewiß! – Jar nicht mißzuverstehn!“ pflichtet der Baron bei, mit etwas belegter Stimme.
Die Silhouette am Fenster schweigt. Kein neckisches Pusterchen war's. Ich merke im Gegenteil, daß die Sibylle ein Taschentuch aus ihren Kimonofalten hervorholt. Es duftet nach Houbigant; ein scharfes Rüchlein, wie von Jasmin. Die Farben leuchten schwül in den Raum. Draußen rieselt die weißblaue Wellenweite des Bosporus ... ach nein, es ist nur ein Hinterhof, und die Sonne brütet auf Hotelküchenmüll. – Die Alte führt das Batisttüchlein ans Antlitz; das Bühnenasthma der Mrs. Siddons, klassischer Kummer,

unsterbliche Geste ... Ihr Profil hat sich gedreht, in meine Richtung...
„Sie erleben heut", stöhnt sie schließlich, „den Abschluß einer Entwicklung, einer unvermeidlichen. Gerungen hab' ich mit meinem Mann wie Jakob mit dem Engel; aber ich beuge mich seinem Willen, die Toten sind stärker als wir. Was muß der Mann das Kind lieben, nicht wahr, daß er so noch übers Grab hinaus Schicksal spielt ... So übergeb' ich sie denn vertrauensvoll dem gereiften Freund. – Eine Mutter, Herr Baron, reißt sich ihr alles von der Seele und gibt ... und gibt ..." Sie sinkt zusammen. Der Baron von Meerveldt zerrt sich mit einer Hand am Schnurrbart. Plötzlich gibt sich Frau Bibescu einen Ruck.
„Sie wer'n den Seligen nicht enttäuschen, Herr Baron", spricht sie suggestiv-monoton. „Sie wer'n das Kind nicht kompromittieren. Dazu kenn' ich Sie zu gut; Sie sind ein Ehrenmann, der die Welt kennt. Ich weiß, Sie wer'n den Pakt mit dem Seligen ... legalisieren ..."
Die Hand hört für einen Augenblick auf zu rascheln. „Jewiß doch, jewiß", beeilt sich darauf Herr von Meerveldt zu erwidern. – „Ich bring' sie in Ordnung, die Papierchen; nicht zwei Wochen nimmt das ..."
„Ich weiß, Sie sind ein Gentleman", steigert sich die Mutter. – Dann, zu mir gewandt: „Sie wer'n es nicht oft erleben, Herr Doktor, daß Ihnen vergönnt ist, Zeuge zu sein bei einer so bedeutungsvollen Szene ... Ein Vertrauen gibt das andere ..."

Mir ist es bei dieser eigenartigen Komödie längst äußerst unbehaglich geworden. Mir sind die Privattriumphe dieser Frau schließlich gleichgültig. Auch daß eine Mutter ihre Tochter verschachert, ist gang und gäbe und geht mich nichts an. Was ist mir Linda-Hekuba? – Aber hier handelt es sich um Vergewaltigung und Ausschlachtung, alles was recht ist. Und daß bei diesem Handel ein hysterischer Backfisch in Hypnose das Tauschobjekt bildet, geht mir so verquer, daß ich beschließe, das Geschäft zu verhindern. Ich bin „Zeuge", bin es aber im Interesse dieses Häufleins Schlappheit in Nilgrün.
„Sie haben recht, gnädige Frau", bestätige ich darum. „Ein Vertrauen gibt das andere. – Aber sind Sie sicher, daß Ihr Herr Gemahl mit seiner Botschaft schon völlig fertig ist? – Nach den Schreibbewegungen Lindas zu urteilen, nachdem ihr die Tafel

entzogen war, hatte er noch einiges auf dem Herzen ... Sie wissen, welch starkes Interesse ich an Spiritkundgebungen nehme. Dürfte ich mich, des Experimentes halber, einmal an Ihren Platz setzen?"
Pause. – Dann spricht die Alte, ziemlich bündig: „Leider ausgeschlossen, Herr Doktor. – Sie kennen den Seligen nicht. Dann wird er unwirsch. – Störung des Fluidums, verstehn Sie, nicht wahr?"
„Nun gut. – Aber ..."
„Gern laß ich ihn nicht weitersprechen; aber wenn man es durchaus wünscht ... – Hörst du mich, Linda?"
Das Kind zuckt wieder zusammen. Der Baron rückt etwas abseits und glotzt benommen auf ihre tastenden Hände. Er will nicht im Wege sein. – Langsam hebt Linda wieder den Kopf und blinzelt. Die Tafel wird ihr gereicht; sie beginnt mit Schleifen und Kreisen. – Und dieser Moment, spüre ich, ist äußerst wichtig; jetzt ist der psychische Haken da, an dem ich meinen Einfluß einhängen kann. Ich weiß nicht, ob es mir gelingen wird, die schwarzen Augen da am Fenster, den üblen, einfangenden, saugenden Zauber zu lähmen. Ich muß die andere Kraft paralysieren; es ist nicht leicht. Ich starre angestrengt in die flammenden Jalousieritzen; ich forme innerlich Worte, Worte. Mein Wille krampft sich zusammen; ich fühle, daß meine Stirn feucht wird und meine Hände kalt. – Die Sibylle regt sich, als wolle sie sich zurechtsetzen; nervös bastelt sie an den Kissen ihres Daunenthrones. – In den Wirbel zweier konträrer Suggestionen geraten, keucht das Kind und äußert kleine, hohe Vogellaute. Der Griffel kratzt, zögert, schleicht zurück, ruht auf einem Punkt, bohrt sich in die Tafel – und auf einmal, als sei eine hemmende Feder gesprungen, schreibt sie schnell und flüssig zwei, drei Zeilen. –
„Hast du geschrieben?" fragt die Mutter mit etwas hastiger Stimme. „Weis her."
Merkwürdigerweise antwortet die Tochter nicht, sondern ruht sich schwer atmend aus.
„Ob du fertig bist?" fragt die Mutter nochmals, diesmal mit schneidender Stimme. – Da bebt die Tochter, hebt die Tafel; – aber anstatt sie hinüberzureichen, dreht sie sich langsam, wie blind, zu mir und schiebt sie mir zu. Ich nehme sie und trete ans Fenster.
„Nun?" – Die Alte wird sehr lebhaft. – „Was steht drauf, Herr Doktor? – Gewöhnlich gelingt es nicht beim zweitenmal, entweder macht er Unsinn oder er wird unverständlich ..."

„Eigentlich recht verständlich", sage ich laut. „Er schreibt ..."
In diesem Augenblick fängt Linda an, um sich zu schlagen.
„Das Kind kehrt zurück! – Wecken Sie sie schnell, gnädige Frau!" – Die Mutter, etwas konfus, etwas gegen den Strich gekämmt, weiß sich in den programmwidrigen Verlauf der Sitzung noch nicht recht hineinzufinden; immerhin fährt sie der Tochter zweimal über die Augen:
„Du fühlst dich wohl, ganz wohl! – Eins, zwei, drei! – Nun bist du wach! – – –"
„Was schreibt er?" fragt der Baron plötzlich mit knarrender Stimme dazwischen...
Ich habe mich inzwischen auch der Aufmerksamkeit Lindas vergewissert und lese vor – jene unter Schweiß und ächzender Anstrengung geformten Worte, die ich wie Nägel in die weiße Wand ihres Unterbewußtseins getrieben – lese also folgendes:
„Meine Unvergeßliche! – Ich bin gar nicht hier. Ich war nie hier. Ich bin ein großer ... Humbug. – Als ich mich aufhängte, war alles aus."

„Nicht möglich!" sagt Frau Bibescu außer sich und sehr scharf. „Nicht möglich, daß er das diktiert hat!"
„Aber gnädige Frau!" setze ich dagegen. „Er macht eben einen seiner Scherze ... Sie erzählten mir doch selbst, daß er zuweilen ausfallend wird ..."
„Ja ... das schon ..." meint sie, sich mühsam beherrschend. Immerhin schlägt sie mit der flachen Hand zur Bekräftigung auf die Schiefertafel. – „Das schon! – Ausfallend! – Aber so etwas hat er noch nie g'schrieb'n! – Unlogisch, das war er noch nie!"
Ihre Augen, die mich anstarren, haben etwas Flackerndes, Bösartiges.
„Erlauben Sie", mengt sich hier der Baron ein in seiner schleppenden Sprechweise – „liebe Frau, – jestatten Sie die Anfrage: bin ich unerwünscht?"
Sie zwingt sich ein verzerrtes Lächeln ab. „Großer Gott, Herr von Meerveldt, bitt' Sie, wieso?"
„Aber wie kommt Ihr Herr Gemahl dazu, sich selbst zu ... desavouieren?"
Die Frau hat sich inzwischen damit beschäftigt, die Jalousie halb in die Höhe zu ziehen.

„Das sind, Herr Baron", spricht sie jetzt nach einer kleinen Überlegung, „böse Zwischeneinflüsse. Ein Mockspirit ist dazwischengekommen. Das Diktat stammt nicht von meinem Mann."
„Sondern von ..."
„Begreifen Sie doch!" ruft sie jetzt und macht eine beinah handgreifliche Geste. „Der Kontakt war gestört! – Wissen wir denn, wie's im Jenseits ausschaut? – – Mein Mann war ausg'schaltet, weggedrängt ... durch einen Spottgeist, was weiß ich ... Durch einen üblen Einfluß ... No, das ist schon vorgekommen ... Und Sie, Herr Doktor, Sie ham ihn heraufbeschworen, den üblen Einfluß ... Was glauben Sie, wie der Mann erschöpft war nach der ersten Kundgebung – nein, unbedingt muß er her für eine zweite, wo er nicht zu Wort kommt ... Da muß man schon ein wenig mehr verstehen von der Praxis als Sie ..." Sie faucht; ihre Wut bricht durch. „Wenn man ein blutiger Laie ist, mein Gott, der was keine Ahnung hat vom Verkehr mit dem Zwischenreich, dann drängelt man sich nicht herein zu einer ernsthaften Sitzung ..."
„Hab' ich mich *›hereingedrängelt‹*? – Sie sind sehr erregt."
Sie bezwingt sich mühsam. „Ich bin erregt; meine Nerven ... Aber Sie haben versprochen, Sie woll'n objektiv bleiben und mir die Leitung überlassen. Und wer fahrt dazwischen und vermasselt das schöne Phänomen?"
„Mutter", spricht auf einmal Linda mit ganz kindlicher, heller Stimme, „warum schimpfst denn du eigentlich so?"
„Schau her, da steht's schwarz auf weiß. – Und das soll der Vater diktiert haben ... So einen Irrsinn von Aufhängen und so ... Wo ihn doch der Schlag gerührt hat, den Armen, samt seiner Bürde von unausgesprochenen Wünschen ... Wo er in meinen Armen g'storb'n is ... Sag's selbst, das kann er nicht diktiert hab'n ..."
Linda faßt sich nach der Stirn. „Ich weiß gar nix", sagt sie weinerlich. „Laß mir doch mei' Ruh ..."
Hier geschieht etwas Unerwartetes, Hochdramatisches.
Die Tür geht auf, und die alte Afra steht darin.
Und mit der hohlsten Kellerstimme der Welt, den einen Arm anklagend, hölzern erhoben, spricht sie in die plötzliche Stille hinein:
„Affg'hängt hot a si. – Und dees waaß neamd besa ols wia–r–i."
Tableau!
Zwanzig Sekunden Stille.

„Hinaus, Sie alte Hexe!!“ kreischt Frau Bibescu auf und stolpert fuchtelnd auf die Alte zu.
Doch unerschütterlich tönt das Kellerorgan weiter, und der runzlige Daumen der Rechten dreht sich, über die Schulter nach dem Alkoven deutend:
„Dees machen Sie scho guat, Frau Bibescu. I bi krischtkadolisch und ka Hegs'n. – Im Alkowen drüm, un dees woaß da Herr Dokta so guat ols wia–r–i, gelten S', Herr Dokta, hot a si affg'hängt. – Und weil Sie mi a Hegs'n hoaßen, Frau Bibescu, geh–r–i. – Weil Sie selm a Hegs'n san.“
„Spionin!“ gellt die Stimme der Frau. „Gehn Sie! Gehn Sie! – Lügnerin! – Sonst vergreife ich mich!“
Doch triumphierend meckernd, wie eine verräucherte gotische Figur voll hölzern-steiler Emphase, bleibt das alte Wesen stehn...
„Und Sie, Herr Doktor“, wendet Frau Bibescu sich jetzt an mich, und ihre Hände schweben mir wie Krallen vor den Augen – „haben mir jetzt den Blick geöffnet. Sie bedienen sich also eines verblödeten Dienstboten, um gegen mich zu konspirieren ... Sie werden die Güte haben, am nächsten Ersten auszuziehen. In Gesellschaft dieser ... babbelnden Idiotin ... Ich kündige Ihnen ...“

* * *

Weder ich noch der Baron hausen mehr in jener verwunschenen Etage. Jene dramatische und farbige Episode meiner ahasverischen Irrfahrt als Untermieter ist in die Vergangenheit zurückversunken. Dort, wo die bauchigen Scheiben Seiner Eminenz, doppelt blitzblank seit dem Konkordat, ihr Licht aus zweiter Hand in den dämmerigen Saal schicken, der einst meine Zigeunerherberge war – dort hausen noch und zaubern die beiden erstaunlichen Frauen. An Stelle des Barons lebt in der Kammer am Gang ein verhutzelter, kleiner Blumenhändler, ein dem praktischen Okkultismus annoch unzugängliches Männchen, in Gesellschaft eines räudigen, alten Dachshundes.
Wie lang er dem Zauber widerstehen wird?
Nach dem Tumult hat die Zeitlosigkeit wieder eingesetzt. Das wird noch lange, lange so bleiben, denke ich; denn ich habe den Verdacht, daß die alte Afra unsterblich ist. Denn diese ist, nach einem kurzen Aufenthalt im Armenhaus, trotz ihrer mächtigen

„christkadolischen“ Bedenken an ihren „Posten“ zurückgekehrt. Und was Frau Bibescu anlangt, „kaum fünfzig, ich bitt' Sie! in den besten Jahren!“, und gar erst die begabte Linda mit ihrer knapp achtzehnjährigen Erfahrung – – – was diese beiden anlangt, so werden sie wohl noch jahrzehntelang, mitteleuropäische Unika, im bunten Schimmer verschollener oder nie erhörter Mode über den tristen Asphalt des Bankenviertels wandeln!

Artikel

Karin Reddemann – Dr. Tod: Giftmörder im Weißen Kittel (2018)

Harold Shipman, gepflegter Vollbart, Brillenträger, treusorgender Ehemann und wohlwollender Vater, der allseits beliebte und geschätzte, wenngleich auch hier und da schon arrogant und recht selbstgefällig auftretende Herr Doktor aus dem betulichen Städtchen Hyde südlich von Manchester, galt vor allem bei älteren Damen als Fachmann mit immensem Vertrauenspotential. Fatale Fehleinschätzung:
Dieser Doktor war kein Helfer und Heiler, er war Dr. Tod. Shipman brachte seine Patienten nicht auf den Weg der Besserung, er brachte sie um. Tatsächlich war der britische Hausarzt ein Extrem-Serienkiller, auf dessen Konto mehr nachgewiesene Morde gehen als auf das zahlreicher seiner bestialischen „Kollegen". Versehen mit dem absolut wertneutralen Vermerk, dass er nicht erwürgte, abstach, erschoss, folterte oder überhaut bluten und schreien ließ, sondern seine Opfer einschläferte wie alte kranke Hunde.
Seine Mordwaffe: Im Regelfall Morphium, auch Heroin, das er in tödlicher Überdosis spritzte. Warum der promovierte „Gentleman" zum Massenmörder wurde? Das bleibt das große Rätselraten für die Psychologen, die sich wohl am ehesten auf Größenwahn, – Gott spielen, Sensenmann sein –, einigen könnten.
Als „Dr. Tod" ging Shipman in die Mediengeschichte ein:
Konkret wird von 171 ermordeten Frauen und 44 Männern gesprochen, die tatsächliche Zahl der Opfer könnte aber sehr viel höher sein. Insgesamt starben 459 Menschen, die sich in den Jahren von 1985 bis 1998 bei Shipman in ärztlicher Behandlung befunden haben.
All diese Leichen wurden (natürlich) nicht nachträglich untersucht. Aber etliche eben wie die der 81jährigen Marie West, die an ihrem Todestag mit ihrer Freundin bei Tee und Keksen gemütlich und gut gelaunt in bester Verfassung zusammengesessen hatte, bis der Doktor zwecks Kurzvisite klingelte.

Die Freundin verließ für die kleine Routineuntersuchung diskret den Raum, registrierte die kurz darauf einsetzende Stille nebenan, kam zurück, um nachzufragen, und sah Marie leblos in ihrem Stuhl sitzen. Ganz plötzlich gestorben. Verkündete Shipman und füllte den Totenschein aus.
Wie Marie West fand man die „ganz plötzlich Gestorbenen" oft noch bekleidet und für den Tag nett zurechtgemacht auf dem Sofa oder Sessel sitzend vor, grad so, als wären sie von einer Sekunde auf die andere, vielleicht noch im Gespräch über Wetter, Land und Leute, die dampfende Tasse Kaffee vor sich stehend, sanft und friedlich und gar so völlig unerwartet entschlafen.
Solch ein Tod, sofern er denn eintritt, wie er rechtens eintreten darf und sollte, ist wahrlich nicht der übelste, den man sich vorstellen kann. Aber manipuliert, vorweggenommen, entschieden und erzwungen von Besessenen wie Harold Shipman ist und bleibt das eiskalter Mord.
Verbleibt wiederholt die Frage, von welch seltsamer Gesinnung der Engländer denn überhaupt besessen war, dass er, – vorzugsweise reife Frauen – einfach ins Grab spritzte. Seine eigene Mutter hatte er als 17Jähriger an Krebs sterben sehen, sie hatte Morphium gegen die Schmerzen bekommen. Aber auch wenn er sich in seinem Handeln als durchleuchteter Erlöser von Leid und Qual gesehen hätte, so wäre das ein absurd überzogenes Selbstporträt gewesen, denn bei der Mehrheit seiner Patienten gab es nichts, das im Nachhinein auch nur eine einzige vorschnelle Überdosis rechtfertigten würde.

Shipman blieb die Antwort schuldig, beteuerte bis zur Urteilsverkündung, – 15x lebenslänglich –, Hände und Gewissen stets in Unschuld gewaschen zu haben.
Nach vier Jahren Gefängnis erhängte er sich 2004 einen Tag vor seinem 58. Geburtstag in seiner Zelle in Wakefield. An seiner Beerdigung nahmen nur Ehefrau Primel, die selbst nie an der Unbescholtenheit ihres Ehemannes gezweifelt hatte, und die vier gemeinsamen Kinder teil.
All die ihm einstmals so wohlgesonnen Menschen aus Hyde, die ihm noch Blumen und aufmunternde Postkarten geschickt hatten, als bereits gegen ihn ermittelt wurde und die ärgsten Befürchtungen der Wahrheit Schritt für Schritt näher rückten, hatten letztendlich doch die furchtbare Gewissheit schlucken und verdauen müssen:

Der beliebte Dr. Shipman, geschätzt auch im Kollegenkreis, Vorsitzender des Ambulanzdienstes, Mitglied im Elternbeirat, war nicht nur ein profaner Mörder. Er war ein Serienkiller. Einer von der hochgradig schlimmsten Sorte.

Eine gewisse Unsicherheit angesichts der vielen Patienten, die Dr. Shipman wegstarben, hatte es in all den Jahren, in denen Shipman seine Praxis in Hyde hatte, natürlich immer wieder gegeben. Vor allem Angehörige äußerten ihre Fassungslosigkeit über völlig unvorbereitet eintretende Todesfälle mit jener Skepsis, die aufkommt, wenn etwas den Rahmen sprengt.
So auch die Bestatterin Deborah Massey, die 1997 ihren Argwohn angesichts der erstaunlich vielen Leichen direkt aus Shipman's behandelnden Händen zu Protokoll brachte.
Und ebenso auch der Taxiunternehmer John Shaw, dessen Dienste die älteren Damen aus der Stadt wegen seiner allseits bekannten Freundlichkeit immer gern in Anspruch nahmen. Wenn er hörte, dass einer seiner weiblichen Fahrgäste gestorben war, fragte er nach deren Hausarzt, hörte gehäuft „Shipman" und dachte sich, das könnte wohl nicht so recht normal sein:

Entweder ist dieser Shipman eine Niete als Arzt, oder er bringt die alle um.

Endgültig den Stein ins Rollen brachte dann die Anwältin Angela Woodruff. Als ihre Mutter Kathleen Gundy, die Bürgermeister-witwe, sozusagen aus heiterem Himmel verstarb, – tatsächlich war sie mit Morphium vergiftet worden –, bat sie Dr. Shipman um eine gründliche Untersuchung der Toten. Dieser lehnte ab mit der Begründung, das sei bereits kurz vor ihrem „ganz natürlichen" Tod geschehen.
Als dann ein dilettantisch gefälschtes Testament auftauchte, das Shipman zum Alleinerben von stolzen 386.000 englischen Pfund machte, verlangte Woodruff eine Obduktion. Zum einen kursierten bereits etliche düstere Gerüchte und Vermutungen ob der erstaunlich hohen Sterberate, ordentlich nachweisbar in der Patientenkartei des Arztes. Zum zweiten hatte die Mutter sich bis zu ihrer letzten Visite bei Shipman bester Gesundheit erfreut. Und zum dritten war das Testament definitiv gefälscht.

Warum Dr. Tod sich diesen lächerlichen Betrug ausgedacht hatte, der eh aufgeflogen wäre…auch diese Frage findet keine Antwort. Geldnöte hatte er wahrlich nicht. Und welche anderen Nöte ihn töten ließen, – vielleicht gefiel es ihm, erregte es ihn, beim Sterben zuzusehen, vielleicht waren die Menschen ihm auch nur lästig, vielleicht dachte er auch, es sei sein gutes Recht als Arzt, über Leben und Tod zu entscheiden –, …es bleibt sein Geheimnis. Und seine persönliche Hölle.

Karin Reddemann – Die dunkle Muse (2018)

Vorwort

Da stehen wir wieder vor dem Spiegel und lächeln über die alten Geschichten. Wir erstarren, weil die schwarze Katze auf unserer linken Schulter sitzt. Dreimal auf den Boden gespuckt. Sie sitzt auf unserer rechten, natürlich, wir sehen sie verkehrt, aber das Falsche kann auch richtig sein. Rechts ist links. Die Katze gehört uns nicht. Und fünfmal hintereinander nennen wir ihn auf keinen Fall. Den *Candyman*. Obwohl es ihn nicht gibt. Im Keller ist auch niemand. Jemand seufzt, stöhnt, schreit. Das kann aber nicht sein. Hinter uns ist ein Schatten. Den ignorieren wir. Wenn er uns packt, können wir aufwachen und weiter lächeln. Vielleicht aber auch nicht. Wir sollten jetzt lesen. Und uns trösten lassen. Auf diese eine Art, die unsere ist. Verdunkeln wir den Raum. So ist es böse. Und immer noch gut genug für uns. Es raunt in der Ecke. Es raschelt. Blättern wir.

So alt der Tod, so alt der Zombie

Der große schwarze Mann aus dem Urwald, stumpfer Blick aus Augen, deren Pupillen im Weiß zu ertrinken scheinen, mechanische Schritte, Haut wie poliert, der Kerl halbnackt, immer lauernd, immer starrend, immer da, wenn es dunkel ist, wenn jedes Knacken eines Astes wie die Warnung vor dem Unheil klingt, weil die Nacht ultimativ seltsam böse wird…er war mein erster echter Zombie. Ein wie gemeißelter Voodoo-Zombie ohne körperliche Ekel-Blessuren und blutige Fleischlappen zwischen den Zähnen, dargestellt von Darby Jones, einem farbigen Schauspieler aus L.A., damals „typisch" gebucht für Rollen als Hotelpage, Diener, Sklave, Buschmann bei Tarzan und furchteinflößender Untoter.
Jaques Tourneur engagierte den 33Jährigen Jones 1943 für I walked with a Zombie und ließ ihn als Angstmacher in der Finsternis auftauchen, taumeln, tappen, einfach nur wie eine Statue dastehen und seltsam gucken. Mehr war da prinzipiell nun nicht. Mein erster echter Zombie hat mich trotzdem erschreckt. Nicht wirklich fürchterlich, aber auf fröstelnd nervös machende Art.
Von seiner alptraumhaften Entwicklung in eine grausame Killer-maschine, die sich in Menschen verbeißt und sie frisst, während

Maden aus ihrem verwesenden Leib krabbeln, Gedärme aus dem Bauch quellen und Glieder grausig zerstümmelt sind oder gänzlich fehlen, – ....egal wie, das Ding lebt weiter... – , war Darby Jones zwar Lichtjahre entfernt. Schien mir doch aber schon unheimlich genug zu sein, um das Wort „Zombie" zukünftig vorsichtshalber zu flüstern. Faszinierend das so fremde, so geheimnisvolle Szenario: Buschtrommeln, rhythmisch, laut, schnell, dröhnender, lauter, entrückte ekstatische Tänzer, schöne, geschmückte Menschen, die sich wie irre geworden und doch so geschmeidig biegen und verrenken, flackernde Pupillen, verdrehte Augen, die verraten, gar nicht wirklich da zu sein, Knochen rund um die Feuerstelle verteilt, mit Nadeln durchstochene Puppen...
Meine Großmutter, die diesen einen filmischen Meilenstein beim Walk of Dead durch die Jahrzehnte gottergeben mitguckte, war da deutlich weniger beindruckt. Sie meinte, „Ach Gott, ja... Voodoo", ließ sie alle auf dem Bildschirm trommeln und strickte weiter. Als wäre mit dieser schnöden Bemerkung alles gesagt.
Zeitgleich ungefähr, – in den 1970ern war das – , sah ich den ersten gedrehten Zombie-Film überhaupt, The White Zombie (1932) von Victor Halperin, in dem emotionslose haitianische Sklaven mit weit aufgerissenen Augen wie denkwürdige Schlafwandler über die Leinwand wanken. Da jagt, beißt, zerfleischt, infiziert niemand, grundsätzlich ergo recht harmlos, das Ganze, sei denn, allein die skurrile Optik und der Gedanke daran, dass die überhaupt da sind, jagen bereits Schauer über den Rücken. Bela Lugosi spielt den bösen Voodoo-Magier Legendre, der auch die schöne unschuldige Madeleine in eine willenlose Untote verwandelt. Legendre ist der Gebieter der Zombies, ihm gehorchen sie, warten auf seine Befehle. Töten für ihren Herrn. Zerfetzen aber keine Leute, weil sie Menschenfleisch brauchen.
Die recht kompromisslose Gewaltbereitschaft und diese widerliche Essgewohnheit der Zombies wird gar nicht thematisiert. Das erledigte bekanntlich bravourös und Genre-prägend Romero als Erster, inspiriert von der alles Menschliche vernichtenden Seuche in I am Legend von Richard Matheson , und seine Interpretation vom Zombie (Ableitung vom zentralafrikanischen „nzùmbe"= Totengeist) ist eine gänzlich andere als die der düsteren Spukgestalt hinter diesem Busch, in jener Ecke und vor dem Himmelbett einer kranken, verzauberten Lady. Romero, –, ...das ist kein Wieder-

erwecken. Das ist der Schubs in die Hölle. Voodoo...das ist Gänsehaut aus der Karibik. Und Panscherei mit Ekel-Zutaten. Das eben auch.
Ein im Voodoo vom Priester, dem Bokor, verwendetes Gebräu, das in der Hauptsache aus Giftpflanzen, dem Gift des Kugelfisches, Kröten und Knochen gemacht wird, kann nach Einnahme Herzfrequenz und Puls derart extrem senken, dass der Betroffene keine wahrnehmbaren Lebenszeichen mehr zu erkennen gibt. Er scheint tatsächlich tot zu sein.
Irgendwann lässt aber die Wirkung des Tranks wieder nach, der vermeintlich Verstorbene erhebt sich, wohl recht verwirrt, irritiert und trunken vor Gift, und der Bokor gilt für die staunende Menge als der Allmächtige, der sowas Ungeheuerliches allein durch seinen großen Zauber zustande bringt. Die in solchen Fällen unglückselig Auferstandenen sind meist Personen, die zur Strafe für begangene Untaten erweckt und damit in Zombies verwandelt werden.
Teilen wollte deren Schicksal freiwillig verständlicherweise niemand. Da war, ist die Furcht davor, selbst wieder zurückzukehren, gleichwohl die Angst vor denen, die das tatsächlich können. Besser wohl: Die das müssen. Weil sie willenlos dienen sollen, – nützlich auch für finsterste Zwecke –, oder weil sie sich, wie von genialen Köpfen der Popkultur visionär und gar nicht mal so abwegig erdacht, durch Ansteckung und Verseuchung in Bestien verwandeln.
Die Vorstellung davon, dass Tote wieder zurückkehren und indirekt aus dem Grab heraus Unheilvolles bringen, ist natürlich keine reine Voodoo-, Roman- oder gar Hollywood-Erfindung. „Scheintote" haben Legenden gemacht, Totenwachen ihren Sinn ergeben, Menschen, die nach einem Gehirnschlag „erwacht" sind und zweifellos anders waren, schürten das mythische Feuer, und die Panik von Poe, grandios gerahmt, bestätigte. In der Karibik waren und sind die Untoten mit Leichenflecken versehen, in den Karpaten sind ihre Zähne und Krallen lang. Sie sehen so oder ähnlich aus, wie man dort allgemein Leichen kennt: Tropisches Klima verfärbt tote Haut schneller, – Zombie –, kaltes, – Vampir –, zieht das Fett- und Bindegewebe zurück. Und das nun ist die Basis für die eigenen Bilder. Die sind (immer!) noch schlimmer.
Im Sprichwort heißt es:

„Klage nicht darüber, dass Gott den Tiger erschaffen hat, sondern danke ihm, dass er ihm keine Flügel gab."

Prinzipiell richtig. Voodoo lässt den Zombie nicht fliegen. Aber Romero hat ihn abheben lassen. Und Robert Kirkman, Tony Moore, Frank Darabont…und unsere so verdammt phantastische Kopfwelt…er fliegt weiter als Ikarus. Kein Absturz in Sicht.
Mittlerweile sind wir zumindest gedanklich gerüstet. Wir wissen, dass ins Gehirn geschossen oder der Kopf abgeschlagen werden muss, um einen Zombie zu erledigen. Und sind fassungslos, wenn niemand im Train to Busan (2016, Yeon Sang Ho) sitzt, der eine vernünftige Waffe parat hat. Ratlos sind wir immer noch bei Voodoo-Zauber mit Puppen, in denen unsere Stirnlocken oder Fingernägel stecken. Da wird's eng. Wir kennen die Geschichte der unglückseligen Christine in Drag me to hell (2009, Sam Raimi), wir befürchten, dass es auch ohne Bastelei funktioniert, dass ein simpler abgerissener Jackenknopf genügt…
„Ach Gott, ja…Voodoo." So bedenklich gelangweilt würde meine Großmutter da wohl nicht mehr reagieren wie damals bei I walked with a Zombie. Tatsächlich hatte sie überhaupt keine Ahnung und wollte auch prinzipiell gar nichts darüber wissen: „Die stecken Knochen in die Erde und bringen damit Leute um. Reicht mir." Punkt. Nun gut.
So gänzlich fehlinformiert war das jetzt gar nicht. Der Katzenfluch von Buenos Aires ist keine bloße Schauermär. Zweifellos weniger so richtig schaurig denn mysteriös. Immerhin. Da vergruben also argentinische Fußballfans, Anhänger des Lokalrivalen Independiente, 1967 im Stadion des Meistervereins Racing Club de Avellaneda die Kadaver von sieben schwarzen Katzen.
Freilich nicht aus mörderischer Absicht. Tot umfallen lassen wollten sie die Konkurrenz nicht, sie wollten simpel Erfolglosigkeit heraufbeschwören. Die hielt sich tatsächlich über dreißig Jahre, obgleich man mittlerweile bei sechs Skeletten fündig geworden war. 2000 wurde das Stadion komplett umgepflügt, und endlich kam die siebte Katze ans Tageslicht.
Ende der Pechsträhne: In der folgenden Saison gewann der Verein die Meisterschaft in Argentinien. Und wenn sie nicht gestorben sind…

Wenn das Zusehen richtig weh tut

Einer schreienden Frau werden die Kleider vom Leib gerissen, dann wird sie in ein mit Nägeln beschlagenes Fass gesteckt und von

Pferden zu Tode geschleift. Böse Szene. Die entstammt freilich nicht einem Horrorfilm, sie geschieht in der Gänsemagd. Im Märchen tanzt die Stiefmutter in rotglühenden Metallpantoffeln, bis sie tot umfällt. Die Hexe wird bei lebendigem Leib in den Ofen geworfen, Tauben hacken den Stiefschwestern die Augen aus, die Faule wird mit siedendem Pech überschüttet. Und für die kleine Seejungfrau ist jeder Schritt ein Tritt in messerscharfe Klingen.
So habe ich das als Kind gelesen. Gehört. Geglaubt. Gesehen. Ich habe zugeschaut. Ebenso, wie ich mir das silberfarbene Kleid der Prinzessin, die goldenen Locken, die roten Lippen, das mit Rosetten geschmückte Pferd des schönen Ritters und das hässliche Gesicht von Rumpelstilzchen vorgestellt habe, sah ich Blut. Und widerliche Wunden. Ich sah brennenden Füße, Haut, die sich abschält, Augäpfel in Vogelschnäbeln. Ich habe mir das alles sehr genau vorgestellt und mich geschüttelt und gedacht, dass sowas ganz furchtbar wehtun muss.
Meinem Großvater wurde im Krieg der Unterkiefer mit einem Gewehrkolben zertrümmert. Er selbst hat nie darüber gesprochen, ich weiß es von meiner Mutter. Ich wollte ihn immer danach fragen, aber letztendlich habe ich mich nie getraut. Und dann starb er. Mag sein, er hätte gar nicht geantwortet. Vielleicht hätte er auch einfach nur gesagt, dass dieser Schmerz unerträglich gewesen ist. Und ich wäre zu jung gewesen, um nicht zu glauben, er spräche einzig von seinem kaputten Gesicht.
In der vierten Klasse hat Frau Kattmann uns diesen seltsamen Film über Städteverteidigung im Mittelalter vorgeführt, schwarz-weiß, recht kurz und ohne Ton. Welcher Teufel sie geritten hat, Zehnjährigen zu zeigen, wie kochendes Öl auf Leute geschüttet wird, die an der Stadtmauer hochklettern, kann ich nur ahnen: Derselbe Teufel, der Studienrat Waschke in der Quinta ans Herz gelegt hat, uns vom Feuertod einer Schriftstellerin zu berichten. Ingeborg Bachmann. Lebendig verbrannt. Er erzählte von ihr.
Ich sah nicht die Frau an der Schreibmaschine. Nicht die Frau, die Max Frisch küsste. Nicht die brillante Intellektuelle, als die Heinrich Böll sie gekannt hat. Ich sah eine schlafende Frau mit kinnlangem Haar, ein aufgeschlagenes Buch auf der Nachtkonsole, eine Kladde für Notizen, daneben ein Bleistift. Ein voller Aschenbecher, ein leeres Weinglas. Eine Schachtel mit Tabletten. Sie liegt in ihrem Bett, die Decke unordentlich zerknüllt, der Atem schwer. Zuckende Mundwinkel, die Lippen halb geöffnet. Die Zigarette, die ihr aus

den Fingern gerutscht ist, ohne dass sie es mitbekommen hat, die Zigarette, die sie noch unbedingt hat anstecken müssen, obwohl die Augenlider fiel zu schwer, die Gedanken viel zu benebelt sind… die glühende Spitze bohrt sich in die Wolldecke. Kleine Flamme, große Flamme. Es brennt. Sie schreit. Alles steht lichterloh in Flammen. Der ganze Körper. Die ganze Frau. Sie erleidet Höllenqualen. Völlig entstellt wird sie ins Krankenhaus gebracht. Stirbt.
Dieses Bild von ihr ist unvollständig. Ihre Qualen sind nur vage skizziert. Alles andere wäre anmaßend. Wie kann ich von ihnen wissen? Ich halte meinen Zeigefinger dicht an eine brennende Kerze. Warte. Es wird heiß. Es schmerzt. Ich ziehe den Finger hastig zurück. Das ist alles, was ich weiß. Erbärmlich wenig. So heuchlerisch schuldbewusst. Trotzdem ein Segen. Natürlich.
Ein Film macht es dem Kopf, der so gehalten wird, wie ich ihn halte, nicht einfacher. Jemand wird gefoltert. Man dreht sich weg. Das Opfer schreit. Man hält sich die Ohren zu. Gut. Aber völlig sinnlos, wenn der Kopf die Kamera ist. Die Geschichte geht weiter. Immer. Und sie wird haarklein erzählt und spukt Jahrzehnte.
Einer Frau werden im Kellerverlies die Fußnägel mit einer Zange gezogen. Damit sie redet. Großaufnahme. Grauenvoll. Ich bin nicht so hartgesotten, dass ich sage, es gab und gibt sowas und weitaus Schlimmeres. Das weiß ich als Höllenhündin, die damit fertig werden muss. Aber das Maul lecke ich mir nicht. Ich jaule. Heule insgeheim. Schleiche mich. Leide mit. Wenn in lebenden Menschen gebohrt, geschnitten, gerissen, gesägt wird, halte ich den Atem an. Ich denke, Gottohgottohgott, und das denke ich verkrampft und fast beschämt, weil ich böse schreibe und nicht so wahrhaftig, so notwendig genug böse bin. Weil ich hart sein sollte und mir auf die Lippe beiße. Weil ich unberechenbar sein möchte und so verdammt normal erscheine, wenn ich sage: Tatsächlich leide ich mit, wenn Furchtbares mit Menschen und Tieren angestellt wird.
Tatsächlich sind die Torturen, die damit verbundenen Schmerzen oft unerträglich anzusehen. Tatsächlich wäre es mir manchmal lieber, wenn alle einfach nur erschossen würden. Eiskalt, aber barmherzig in aller Endgültigkeit. Das kommt mir freilich erst dann in den Sinn, wenn es mir reicht. Dann will ich nur noch zwischen Gänseblümchen hocken und meinen Hund kraulen.
Irgendwie-irgendwo-Idylle ohne Sorge, dass das Böse laut, die Qual lang wird. Das passt nicht. Das ist Lüge. Scheinheiligkeit. Wegträumen einer Dunkelheit, die so lebendig ist, dass man sie

atmen, röcheln, knurren, fressen hört. Nur in hastig dahingekritzelter Barmherzigkeit denken…unsagbar langweilig wäre das, entsetzlich phantasielos gleichwohl, schlimmer aber: Ungerecht wäre es. Fairplay erwartet, dass Grausamkeit bestraft wird. Weil sie da ist. Unermesslich groß. Fast unfassbar abgrundtief schlecht.
Natürlich könnte man endlich das Licht ausschalten, wenn es finster wird. Man könnte. Wir nicht. Weil wir nicht wollen und es auch nicht dürfen. Weil wir es wissen. Egal, ob gedacht oder gemacht, was zählt ist, dass es sie gibt. Die Qualen, Wunden, Bisse, Stiche, Flammen, Nägel, die innerlich mitschreien lassen, sind keine Erfindungen irgendeines psychopathisch verspielten Schriftstellers oder Regisseurs.
In einer längst vergangenen Adventszeit wurde der Vierteiler Odysseus gezeigt. Der Zyklop fraß die Männer, er fingerte sie sich aus den Höhlenspalten, wo sie sich ängstlich versteckt hatten, und stopfte sich die schreienden Menschen ins Maul. Das fand ich furchtbar. Ich kannte die Geschichte von Kronos, der seine Kinder gefressen hatte, ich hatte von Riesenschlangen und Krokodilen gelesen, die einen mit Haut und Haaren verschlingen. Von Kannibalen, die ihre Gefangenen kochen. Und ich wünschte mir inbrünstig, dass, wenn irgendwas, irgendwer mich jemals zwischen seine Zähne bekommen sollte, es oder er zuerst meinen Kopf abbeißen würde. Ich stellte es mir grauenhaft vor, langsam von unten oder von der Seite Stück für Stück…oder lebendig im Kessel, zuvor noch gehäutet. Ich war noch jung, wirklich verdammt jung, als ich mir diese Gedanken machte, und ich gehe unbeirrt davon aus, dass all diejenigen, die Blut und Nacht, Angst und Schmerz riechen und schmecken können wie ich, jetzt bei mir sind.
Für meine zarte, kleine Schwester und für mich, die ich nur vorgab, abgeklärter zu sein, war die eiserne Dornenmaske, die der schönen, finsteren Asa in Die Stunde, wenn Dracula kommt auf das Gesicht geschlagen wird, damals der Inbegriff barbarischen Handelns und irrsinnigen Schmerzes. Unschuldig war das, distanziert betrachtet. Aber die Schläge, um die spitzen Pfähle mit Wucht hineinzuschlagen, die gellenden Schreie der Frau, die anschließend verbrannt werden soll, die tiefen Löcher im entstellten Gesicht nach der Wiedererweckung der Hexe wurden nie von der Zeit verschluckt.

Solche Kindheitserinnerungen sind Rüstzeug. Sie lassen Weltklasse-Autoren dem Zombie-Gott Romero Tribut zollen für das Book of the Dead, einer Sammlung von genialer Abartigkeit, deren Bilder richtig wehtun. Weh getan haben, Anfang der 1990er. Längst vorbei? Krasseres, natürlich, folgte, folgt immer.
Diese Anthologie freilich ist die erste ihrer Art, die mich hat derbe schlucken lassen.
Tod kann höllisch schmerzen. Unnötig, zu sagen, wie ungnädig die Phantasie ist. Sie darf das. Hier drinnen. Da draußen geht die Welt längst unter. Und dabei zuzusehen…lasst uns besser über Horror sprechen.

Mein Billy Mahoney heißt Cordula

Cordula hatte acht Geschwister, trug den abgeschabten braunen Tornister ihres großen Bruders und war dürr und lang und still. Mehr wusste ich nicht von ihr. Ich mochte sie nicht, und fragt mich heute jemand nach dem Grund dafür, so würde ich genauso ratlos mit den Schultern zucken wie ich es im Alter von neun Jahren getan hätte. Ich weiß es nicht. Irgendetwas ist an diesem blassen, dünnen, scheuen Mädchen gewesen, das mich gestört hat. Mehr noch, das mich hat glauben lassen, es völlig berechtigt hassen zu dürfen.
Mag sein, dass ihre Unauffälligkeit es war, die mir ihr gegenüber dieses Gefühl der Überlegenheit gab, das ich nie gewagt hätte, zuzugeben. Ich war selbst recht schüchtern, – das bin ich immer noch, ich werde mich nicht ändern und irgendwo im unseligen Hintergrund sterben –, gehörte nie zu den Lauten, war aber sehr aufmerksam. Vielleicht witterte ich, was andere nicht wahrnehmen können, vielleicht raunte jemand mir einen Sinn zu, dessen Bedeutung nicht ausgesprochen werden darf. Vielleicht war ich auf der Suche nach irrationellen Möglichkeiten, nach Empfindungen, die mir in ihrer unvertrauten Niedertracht gefielen. Vielleicht war ich einfach nur böse.
Cordula Schmidt, Schmittke, Schmies oder wie auch immer sie hieß, – zweifellos wäre es wohl vernünftiger, den ganzen Namen nicht zu nennen, denn wer immer auch lauert, könnte mich verraten, mich holen lassen…egal jetzt, zu spät, ich habe ihn gesagt –, tat sich schwer im Unterricht. Ich sehe sie dort sitzen in der zweiten Bankreihe direkt am Fenster, vor dem eine riesige Kastanie stand, deren Äste Schatten wie dunkle, hässliche Striemen in ihr Gesicht

warfen, beobachte sie, wie sie mit gesenktem Kopf aus „Erzähl mir was" vorlesen muss, stotternd, mit dem Finger über die einzelnen Buchstaben fahrend, die Wangen fleckig rot, die Stimme so unbedeutend klein. Ich sehe sie über das Schreibpult gebeugt, sehe die grüne gestopfte Strickjacke, die kurzgeschnittenen braunen Haare, sehe ein ganz normales Mädchen und sehe mich mit meinen unschuldigen Zöpfen schweigend bezeugen, wie furchtbar sie stammelt, sehe, wie ich unwillig und gleichwohl zufrieden damit bin und sie in die Hölle wünsche.
Ich bin nicht verantwortlich für Cordulas Tod. Er ist nicht meine Geschichte, ich habe ihn nicht gerufen. Das sage ich nicht aus Trotz oder aus Angst davor, dass es tatsächlich ganz anders gewesen ist. Ich weiß auch gar nicht, ob sie wirklich gestorben ist, damals, als alle erdenklichen Sachen kursierten, die uns neugierig machten auf die Lügen der Erwachsenen.
Ich habe auch eine lange, geduldige Zeit nicht mehr an Cordula gedacht. Bis mir Billy Mahoney in seinem roten Kapuzenpullover und mit diesem entsetzlichen Zorn in den Augen ihr Bild zurückgab. Ich wollte es nicht, will es nicht. Aber ich kann es nicht in der finstersten Ecke auf dem Dachboden verstauen, kann es nicht wegwerfen wie eine ausgediente schäbige Jacke, die man nie wieder tragen möchte.
Ich überlege, ob in tröstender Nähe noch jemand ist, der solch ein Bild besitzt. Noch jemand, den es unruhig macht, wenn er es genauer betrachtet. Schluckt. Fröstelt. Sich erinnert. Und auf ein Wort, ein Geräusch wartet, das erklären würde, warum es notwendig ist, das alles ernst zu nehmen.
Und dann ist sie eben doch da, diese Angst, von der man nichts wissen will, weil man das Leben grundsätzlich anders verstehen sollte, ganz ohne irgendeinen Spuk aus der Vergangenheit, der einen von hinten packt und erwischt, wenn man sich nicht vorsichtig umschaut.
Dieses Bild von Cordula zeigt mich, wie ich in meinem Turnzeug, – weißes Baumwollshirt, schwarze Shorts –, auf einer Matte am Rand der kleinen Sporthalle der Elisabeth-Grundschule hocke und wimmernd meine rechte Hand halte. Neben mir steht Cordula in ihrem karierten Mantel, die zu spät gekommen ist und sich noch nicht umgezogen hat, sie steht da völlig hilflos mit erhitztem Gesicht und jammert mit ihrer winzigen unwichtigen Stimme: „Ich wollte das nicht. Das tut mir so leid. Das wollte ich nicht."

Natürlich nicht. Natürlich hatte sie das nicht gewollt. Aber sie war mir mit dem Absatz ihres derben Schnürstiefels auf die Hand getreten, ich hatte dort auf dem Hallenboden gesessen wie all die anderen. Sie war einfach zu spät dazu gestoßen. Und sie trat mir auf die Hand, kräftig, schmerzhaft, was nicht erfunden ist, versehentlich, natürlich, wirklich nur versehentlich...aber sie trat mich und ich schrie: „Das hast du mit Absicht gemacht. Weil du mich nicht leiden kannst. Das hast du extra gemacht."
Frau Kattmann, der wohl nichts Besseres einfiel, fragte: „Stimmt das?", und noch unsinniger hätte sie nicht reagieren können, aber ich nickte heulend, als wäre sie in ihrer Einfalt mein persönlicher Guru. Cordula brach gleichsam in Tränen aus, und Frau Kattmann packte ihren Arm und schüttelte sie und sagte, „Fräulein, so geht das nicht", und auch das war dumm, so dumm von ihr. Aber in diesem Moment meiner seltsamen Lust an dieser Boshaftigkeit, die uns falsch und verlogen macht, war alles richtig. Tatsächlich war mein Handgelenk gebrochen, sowas kommt vor, sowas tut weh. Und während meine entsetzte Mutter mich aufgelöst „Meine arme Kleine" nannte und mich in den Arm nahm, hörte ich Cordula flüstern: „Wenn das mein Vater hört... aber das war doch keine Absicht. Ich wollte das nicht."
Einige Wochen später fiel ich auf dem Schulhof hin und schlug mir die Knie auf. Auch sowas kommt vor. Ich behauptete, Cordula hätte mich gestoßen. Und mich ausgelacht, als ich dort lag. Am nächsten Tag zog ich ihr die Mütze vom Kopf und warf sie in die Mülltonne. Und ich sagte: „Du stinkst."
Sie erwiderte gar nichts.
Michael Klemm, der in der Bank beim Malunterricht neben mir saß, meinte: „Ich glaube, Cordulas Vater schlägt die. Der Hennes hat das gesehen."
Ich sah ihn nur erstaunt an und zog die Mundwinkel nach unten, wie meine Großmutter es tat, wenn etwas sie nicht interessierte: „Geschieht ihr ganz recht."
Das sagte ich. Mehr nicht. Und gehört es auch zu dem Widerlichsten und Schlimmsten, was ich jemals von mir gegeben habe, so habe ich es doch gesagt. Nicht gedacht. Ich habe es gesagt und nicht gedacht, aber das macht es nicht besser. Ich habe ein scheußliches Wesen der Nacht geküsst. Es gibt so viele, die phantastisch sind. Ich wählte die Hässlichkeit. Dafür werde ich zahlen müssen. Vielleicht auch für Cordulas Tod, den ich geträumt

haben könnte. Einfach erdacht, ohne meinen Kopf vernünftig zu kontrollieren. Das geschieht, das belastet. Ich glaube, jemand hat mir davon berichtet, viele Jahre später. Mag aber sein, das stimmt alles gar nicht.
Auf Cordulas Platz in der zweiten Bankreihe direkt am Fenster, vor dem die Kastanie mit den Schatten spielte, saß nach den letzten großen Sommerferien vor dem Wechsel zur weiterführenden Schule ein anderes Mädchen. Cordulas Familie war in die Nachbarstadt gezogen, ich sah sie nie wieder. Jahre später, – ich studierte längst und plante ein Leben…irgendwie –, traf ich Michael Klemm wieder. Wir hatten uns völlig aus den Augen verloren, waren überrascht, fühlten uns vertraut. Und sprachen befreiend Belangloses, bis Michael sagte: „Erinnerst du dich noch an diese Cordula? Die soll sich erhängt haben. Mit grad mal zwanzig."
Ich weiß nicht, ob er das tatsächlich gesagt hat. Ich weiß gar nicht, ob ich ihn überhaupt getroffen habe. Aber ich habe es mir notiert. Es ist eingebrannt in mir wie ein Feuerzeichen, über das nie wieder Haut wachsen wird. Ich sehe sie dort hängen am Fensterkreuz, im Dachgebälk, im Wald, wo der Wind mit ihr tanzt, und ich sehe, dass sie mich anstarrt. Sie blickt auf mich, in mich, sie sagt, „Das wollte ich nicht", und ich frage: „Warum?" Und meine mich selbst, mich allein, nicht sie, und ich fühle mich schuldig und bin verwirrt, weil das nicht richtig sein kann.
Ich habe sie nicht getötet. Ich habe nichts wirklich Unverzeihliches getan. Ich war ein Kind. Ich war einfach nicht gut zu ihr.
Ich war das, was man böse nennen kann, ohne Blut trinken zu müssen. Aber so bin ich nicht mehr. So war ich nie. Nur dieses eine Mal. Ich schwöre und hoffe, dass das so ist. Ist es aber nicht. Und wenn jetzt jemand sagt, das sei alles nicht so schlimm, nicht so schrecklich, nicht so furchtbar, dass man es mit sich tragen sollte, weil unsere einzige, diese lustvolle, schmerzhaft drückende Last leiden lassen darf, dann mag er lächelnd gehen. Ich lächle nicht.
Cordula, die meine eigene Ewigkeit nicht gnädig macht und mich vergessen lässt, ist mein Billy Mahoney. Der Junge aus *Flatliners*, der den Studenten Nelson Wright in seinem Totenschlaf mit einem alptraumhaften Kindheitserlebnis heimsucht. Und Rechenschaft fordert. So eindringlich, so körperlich, so erbarmungslos und furchteinflössend, dass Nelson daran fast zerbricht. Mein Billy Mahoney erinnert sich vielleicht gar nicht. Lebt. Lacht. Ist alt geworden wie ich. Aber ich bin auf der Hut.

Denn ich erinnere mich. Es macht mich traurig. Es macht mir Angst. Es hat aus mir gemacht, was ich jetzt bin.

Da ist was mit der Tür

Ich spreche höchst ungern darüber. Wenn ich darüber spreche, stimmt es. Es macht furchtbare Angst. Immer noch. Immer. Ich sage es trotzdem. Das ist wie bei einem Kind, das nicht von seinen Alpträumen erzählen möchte, weil sie sonst wahr werden. Und das irgendwann trotzdem erzählt, weil es viel zu schwerfällt, dieses Schreckliche, das sich im Kopf festgebissen hat und nach Erklärung, Trost und Erlösung wimmert, so ganz allein für sich zu behalten.

Was folgt, wenn die Angst geteilt werden kann, ist diese noch viel größere Angst vor dem, was anschließend passiert. Ich sage bewusst nicht passieren könnte…vielleicht…schlimmstenfalls…, weil etwas mit Sicherheit eintrifft:

Diese ewige, uralte, böse Furcht vor dem Unaussprechlichen, die einen fortan begleitet und nie wieder loslässt. Weil man erzählt hat, was nicht erzählt werden darf. Weil man sich nicht an die Regeln gehalten hat. Weil man ausgesprochen hat, was jetzt unabdingbar wahr wird. In der Dunkelheit. In der Einsamkeit. Schlaflosigkeit. Im Traum, der nicht erwachen lässt.

Ich sehe mich als kleines Mädchen mit hüftlangem Zopf und finsterem Blick, der an der Türklinke haftet. Ich starre sie böse an, denn nur so kann ich mir einbilden, dass ich nicht ängstlich bin. Ich bin es aber. Also will ich zornig sein. Wütend auf meine Gedanken, die mir sagen, dass da jemand hinter der Tür ist und gleich langsam die Klinke hinunterdrücken wird. Die Tür ist verschlossen, ich bin allein in diesem Raum. Ich könnte zuhause sein, in der Schule, in einem Turmzimmer, das ich nicht kenne, es würde keine Rolle spielen. Ich blicke einfach nur auf diese Türklinke und rechne damit, dass sie sich bewegt. Dass da jemand oder etwas hinter der Tür, die noch im Schloss ist, seine Hand, seine Kralle, seine Klaue auf die Klinke legt und sie nach unten drückt und die Tür öffnet. Und dann sehe ich was, was ich nicht sehen will. Was du nicht sehen willst.

Sage seinen Namen fünfmal laut vor dem Spiegel: Candyman, Candyman...

Glaubst du? Traust du dich? Kicherst du noch? Flüstere ihren Namen dreimal und warte: Bloody Mary, Bloody ...Spielst du da mit? Oder bist du zu vernünftig, zu verwurzelt, zu erwachsen für den schwarzen Mann, den Boogeyman, den Babadook? Dann sag' es doch: Candyman...Und ich verrate dir: Er, der nicht sein sollte, ist längst da. Er steht hinter der Tür. Siehst du die Klinke? Wie sie sich bewegt? Noch könnte man aufspringen, die Tür aufreißen, hinschauen. Vielleicht ist da gar nichts. Vielleicht haben unsere Mütter die Wahrheit tatsächlich gekannt.
Ich bekenne, irgendwie beruhigt zu sein, wenn jemand, dessen ureigene Farben und Falten ihre besonderen Geschichten haben wie die meinigen, es nicht sagt. Einfach nicht sagt und auch nicht begründen will, warum er das nicht macht, weil schon die Vorstellung allein, die bloße Auseinandersetzung damit ihn locken könnte. Es. Sie. Wir, die das wissen, sprechen das nicht aus. Wir schweigen, bis die Dummköpfe reden. Dann nicken wir uns zu und schreien gemeinsam.
Ich sehe mich als Frau mit gemalten Lippen und finsterem Blick, der an der Türklinke haftet. Ich weiß, dass ich allein bin, dass da niemand hinter der Tür sein kann, die den Wohnraum vom Schlafzimmer trennt. Ich weiß, dass ich zu alt, mag sein, zu klug für unsichtbare Bilder bin. Ich weiß auch, dass ich wieder diesen Zorn in mir habe, weil nicht so allein bin, wie ich denken möchte. Nicht so alt, wie man ist, wenn man alles verscheuchen kann. Nicht so klug, dass es mich nicht erwischen wird. Ich weiß, dass da was mit der Tür ist. Dass ich mich sorgen sollte. Fürchten vermutlich. Dass ich die Tür besser weit öffnen sollte. So weit, dass da gar keine mehr ist. Dass die Klinke einfach verschwindet irgendwo an der Wand wie ein gönnerhaftes Kreuz. Nutzlos wird wie ein zerrissenes Tuch. Ungefährlich wie ein Welpe, den unschuldige Seelen streicheln dürfen. Die Tür öffnen. Alle Türen. Immer.
Ich sehe mich jetzt und erkenne die alte Angst in diesem Blick, der nur vorgibt, finster zu sein, weil meine Augen so dunkel sind, dass sie Märchen erzählen können. Ich blicke auf Türklinken, die mich nervös machen, die mich panisch werden lassen, weil ich immer auf der Hut sein muss.
Mach die Tür zu! Das darfst du mir sagen. Weil du dann bei mir sitzt und den Horror weg reden kannst. Zumindest teilen könntest du ihn mit mir. Vielleicht glaubst du auch gar nicht und lächelst, dann solltest du gehen, weil du unbewaffnet bist und in der

Dunkelheit erblindest. Mach die Tür zu! Das sage ich nicht zu mir, wenn niemand bei mir ist, der sein eigenes Blut riechen kann. Das wäre Leichtsinn. Köder für die Wölfe, die hinter ihr heulen.
Jemand verriet mir vor tausend seltsamen Jahren, dass der Sandmann Kindern, die nicht schlafen wollen, die Augen ausreißt und sie mitnimmt in sein Land der guten Nacht. Ich habe entschieden, das für ungültig zu erklären. Das ist eine Lüge. Der Sandmann kommt und liest uns mit heiserer Stimme vor, bis der Morgen graut, damit wir seine Stimme nicht vergessen. Er hat mir gesagt, dass da was mit den Türen ist. Er mich gemahnt, immer auf die Klinken zu achten. Er hat mir gedroht, obgleich es ihn gar nicht gibt. Er hat mich zur Tür gestoßen, damit ich das auch glaube. Ich bin gestolpert. Vom Boden aus habe ich es gesehen. Aber ich sage kein Wort.
Ich stehe nicht vor dem Spiegel und provoziere Mary. Das wäre albern. Die Hexe ist da gar nicht. Sie steht hinter der Tür.

Wenn Kindshändln da sind, weil die Hölle wartet

Der kleine Hänsl hat sie gesehen. Kindshändln. Bei seinen Brüdern Gumpprecht und Michel. Abgeschnittene Hände von ungetauften toten Kindern, mit denen Hexer über Geschwüre streichen, um sie verschwinden zu lassen. Und, – darauf kam es vor allem an –, mit denen sie des Nachts verschlossene Türen und Kirchenportale öffnen, um zu räubern. Sieben Händln seien es gewesen, sagte er. Hänsl Gämperl, jüngster Spross der Pappenheimer, weinte. Man hatte ihn zuvor mit der Rute gezüchtigt. Der Junge hatte große Schmerzen. Noch mehr Angst. Und wusste wohl genau, dass sie alle sterben würden. Einen ganz und gar fürchterlichen Tod.
„Wer die Qualen der Folter aushalten kann, sagt die Wahrheit nicht. Wer sie nicht aushalten kann, auch nicht.” (Michel de Montaigne, frz. Philosoph, 1533 – 1592)
Hänsl sagte auch, er sei nicht getauft, und seine Mutter Anna habe ihn schwarze Magie gelehrt. Zum Hexensabbat hätte sie ihn mitgenommen. Und Hänsl weinte wohl noch mehr, damals, im Verhörraum des Münchner Rathauses anno 1600, in dem die „peinlichen Befragungen” durchgeführt wurden. Hänsl blieb (noch!) Schlimmeres erspart als die eiserne Rute. Er war ein furchtsames Kind. Das Kind von einfachen, wenngleich kriminellen Leuten. Er redete.

Manchmal liest man Geschichten, die Steine schlucken lassen. Die so verstörend unangenehm sind, dass man sich schüttelt und denkt, dass das alles jetzt so irgendwie nicht wahr sein kann. Sollte. Dürfte. Ist es aber. Es ist so echt wie das zerbeulte Auto im Straßengraben. So wahr wie das Kreuzzeichen der alten Witwe, die seit zweiundzwanzig Jahren keine Farben trägt und dreimal über die rechte Schulter spuckt, wenn von links eine schwarze Katze kommt. So wahr und echt wie das Morden, die Folter, die unsinnigen Geständnisse, die abstoßende Zusatzstrafe und der Feuertod der Pappenheimer. Auf die stößt man, wenn man in Berichten über historische Serienmörder blättert. Die erwischen einen eiskalt. Und packen zu in der Nacht, die keinen Schlaf gönnen will, nur diesen finsteren Film zulässt, der sich immer wieder abspult, jeglichen Protest ignoriert, das Grauen rechtfertigt, das Entsetzen bespöttelt: So war das eben. Damals. Fertig.
Ende des 16., Anfang des 17. Jahrhunderts war man nicht zimperlich. Und wenig verwöhnt, was den Unterhaltungswert betraf, den das eigene Leben auf so kaltherzige, unfaire Art entbehrte. Wanderzirkus, Pranger, Laientheater. Gaukler, Diebe, Mörder, Huren, Kräuterweiber. Wunderheiler. Schmerzen. Schreie. Galgen und Schafott für das kriminelle Pack. Scheiterhaufen für das Hexergesinde. Der Rest war trister, harter Alltag.
Eine öffentliche Hinrichtung wie die der Familie Gämperl, genannt „die Pappenheimer", gehörte zu den makabren Höhepunkten der grauen Jahre. Horrorspektakel pur, wie es sich der abgeklärteste Splatter-Filmemacher nicht besser, da krasser ausdenken könnte. Zumal Vater Paulus, Mutter Anna und die Söhne Gumpprecht und Michel zuvor sogenannte „Strafverschärfungen" auferlegt worden waren. Was das bedeutete, will niemand wirklich wissen, der immer noch gern an gute Feen, eine gewisse Humanität und den Sinn der Anästhesie glauben möchte.
Ich las es, blieb wach, stellte mir das alles vor und verbannte die Pappenheimer in diese finstere Ecke. Hier steckt das Grauen. Der Horror. Hier gehören sie hin. An die errichteten Scheiterhaufen, wo man den Korb für abgetrennte Körperteile, Blasebälge und die Pfannen mit glühender Holzkohle platziert hatte. Den Männern wurden mit Zangen die Brüste und Bizeps herausgerissen, sie wurden gerädert, auf widerliche Art kastriert. Anna schnitt man mit eiserner Schere die Brüste ab, Symbol für den Fortbestand der Familie, eine im damaligen Bayern durchaus gebräuchliche,

besonders harte Strafe. Paulus wurde gepfählt und lebendig aufgespießt in den Holzstapel zu seinen Söhnen und seiner Frau gesteckt, den man dann mit Pechfackeln entzündete.
Der kleine Hänsl wurde verschont, musste sich das alles freilich mit ansehen, festgebunden auf einem Pferd, scharf beobachtet vom Bußamtmann. Hänsl wurde nur wenige Monate später nach einem zweiten Prozess gemeinsam mit weiteren Person aus dem Umfeld seiner Familie zum Tod auf dem Scheiterhaufen verurteilt.
Obgleich die Pappenheimer selbst brutal gemordet haben, obgleich es diese seltsame, düstere Zeit mit ihren eigenen Idealen, ihrem eigenen Irrsinn war …Menschen solch entsetzliche Qualen vor der Vollstreckung ihrer Todesurteile auszusetzen, um die aufgebrachte, nach Vergeltung und damit verbundenem Spektakel lechzende Meute zu befriedigen, ist eine dieser unheilvollen Weltanschauungen, die ich nie verstehen werde.
Die Pappenheimer wurden so penetrant grausig verhört und verstümmelt, bevor man sie 1600 vor dem Münchner Rathaus verbrannte, weil sie als Verbündete des Teufels gelten sollten, nicht als gewöhnliche Diebe und Totschläger. Aus dem ursprünglichen Mordprozess hatten der berüchtigte Inquisitor Alexander von Haslang und Kommisar Wangereck einen Hexenprozess gebastelt. Kein Geniestreich. Zeitgeist.
Ich bekenne an dieser Stelle, mich in meiner Heimatstadt mit einem unrühmlichen Rekord konfrontiert zu sehen:
Im Vest Recklinghausen wurden in der Zeit von 1514 bis Ende des 17. Jahrhunderts mit Quellennachweis 130 „Hexen", darunter 26 Männer, auf abartigste Art gefoltert und, – mit wenigen Ausnahmen –, getötet. Das gilt als höchste Zahl der Hexenverfolgungen im engeren westfälischen Raum. Eine der Bedauernswerten, die unter qualvollem Druck und nach erlittener Tortur wohl so ziemlich alles gestanden hatte, was ihr so im Leben nicht in den Sinn gekommen wäre, war die 80jährige Witwe Koppers. Die alte Frau gab Gottesverleugnung, die aktive Teilnahme an Hexenorgien und intimen Kontakt mit dem Teufel zu. Dafür wurde sie verbrannt. Dazu sagt ein für seinen interessanten Überblick bekannter Präsident:
„Folter funktioniert. Absolut!" (Donald Trump)
Zweifellos. Denn weil sie so absolut funktioniert, gestanden auch die Eltern anfänglich Bestrittenes „nach weiterem Zureden", wie es in den Gerichtsakten vermerkt wurde: Anna hatte demnach ihren

Jüngsten und auch den Michel, der sie bei seiner „Befragung" im Folterkeller als berüchtigte Hexe denunzierte, schon im Mutterleib dem Teufel versprochen, und Vater Paulus erklärte, seine Frau habe ihn schon vor etlichen Jahren gelehrt, Pulver aus Kindshändln zu machen, das er auch auf Geheiß des Teufels mit seinen Haaren und seinem Zehennagel vermengt hätte, um mit dieser Paste Mensch und Vieh zu schaden. Nach weiterer Folter sagte er, auch bei seinen Söhnen mehrere Kindshändln gesehen zu haben, die für ihre Einbrüche an die Finger ein brennendes Kerzenlicht gesteckt hätten, dass dafür sorgen würde, dass niemand im Haus erwacht und um Hilfe schreit. Aber die Hände von ungetauften Kindern müssten es sein.
So sagte es Paulus, der zwar etliche heimtückische Morde auf dem Gewissen hatte, – die er auch zugab – , der aber nach seiner Festnahme und ersten Verhören vehement betonte, mit Hexerei habe das, hätte er, hätten Frau und Söhne nichts zu schaffen. Nichts. Nie. Nur wenn die Folter funktioniert…dann schwört auch eine 80jährige Frau wie die Witwe Koppers, nackt um ein Feuer geflogen zu sein.
„Die Gefolterten sagen zu allem ja." (Friedrich Spee, Dichter und Gegner der Hexenprozesse, 1791 – 1635)
Mittelalterliche Serienmörder wie die Familie Pappenheimer waren in einer rauen, harten Welt zuhause. Menschen zu bedrohen, überfallen, sie zu quälen, abzustechen, auszurauben war vielerorts Tageswerk, die eigene Not mit brutaler Gewalt zu lindern ein Weg, den nicht wenige gingen. Der schwäbische Familienclan, gesellschaftlich und sozial in die hinterste schäbige Ecke gestellt, eine Verbrecherbande, Abschaum im Volksmund, gehörte dazu. Seine Geschichte ist grau. Dreckig. Blutig. Auch traurig. Das ungute Ende war in die Wiegen gelegt.
Die Geschichte erzählt von Paulus, 1542 in dem kleinen Dorf Hüttlingen geboren, Sohn eines Leinwebers, seiner Frau Anna, Tochter eines Totengräbers, und den Söhnen Gumpprecht, Michel und Klein-Hänsl.
Sie erzählt vom Betteln, von Brandstiftung, Kircheneinbrüchen, Überfällen und brutalen Morden. Von Hexerei als crimen exceptum (Ausnahmeverbrechen) erzählt sie grundsätzlich nicht. Und erzählt trotzdem lang und breit, mit perverser Phantasie und plakativer Abscheulichkeit davon. Paradox? Eher wohl auf schaurigste Art typisch.

„Es sind entsetzliche Verirrungen des menschlichen Geistes gewesen." (Richard Wrede, Jurist und Autor, 1869 – 1932)
Als Kind war ich mit meinen Eltern in einem Folterkeller. Das war im Kriminalmuseum in Rothenburg ob der Tauber, und ich konnte meine Augen nicht von dem mit Nägeln bespickten Stuhl nehmen, der dort stand und wohl in seiner hässlichen Grausamkeit beschloss, meine Erinnerung niemals zu verlassen. Ich sehe ihn vor mir, und ich sehe eine Frau in zerlumptem Kleid mit strähnigem Haar, geschunden, blutend und schreiend auf ihm sitzen. Ich sehe Folter, ich höre das Wort, …
…das wir heute nur mit Entsetzen aussprechen und als Barbarei der Vergangenheit betrachten." (Franz Helbing, Gelehrter und Autor, 1854 – unbekannt)
Dem Entsetzen stimmen wir zu. Freilich wird bekundet:
Folter funktioniert. Absolut!
Wenn da was sein muss, weil die Hölle wartet.

Keoma – Melodie des Sterbens

Keoma ist das letzte Aufbäumen vor der ewigen Nacht. Nicht kurz, nicht schmerzlos, nicht barmherzig. Mit Keoma stirbt all das endgültig, was den Italo-Western auf so unverkennbare Art hat atmen lassen. Es stirbt, wie es gelebt hat: Grob, brutal und schmutzig.
Auf dieser letzten großen Reise wird nicht geträumt. Nicht geweint. Nicht gelacht. Die Mine bleibt starr, die Augen fackeln, die Mundwinkel zucken, der Finger sitzt am Abzug. Und die Trauergemeinde kniet nieder. Keoma ist ein guter Tod.
Kein Leone. Kein Corbucci. Auch kein Morricone. Die Geschichte des jungen Halbbluts, geliebt vom Adoptivvater, mit Missgunst und Verachtung bedacht von den drei Stiefbrüdern, deren Eifersucht in Skrupellosigkeit und Hass gipfelt, erzählt Enzo G. Castellari mit kehliger, rauer Stimme im Schatten des Galgenbaums. Und es ist, wie es war: Unrecht kommandiert, Gewalt gehorcht, Gnade wimmert. Ungehört. So ruppig ist die Welt, so melancholisch das Lied.
Da hat sich im Tonfall, in der Szenerie nichts geändert. Man schreibt das Jahr 1976, King Kong liebt Jessica Lange, Sylvester Stallone macht Rocky, Sissy Spacek ist Carrie. Und Franco Nero, Corbuccis Ur-Django, kämpft sich durch ein Genre, über das man sagte, es sei endgültig ausgeblutet. Zutiefst bedauernd natürlich, aber neue

Wege erschlossen sich, und der frische Wind, der wehte, trug den Wüstensand nicht mehr mit sich.
Finito damit? Nein. Dann gäbe es diese späte Märchenstunde nicht. Sternstunde zudem? Uneingeschränktes Ja. Keoma, indianisch für „weit entfernt“ oder auch „Racheengel“, ist ein brillanter Film. Wie Franco Nero, dem wir scheu unsere Sympathie schenken, Frieden sucht und (erneut) das Unbarmherzige findet, wie er seine Erinnerungen betrachtet und erkennt, dass da nirgendwo sein Frieden, überhaupt ein Frieden sein kann, ist großartig in seiner ganzen Ungnade.
Mit Keoma holt Castellari den Italo-Western in seiner ganzen dreckigen, bösen Phantastik aus seinem hastig zusammengezimmerten Sarg. Wobei: So richtig ausgestreckt liegt er dort allerdings eh noch nicht. Immerhin brachte Toninio Valerii, unterstützt von Maestro Sergio Leone, 1973 mit Mein Name ist Nobody (Il mio nome è Nessuno) einen Italo in die Kinos, der schon die vertrauten harten Züge, die eigentümliche, ins schmuddelige Irgendwo-Einmal… entführende Erzählweise hat. Freilich kombiniert mit lockerer, teils heiterer Sicht. Schlitzohr-Perspektive, kein Halunken-Blick. Terence Hill schlägt und schießt, sinniert und schweigt anders.
Sein Terrain ist nicht der düstere Irrgarten der Seltsamen. Der einsamen Rächer. Der Schweiger. Der Außenseiter.
So einer ist der Indianerjunge Keoma, einziger Überlebender eines Massakers an seinem Stamm, den der Farmer William Shannon aufnimmt und wie sein eigenes Kind großzieht. Er hat selbst drei Söhne, für die das Halbblut minderwertig ist und die zornig ansehen müssen, wie sehr der Vater Keoma zugetan ist.
Zeitschnitt: Keoma kehrt aus dem Bürgerkrieg zurück und trifft auf eine alte Frau, die einen Holzkarren mit Habseligkeiten hinter sich herzieht. Diese mysteriöse Schwarzgekleidete taucht im Verlauf immer wieder auf, wenn der Tod sich in unheilvoller Atmosphäre ankündigt, gebettet in eine wundersam gute Musik, die nicht erklärt, nicht tröstet, nicht schont, die einfach nur begleitet, wie es sein soll. Warum es sein soll. Die „Melodie des Sterbens”…so spricht sie:

You are searching just for what you are
and you go from town to town to find yourself.
No helper … Oh, no one.
Don't go on, my boy.
Don't kill them! No!

Don't kill them! No!
Don't kill them! No!
And when you find,
that love has gone away,
the world is tumblin' down,
and down you are.
Around you tears have no right to cry.
The pain, you see, the pain, you feel,
the wrong, you do, the hurt, you feel now
on you.(…)

Keoma hat den Tod als seinen ewigen Begleiter neben sich: Er hat ihn gesehen, als Kind beim grauenhaften Massaker, als Mann im grauenhaften Krieg, er sieht ihn bei der Rückkehr in die Heimat in Gestalt der alten Frau. Und er sieht, was in seiner Abwesenheit passiert ist:

Der skrupellose Caldwell, Ex-Südstaaten-Offizier, hat mit seinen finsteren Leuten, darunter auch Keomas Stiefbrüder, in der Stadt das Kommando. In der Gegend ist eine Pockenepedemie ausgebrochen, Caldwell lässt die Kranken, auch die nur vermeintlich Infizierten, – darunter Lisa, eine schwangere Frau -, abtransportieren in ein bewachtes Bergwerk, wo sie ohne medizinische Versorgung sterben müssen. Keoma befreit Lisa und stellt sich gemeinsam mit seinem Vater und dem alten dunkelhäutigen George gegen die Banditen.

Der gute George stirbt. Am Straßenrand steht die Frau mit ihrem Karren. Caldwell erschießt Shannon kaltblütig, woraufhin die drei Brüder Caldwell töten und Keoma, dem sie die Schuld am Tod des Vaters geben, gefangen nehmen und foltern. Keoma, brutal misshandelt, flieht mit Lisas Hilfe und tötet die Verfolger. Die Frau, der Tod sieht zu. Bei einem letzten Gefecht erschießt er auch seine Brüder, weil ihm keine andere Wahl bleibt. Und während des Gemetzels bringt Lisa ihr Kind, einen Jungen, zur Welt.

Die alte Frau hilft bei der Geburt, Lisa stirbt. Keoma übergibt das Baby der Frau. Der Hebamme. Ziehmutter. Dem Tod. Überlässt ihm das neue Leben und geht.

Krasse Symbolik.

Dazu die balladenhafte Musik, komponiert/getextet von Guido und Maurizio De Angelis, die sich an den Songs von Leonard Cohen orientiert. Exakt so wollte Castellari sie haben. Passt.

Warum Keoma II – Jonathan of the Bears (Die Rache des weissen Indianers), gleichsam mit Franco Nero als einsamer Streiter, nicht auf die erhoffte Resonanz stieß, bleibt nicht unbedingt ein Rätsel. 1994 hatte sich Castellari damit nochmals auf mittlerweile nun doch angestaubte Tugenden besonnen und präsentierte durchaus grandios Geratenes. Mit sehr viel Übel d'rin.
Und mit deprimierendem Ende: Der Rächer stürzt sich in einen hoffnungslosen Kampf und wird auf einem Kirchturm gekreuzigt. Schon 1973 hat Castellari neben dem Todesengel biblische Motive einfliessen lassen, – Bruderneid, Aussätzige, Andersartige, –, hier war es, mag sein, zuviel des Guten. Bösen.
Als mein alter Vater, ein Ur-Italo-Gestein, vor dem Bildschirm saß und sah, das Keoma am Kirchturm hing, sagte er: „Tja. Und jetzt?"
Und ich sagte: „Tja. Das war's."
Mit respektvoller Verneigung.

Leichen pflastern seinen Weg

Kein Western lässt so deprimiert im Regen stehen wie Corbuccis Il grande Silenzio. Der stumme Held stirbt brutal, die schöne Frau wird erschossen, die arme Bevölkerung niedergemetzelt, und der große Böse reitet mit seinen Kopfgeldjägern davon, um weiter für schmutzige Dollars zu morden. Ein Geschäft. Mehr nicht. Mit eisigem Blick sagt's Loco (Klaus Kinski):

„Geld wird es immer geben."

Klingt recht niederschmetternd. Trostlos. So alles. Man könnte frösteln. Spielt auch noch in den tief verschneiten Rocky Mountains, die so gekonnt mitfrieren lassen. Bemüht sich an keiner noch so bescheidenen Stelle, dem Zuschauer irgendwo irgendwie ein kleines Lächeln abzugewinnen. Ein trauriges mag sein. Gilt? Nur arg bedingt. Das macht aber tatsächlich nichts.
Il Grande Silenzio ist so großartig finster, dass ein erfreulicher Lichtblick einfach nur stören würde. Zuviel Sonne wäre das, um echt zu sein. Hoffnungsschimmer am Horizont? Geht hier nicht. Perspektiven, die locken, um die Hemdsärmel wieder hochzukrempeln für etwas Idealismus und Ehrbarkeit? Passen hier nicht hin.
Der harte, kalte Schauerwestern, der nach Sergio Corbuccis grundsätzlich pessimistischem, aber eben doch mit ein klein bisschen Esperanza versehenen *Django* 1968 in die Kinos kam, lässt

Gewalt und Gier über allem anderen federführend sein. Kompromisslos. Edel zerlumpt. Obligatorisch versagt alles Gute und versinkt im Morast.
Was bleibt…ist eine Geschichte, die nicht achselzuckend, – ist halt so, die böse Welt! -, mit dazugehörigem Seufzer zugeklappt und zum Verstauben ins Regal gelegt wird. Diese bleibt liegen, wohl behütet unter Glas. Sie ist ein Original. Durchaus ein Meisterwerk. Da so anders, so schmutzig wahr, so genial schonungslos gemacht, mit so heiserer Stimme gesprochen, dass man darüber fast vergisst, wie einstimmend, fast süßlich schwermütig die Musik dazu ist. Morricone. Natürlich.
Erzählt wird ein rohes, raues Märchen am erloschenen Lagerfeuer, in lausig kalter Nacht, in düsterer Einsamkeit, wenn die Whiskyflasche längst leer ist, die Wölfe sich nähern und in der Pistole nur noch eine Kugel steckt. Erzählt wird schwarz-weiß, da ist kein wirklich blauer Himmel, die Wüste lebt hier nicht, und der Staub ist gefroren. Ein unheimliches Märchen ist das, was wir da hören, und es tröstet, sich in eine warme Decke zu hüllen, wenn man lauschen will. Sollte man: Es ist in seiner Besonderheit einmalig.
Der große Regisseur Darryl F. Zanuk (Jesse James, 1939/1940) nennt Leichen pflastern seinen Weg, – ausnahmsweise ein beeindruckend reißerischer deutscher Titel zudem –, einen „der besten Western aller Zeiten". Und Punkt.
Die Begründung müssen wir uns denken. Können wir auch. Vorausgesetzt, da steht nicht der unabänderliche Glaube an das im Weg, was die Reinheit, die Moral, diese teuflisch gottverdammte Unschuld und das Überragende, das Gute uns gebieten.
Wer Corbuccis Il grande Silenzio schätzt und versteht, mag wortlos nicken. Der große Rest darf Schweigen sein.
Wer ihn nicht kennt…kann durchaus noch ein wenig ohne die Sorge weiterlesen, es würde zu viel verraten. Denn, Hand aufs Herz und Gemüt? Was kann hier groß ausgeplaudert werden? Dass die Schlechtigkeit triumphiert, obwohl man sich bis zum bitteren Schluss wünscht, dass noch irgendwas Nettes, Schönes passiert, um so ein bisschen aufatmen zu können?
Silence (Jean-Louis Trintignant) ist ein Hunter mit durchgeschnittener Kehle und durchaus sympathischen Zügen, der die Dollarzeichen freilich genauso klar in den Augen hat wie Profikiller Loco, – Klaus Kinski maßgeschneidert –, und der ganze üble Rest,

der in Snowhill Jagd auf arme, hungernde Outlaws macht. Silence provoziert, bevor er schießt, Loco knallt ab. Mitleid erwecken einzig die beiden Frauen, eine Mutter, eine Witwe. Überleben wird niemand, dem man das gegönnt hätte. Und ja, das Massaker am Ende könnte Tränen verdienen. Rote, die in die Schneelandschaft tropfen, in der die Mörder verschwinden.
Kitschig? Stimmt. Zurück darf ergo nur beklemmende Stille bleiben. Und der eine Gedanke, dass das (trotzdem) richtig gut ist. Es ist ein leises, ehrfürchtiges, betretenes, beeindruckendes Gut! Warum sowas gut sein soll? Darf? Muss? Weiß der Henker. Wusste Corbucci. Wissen wir.

The more I looked at people, the more I hated them

Mickey Knox sagt: „Scheiße, Mann, ich bin einfach der geborene Killer." Natural Born Killers, 1994.
Kit Carruthers schultert das Gewehr, spuckt auf seine Stiefel, weiß, dass er nicht weiß, was er tut, – ...was *sie* tun... –, und tötet.
Badlands – Zerschossene Träume, 1973. Charles Starkweather sagt:

„The more I looked at people, the more I hated them."

Knox und Kit sind Filmfiguren. Starkweather war ein Serienkiller, der als 21Jähriger in Nebraska auf dem elektrischen Stuhl starb. Im Frühsommer 1959.
Da war sein großes Idol James Dean bereits vier Jahre tot. Und François Truffaut drehte Sie küssten und sie schlugen ihn mit Jean-Pierre Léaud als Junge Antoine, der sich seine Welt besser denkt und gegen all das da draußen still rebelliert. Mag man das jetzt nachvollziehen können oder stirnrunzelnd darüber hinwegsehen, aber das Bild von diesem trotzigen Antoine taucht auf, wenn von der traumatisierten Kindheit der Mörder die Rede ist, die Revoluzzer in ihrem eigenen sinnverdrehten Krieg spielen. Eine erbärmliche Rolle. Keine Truffaut-Rolle.
Bei Starkweather, unspektakulär in einer kinderreichen, recht mittellosen Familie aufgewachsen, waren es Spott und Hänseleien während der Schulzeit, die ihn zornig machten. Seiner Einfältigkeit setzte er Körperkraft entgegen. Er war ein guter Sportler. Er verprügelte sie alle, schlug weiter zu, wenn es längst genug war. Er war der wahnsinnige Schläger, vor dem die anderen Angst hatten. Gleichzeitig imitierte er optisch immer mehr Hollywoods jungen Star-Rebellen: Er kleidete sich wie er, posierte, rauchte, blickte wie

er: So suchend. Irritiert. Aufmüpfig. Fighter ohne Grund. Sowas wie James Dean. So ungefähr. So gedacht. So verdammt falsch gedacht.
Die verlorene Generation: Da war sie. Oder eben nicht. Aber ihr fühlte sich Starkweather zugehörig, ohne dass er es jemals hätte erklären, in Worte fassen können.
Er verließ die Schule mit sechzehn, jobbte als Gelegenheitsarbeiter, zog von zuhause aus, konnte die Miete nicht zahlen…und wurde erstmalig zum Killer, weil der junge Tankwart Robert Colvert sich weigerte, ihm ein Stofftier auf Kredit zu geben, das er seiner erst dreizehnjährigen Freundin Caril schenken wollte. Starkweather tobte vor Wut. Noch in der gleichen Nacht fuhr er bewaffnet zu der Tankstelle zurück, raubte sie aus, entführte Robert Colvert und erschoss ihn an einer abgelegenen Stelle.
Nur kurz darauf tötete er Carils Mutter Velda und ihren Stiefvater nach einem Streit in deren Haus und erstach die kleine Halbschwester Betty Jean. Die Leichen schleppte er nach draußen, Mutter Velma in die Hoftoilette, Stiefvater Marion Bartlett in den Hühnerstall, und das Baby warf er in den Müll. Caril Fugate, so irritierend kindlich, so grotesk und schwer verliebt und selbst mit wenig Intelligenz, dafür mit erstaunlicher Abgebrühtheit gesegnet, kam von der Schule nach Hause, sah das Furchtbare, wischte eifrig das Blut weg und blieb bei ihm.
Die beiden verbrachten die darauffolgenden Tage gemeinsam in Carils Elternhaus und öffneten die Tür nicht. Besucher wurden fortgeschickt mit der Erklärung, alle hätten die Grippe. Die Großmutter wurde misstrauisch, schaltete die Polizei ein. Als die eintraf, waren Charles und Caril bereits verschwunden und auf dem Weg zum Haus eines langjährigen Freundes der Starkweathers, August Meyer, zweiundsiebzig, Junggeselle, der sie ahnungslos hereinbat. Sie erschossen Meyer, legten die Leiche in einer Hütte ab und zogen mit seinen Gewehren weiter.
Robert Jensen und Carol King, zwei Teenager, waren die nächsten Opfer. Robert nahm die beiden „Tramper" Fugate und Starkweather in seinem Auto mit. Er wurde mehrmals in den Kopf geschossen, seine Beifahrerin Carol durch Messerstiche getötet.
Fugate und Starkweather fuhren in einen der wohlhabenderen Stadtteile, die Charles aus seiner Kurz-Episode bei der Müllabfuhr kannte, und drangen in das Haus der Eheleute Ward ein. Clara Ward zwangen sie, ihnen ein Frühstück zu servieren, bevor sie erstochen

wurde wie auch das Hausmädchen Lilian. Sie warteten, bis der Ehemann auftauchte, ermordeten ihn und flüchteten in seinem schwarzen Packard bis Wyoming, wo sie nach wilder Verfolgungsjagd verhaftet wurden.
Über 1200 Polizeibeamte und die Nationalgarde waren mittlerweile hinter ihnen her. Unterwegs hatten sie noch den Geschäftsmann Merle Collison erschossen. Warum auch er sterben musste, scheint fast überflüssig gefragt zu sein: Da war kein Grund. Es gab nie einen Grund. Es gab nur Charles Starkweather: So dumm, so böse, so kaltschnäuzig, so voller Wut und Hass auf alles. Kein James Dean. Nur ein billiger Abklatsch aus dem finsteren Irgendwo.
Und es gab die blutjunge Caril Fugate: Genauso grenzenlos dumm. Sonst nichts. Immerhin zeigte sie eine Spur von Gerissenheit, als sie bei der Festnahme behauptete, Charles hätte sie als Geisel genommen, mit der Blutspur hätte sie nichts zu tun. Tatsächlich bestätigte Starkweather das zu Beginn der Verhandlung, bezeichnete sie aber als Lügnerin, als sie ihn Mörder nannte. Ein gewöhnlicher Mörder?
Nein, war er nicht.
Glauben schenkte das Gericht Carols Unschuldsbeteuerungen nicht: Ihr Alter rettete sie vor der Todesstrafe, sie bekam lebenslang, wurde nach achtzehn Jahren Haft entlassen und nahm einen anderen Namen an. Starkweather wurde nach seinem Tod auf dem elektrischen Stuhl, – elf Morde in kürzester Zeit konnten ihm nachgewiesen werden –, in seiner Heimatstadt Lincoln, Nebraska, begraben.
Die Geschichte von unreif verstandener Liebe und extremer Gewalt als Aufputschmittel für die Leere im Kopf verarbeiteten Terrence Malick (Badlands) und Oliver Stone (Natural Born Killers) für die Leinwand.
Großes Kino, große Show.
Hätte Charles Starkweather wohl irgendwie gefallen. Warum? Hätte er wohl irgendwie nicht sagen können.
Bruce Springsteen singt es in Nebraska. Für ihn? Eher nicht.

I saw her standin' on her front lawn just twirlin' her baton
Me and her went for a ride sir and ten innocent people died
From the town of Lincoln Nebraska with a sawed off .410 on my lap
Through to the badlands of Wyoming I killed everything in my path

I can't say that I'm sorry for the things that we done
At least for a little while sir me and her we had us some fun…
(ursprünglicher Titel: Starkweather)

Eine gar schaurige Geschichte und jene andere

So begab es sich vor einiger Zeit im fernen New Orleans, dass die große Voodoo-Königin Marie Laveau die Bestie Delphine Lalaurie köpfte, deren Unsterblichkeit es ihr auf gar unselige Art ermöglichte, als Kopf weiterzuleben. Als kläglicher, körperloser, wimmernder Kopf, der nach seinen Händen, Füßen, Brüsten und den feinen Kleidern schrie.
In diese missliche Lage geriet Delphine Lalaurie gegen Ende des 20. Jahrhunderts, und folgerichtig waren gut 150 Jahre seit ihrer Verdammnis zur ewigen Untoten vergangen. Vergiftet, verflucht und lebendig begraben wurde LaLaurie, die eine wirklich furchtbare, grausame, böse Frau gewesen ist, von Marie Laveau. Das geschah 1834, nachdem die sadistische Sklavenhalterin Delphine LaLaurie den farbigen Beau Bastien, Liebhaber der Voodoo-Hexe und Vater ihres ungeborenen Babies, brutalst gefoltert, verstümmelt und umgebracht hatte. Im Tode noch höhnisch verspottet, indem sie ihm ein Minotaurus-Haupt aufsetzte.
Marie Laveau, aufgepuscht von Gram und Wut und ihrer schwarzen Magie, rächte sich, indem sie Delphine LaLaurie, bevor deren hölzerner Sarg zugenagelt und mit altersloser schwarzer Erde bedeckt wurde, noch die Galgen sehen ließ, an denen ihre Töchter und der Ehemann hingen. Der zweite entsetzte Blick, den Laveau der verhassten Menschenschlächterin Lalaurie gewährte, war der auf ihre freigelassenen Sklaven, Menschen, die sie Zeit ihres Daseins als Spielzeug für ihre Launen betrachtet hatte, zum Schänden und Quälen geschaffen, stets zerstör- und austauschbar von ihrer Herrin.
Lalaurie jaulte empört, gar verzweifelt, vermutlich auch panisch auf und heulte seitdem tief da unten mit Dämonen und vielleicht, bei aller Gnade, auch mit den Wölfen. 150 verdiente lange Jahre. Dann wurde sie von den „weißen Hexen" befreit…und Marie Laveau, die mächtige dunkelhäutige Voodoo-Priesterin, tobte vor Zorn.
Jene Laveau…eine Schönheit wie damals, als das noble Herrenhaus der LaLaurie-Familie in New Orleans noch mit Leben, Tanzmusik,

Salon-Gesprächen und den Schreien der aus Lust gequälten Sklaven gefüllt war, als es dort nach frisch gepflückten Blumen, teurem Parfum, Angstschweiß und Blut, so verdammt viel Blut gerochen und auch sie selbst ihre Seele verkauft hatte. Ihr eigener Pakt mit dem unheilvollen Voodoo-Geist Papa Legba verhalf ihr zu weiterbestehender Jugend, viel Macht und Einfluss, verlangte gleichzeitig Furchtbares von ihr. Alljährlich musste sie Papa Legba ein Neugeborenes bringen, dessen Seele er für sich haben wollte, und das erste Geschenk, das er in den vielen Jahrzehnten, die verstrichen waren, geordert hatte, war ihr eigenes Baby gewesen. Bastiens Sohn.
Laveau heulte, wimmerte, wollte das Bündnis wieder lösen. Aber der teuflische Pakt galt, nichts half. Und die Verzweifelte überließ den Säugling seinem düsteren Schicksal und dann immer wieder einen, wurde zur Verbitterten und gleichsam zur vernichtenden Verführerin und lebte und wirkte weiter in New Orleans, wo sie in den 1980ern ein Friseurgeschäft betrieb. Ihre Künste zur Verschönerung der weiblichen Kundschaft waren schnöder Schein, hinter deren Kulisse sich der Vorhang für Voodoo in Vollendung hob.
Sie war Meisterin ihres Fachs. Und als solche verstand sie es, die Toten aus ihren Gräbern zu holen, – auch die aus längst vergangener Zeit –, um ein zweites Mal für ihren geliebten Bastien Rache zu nehmen.
Den hatte Laveau wiedererweckt und mit dem Minotauros-Schädel auf dem Kopf zum „weißen Hexenzirkel" geschickt, um die zurückgekehrte Delphine zu töten, die dort versteckt gehalten wurde. Freilich misslang der Plan, Bastien wurde überwältigt und enthauptet.
Seinen Kopf erhielt Marie Laveau zu Halloween in einem Geschenkkarton. Die gebärdete sich wie wild vor grenzenloser Qual und Enttäuschung und rief die Zombies, um ein Blutbad unter ihren Rivalinnen anzurichten. Und völlig fassungslos entdeckte Delphine Lalaurie auch ihre damals gehängten Töchter in der Schar der Untoten, die immer näherkamen, bis…aber ihr Los war ein anderes: Marie Laveau konnte sie nicht mehr entkommen. Die Voodoo-Königin marterte und köpfte Delphine, die hilflos wehklagend ohne ihren Körper nichts mehr ausrichten konnte und gefangen war.

Freilich blieb Marie Laveau trotz dieser Genugtuung unglücklich zurück. Denn es war nunmehr an der Zeit, Papa Legba sein jährliches Opferbaby zu bringen. Und jenes, das Marie in den Armen trug für ihn, erinnerte sie in tiefster Traurigkeit an ihr eigenes, das sie ihm vor 150 Jahren hatte geben müssen. Um die kleine Seele zu retten benötigte sie adäquaten Ersatz. Und den bescherte ihr ausgerechnet die weiße Oberhexe Fiona mit einer ihrer Schülerinnen, die sie ihr aus Mitleid überließ. So ganz zufrieden war der große Voodoo-Geist zwar nicht mit diesem Deal, lenkte aber letztendlich ein, nahm das Mädchen, das zu naiv war, um zu begreifen, was da jetzt Düsteres mit ihm geschah, und ließ das unschuldige Baby leben.
Und Ende…zumindest an dieser freundlichen Stelle. Diese schaurige Geschichte über die mächtige Voodoo-Königin Marie Laveau ist bildgewaltig nachzuschlagen in der dritten Staffel der American Horror Story, – Coven –, und insofern ist sie durchaus echt, weil des Künstlers Freiheit nicht nur gewaltig, sondern auch ungelogen ist. Zumal guter Horror Bekanntes noch besser erzählt.
Marie Laveau existierte, wie auch Delphine Lalaurie in Wirklichkeit. Und gibt es auch keine Belege über etwaige Unsterblichkeitsflüche oder Ewigkeitspakte, so kann man doch in Erwägung ziehen, dass so etwas Mögliches nicht unmöglich ist oder umgekehrt. Unbestreitbar ist ihr legendärer Ruhm und Ruf, umweht und durchzogen vom Geheimnisvollen, fremdartig Mysteriösen, das Menschen immer wieder gefesselt hat. Und zweifellos weiterhin packt.
Die Voodoo-Priesterin Marie Laveau (ca. 1794 – 1881) aus dem French Quarter in New Orleans, Tochter eines weißen Farmers und einer Farbigen, galt schon zu Lebzeiten als magische Kultfigur mit Prominentenstatus, die teils ängstlich, skeptisch, teils empört, erwartungsvoll, aber stets fasziniert vom Phantastischen, das von ihr ausging, betrachtet wurde.
Im Zivilen ging Marie Laveau einem recht unspektakulären Beruf nach, der ihr freilich für ihre tatsächliche Berufung durchaus hilfreich war: Als Frisörin suchte sie ihre Kundinnen in deren vornehmen Privathäusern auf erfuhr dabei so allerlei Klatsch und Tratsch von den Damen selbst und deren Dienerschaft. Das waren oft wertvolle Informationen für sie, wenn sie als Wahrsagerin auftrat und ihr Wissen über die Leute, mit gebührendem magischen

Touch, sicher auch hier und da mit nachsehbarem Hokuspokus versehen, als Voodoo-Offenbarung verkaufen konnte. Umso ernster nahm man sie, wenn sie darüber hinaus jene Dinge, Ereignisse, Schatten und Geisterwesen sah, die nur verblüffen konnten.
Die erschreckten, irritierten, spekulieren, wünschen, beten ließen und insgesamt davon überzeugten, dass da irgendwas, vielleicht auch jede Menge dran war: Am Voodoo. Freilich Höllenzeug. Als das galt Voodoo trotz dieser gewissen Salonfähigkeit weiterhin.
Wegen geheimer und befremdlicher, eben auch Angst schürender Zeremonien, die nichts mehr mit ihren inszenierten Zauber-Shows inclusive Schlangenanbetung und Blutopfern für ein gut betuchtes, zahlendes Publikum zu tun hatten, versuchte man mehrmals, die zügellose, unkonventionelle „Teufelsschwester", Mutter von etlichen unehelichen Kindern, vor Gericht zu bringen. Zu einem Prozess kam es nie. Und nach ihrem Tod…starb nichts von dem, was sie irgendwie auf die große Bühne gebracht hatte. Voodoo gehört auch im 21. Jahrhundert zu New Orleans, der Kult wird gefeiert, verehrt, geglaubt, beschworen. Und all die Menschen aus Haiti und Martinique, ursprünglich Westafrikaner, die ehemals hierhergebracht wurden, um als Sklaven in Louisiana zu leben und zu sterben, haben auch mit dieser Stadt, mit diesem Land ihre Erinnerung und ihr Gedenken gefunden.
Marie Laveaus Grab auf dem Saint Louis Cemetery wird heute wie damals, nachdem die Medien vom Tod der berühmt-berüchtigten Voodoo-Hexe berichtet hatten, von Voodoo-Anhängern, – natürlich primär auch von etlichen simplen Touristen –, aus aller Welt besucht.
Die Grabstätte ist ein recht unbeschwerter Pilgerort für bunt gekleidete, mit ausgefallenem Schmuck behangene Leute, die Kreuze auf das Grabmal zeichnen, weil das Glück bringen soll.
Dort stehen sie nun alle, legen ihre besonderen Geschenke ab und rätseln, ob der Leichnam überhaupt noch dort unten liegt. Man munkelt, fanatische Priester hätten ihn längst schon des Nachts ausgegraben, weil menschliche Knochen als Bindeglied von Himmel und Erde für Voodoo-Rituale eine ganz spezielle, immense Bedeutung haben.
Die Knochen von Marie Laveau, der populärsten Voodoo-Queen der amerikanischen Südstaaten, dürften demzufolge unschätzbar wertvoll sein in den gewissen Kreisen.
Und wir hören und staunen und raunen…immer noch:

Sing, Voodoo Marie
Let me hear thy tone
Speak, Voodoo Marie
Let me hear thy tongue
Queen of New Orleans
Mother of the coven
Sing, Voodoo Marie
You've been called out again
(Volbeat)

Nachwort

Wir drehen dem Spiegel den Rücken zu. Es ist lästig, die ganze Zeit beobachtet zu werden. Anstrengend. Angst machend auch. Diese Augen, in die wir geblickt haben, sind schwarz. Die Katze war weiß. Sie hockte auf der rechten Schulter. Wir erinnern uns und atmen auf. Seinen Namen haben wir nicht gesagt. Mag sein, wir flüsterten ihn. Mag sein, dass, wenn es so stimmt, wir uns wiedersehen. Zuvor verscheuchen wir den Schatten. Da ist keiner? Dann schlaft gut, Freunde. Niemand wacht. Besser so.

Quellennachweise

Karin Reddemann – Blutrot die Lippen, blutrot das Lied (2017)
www.phantastikon.de

Regina Schleheck – Dölfchens wunderbarer Waschsalon (2013)
Mike Hillenbrand und Jennifer Christina Michels (Hrsg.), Corona Magazin 284, 2013
Regina Schleheck, Basilikumdrache und Schöpfungskrönchen, Verlag in Farbe und Bunt, 2016

Merlin Thomas – Operation Heal (2013)
Michael Haitel (Hrsg.), Blackburn, p.machinery

Nadine Muriel – Frau Birger (2015)
Stefan Cernohuby (Hrsg.), Fundbüro der Finsternis, p.machinery

Johannes und Michael Tosin – Die Zeitung von morgen (2014)
www.phantastikon.de

Markus K. Korb – Carnevale a Venezia (2000)
Gerald Meyer (Hrsg.): 2000 Phantastik Anthologie, Hanau 2000, G. Meyer's Taschenbuch Verlag

Franz Kafka – In der Strafkolonie (1919)
Franz Kafka, In der Strafkolonie, Kurt Wolf Verlag

Friedrich Glauser – Die Hexe von Endor (1928)
Friedrich Glauser, Mattos Puppentheater, Hrsg. von Bernhard Echte und Manfred Papst Zürich

Willy Seidel – Alarm im Bankenviertel (1927)
Willy Seidel, Alarm im Bankenviertel Propyläen-Verlag

Karin Reddemann – Dr. Tod: Giftmörder im Weißen Kittel (2018)
www.phantastikon.de

Karin Reddemann – Die dunkle Muse (2018)
www.phantastikon.de

Mitwirkende

Friedrich Charles Glauser, geb. 4. Februar 1896 in Wien; gestorben am 8. Dezember 1938 in Nervi bei Genua, war ein Schweizer Schriftsteller, dessen Leben geprägt war von Entmündigung, Drogenabhängigkeit und Internierungen in psychiatrischen Anstalten. Trotzdem erlangte er mit seinen Erzählungen und Feuilletons, vor allem jedoch mit seinen fünf Wachtmeister-Studer-Romanen literarischen Ruhm. Glauser gilt als einer der ersten und zugleich bedeutendsten deutschsprachigen Krimiautoren.

Franz Kafka, jüdischer Name: Anschel, geb. 3. Juli 1883 in Prag, Österreich-Ungarn; gestorben 3. Juni 1924 in Kierling, Österreich, war ein deutschsprachiger Schriftsteller. Sein Hauptwerk bilden neben drei Romanfragmenten (Der Process, Das Schloss und Der Verschollene) zahlreiche Erzählungen.
Kafkas Werke wurden zum größeren Teil erst nach seinem Tod und gegen seine letztwillige Verfügung von Max Brod veröffentlicht, einem engen Freund und Vertrauten, den Kafka als Nachlassverwalter bestimmt hatte. Kafkas Werke werden zum Kanon der Weltliteratur gezählt.

Markus K. Korb wurde 1971 in Werneck bei Schweinfurt (Unterfranken/Bayern) geboren. Er veröffentlichte seine Erzählungen zunächst in zahlreichen Literaturmagazinen und Anthologien. Im Jahr 2002 betätigte er sich als Herausgeber der Anthologie „Jenseits des Hauses Usher“ (Blitz-Verlag), wo er Storybeiträge zusammentrug, geschrieben von deutschen Autoren als Hommage an Edgar Allan Poe.
Von 2003 – 2006 war er als Redakteur der Buchreihe „Edgar Allan Poes Phantastische Bibliothek“ (Blitz-Verlag) u.a. für die Textauswahl zuständig.
Sein erstes eigenständiges Buch erschien im Jahr 2003. Es ist die Konzeptanthologie „GRAUSAME STAEDTE“ (Blitz-Verlag). In zwei Zyklen vereinen sich Kurzgeschichten zu einem Gewebe aus unheimlichen Städtebildern (Venedig und Berlin), welche durch die Jahrhunderte bis in archaische Zeiten hinabreichen. Mehr dazu unter: www.blitz-verlag.de

Im Mai 2005 erschien im Eldur-Verlag (www.eldur-verlag.de) die Kurzgeschichten-Sammlung mit dem Titel „NACHTS...".
Dem folgte im April 2006 das Buch „INSEL DES TODES" im Verlag Eloy Edictions. Es enthält elf Gespenstergeschichten, darunter zwei längere Novellen. Mehr dazu unter: www.eloyed.com
Bei der Fantasy-Heftreihe „Saramee" ist Markus K. Korb mit drei Beiträgen beteiligt. Von ihm stammt der Auftaktroman „Der vergessene Friedhof", dazu gemeinsam mit Martin Hoyer „Die Ankunft", sowie als Einzelroman „Kronns Rache". Ein Sammelband dieser Geschichten erscheint 2018.
Im Mai 2007 erschien mit „WASSERSCHEU" im Atlantis-Verlag eine Sammlung, in welcher Sommer-Horror-Storys präsentiert werden. Diesem zog ein Episodenroman in Zusammenarbeit mit Tobias Bachmann nach, sein Titel:
„Das Arkham-Sanatorium" (Oktober 2007; Atlantis-Verlag).
Anfang 2008 folgte die Veröffentlichung der Konzeptanthologie: „Grausame Staedte 2" im Blitz-Verlag. Im Herbst 2009 erschien mit „Die Ernten des Schreckens" ein Storyband, der Geschichten aus dem Umfeld des Krieges beinhaltet, gesehen mit den Augen eines Phantasten. Nach einer Arbeitsphase von zwei Jahren erschien im Oktober 2012 die Hommage an die „Horror"-Comics der siebziger Jahre mit dem Titel „SCHOCK!" in Zusammenarbeit mit dem Comic-Künstler Christian Krank.
Im April 2014 erblickte der Storyband „Der Struwwelpeter-Code" (Blitz-Verlag) das Licht der Öffentlichkeit. Ein weiterer Band mit Kurzgeschichten erschien im April 2015. Er trägt den Titel „Amerikkan Gotik" (Luzifer-Verlag) und beschäftigt sich mit der dunklen Seite des amerikanischen Traums. Mehr Infos unter: www.luzifer-verlag.de
„Xenophobia" heißt der Band mit Erzählungen, der 2016 im Blitz-Verlag erschien. Darin geht Markus K. Korb dem Phänomen der Angst vor dem Unbekannten, dem Fremden nach.
Preise:
Für die Erzählung „Der Schlafgänger" (aus: „GRAUSAME STAEDTE") erhielt Markus K. Korb den DEUTSCHEN PHANTASTIK PREIS 2004 in der Kategorie „Beste Kurzgeschichte".
Die Erzählung „Joanna" erhielt den Ersten Preis des Marburg-Awards 2004. Sie ist in der Sammlung „Nachts…" (Eldur Verlag) enthalten.

„Grausame Städte 2“ erzielte den dritten Platz beim Vincent-Preis 2008 in der Kategorie „Beste deutschsprachige Anthologie“.
Markus K. Korb wurde der dritte Platz beim Vincent-Preis 2008 in der Kategorie „Bester Autor deutschsprachig“ zuerkannt.
„Der Nachzehrer“ erhielt den ersten Platz beim Vincent-Preis 2008 in der Kategorie „Beste Horror Kurzgeschichte deutschsprachig“. Die Geschichte ist in der Sammlung „Grausame Städte 2“ (Blitz-Verlag) enthalten.
„Ernten des Schreckens“ erlangte den zweiten Platz beim Vincent-Preis 2009 in der Sparte „Beste deutschsprachige Storysammlung“.
Im Jahr 2013 erhielt „SCHOCK!“ den ersten Platz beim Vincent-Preis in der Kategorie „Beste deutschsprachige Anthologie /Kurzgeschichtensammlung/Magazin“ und den zweiten Platz in der Kategorie „Sonderpreis für das schönste Buch 2012“.
Die Kurzgeschichte „C-M-B“ aus obigem Werk erhielt im selben Jahr den ersten Platz beim Vincent-Preis in der Sparte „Beste deutschsprachige Kurzgeschichte“.
Für „Der Struwwelpeter-Code“ wurde Markus K. Korb der erste Platz im Bereich „Beste Kurzgeschichte 2014“ beim Vincent-Preis zuerkannt. Der Band „Der Struwwelpeter-Code“ erhielt den dritten Platz im Bereich „Kurzgeschichtensammlung/Anthologie /Magazin“, ebenfalls beim Vincent-Preis.
In der Kategorie „Beste Kurzgeschichte 2015“ wurde Markus K. Korb der dritte Platz für seine Erzählung „Candyman Jack“ aus dem Band „Amerikkan Gotik“ verliehen.
Im Frühjahr 2017 erschien im Amrum-Verlag der Storyband „SPUK!“. Darin sind Gespenstergeschichten enthalten, die sich dem Phänomen des Spuks mal klassisch, mal modern annähern.

Nadine Muriel, geboren 1977 in Trier, lebt zurzeit in Heidelberg, wo sie in ihrem eigenen Unternehmen „Schreibcoaching Federfunken“ tätig ist. Die schreibwütige Lebenskünstlerin hat bereits zahlreiche Texte veröffentlicht, zuletzt die beiden Jugend-Ballett-Romane „Feuertanz“ und „Fegefeuer“ im Wunderwald-verlag. Wenn sie nicht gerade schreibt oder lektoriert, genießt sie es, zu wandern und geocachen, Museen zu besuchen, historische Orte zu besichtigen, zu reisen, sich mit Freunden zu treffen und die grandiose Musik der Sechziger und Siebziger zu hören. Weitere Infos unter www.federfunken.wordpress.com .

Karin Reddemann schreibt Kurzgeschichten und ist Mitarbeiterin beim Online-Magazin *Phantastikon - Magazin für unabhängige Welten.* Von der Recklinghäuserin, Studium deutscher und spanischer Literatur an der RUB, sind bis dato erschienen: „Gottes kalte Gabe", „Toter Besuch", „Schweigeminuten", „Rosen für Max" und „Ganz normal verpickelt" (Dr. Ronald Henss Verlag, Saarbrücken), ferner Short-Stories in den Anthologien *Horror-Legionen* (Amrun-Verlag), *Abyssos - Geschichten aus dem Abgrund* (Visionarium), *Dirty Cult* (Hrsg. Ulf Ragnar), *IF Magazin für angewandte Fantastik* (Whitetrain), *Zwielicht* und *Der letzte Turm vor dem Niemandsland* (Fantasyguide präsentiert).

Regina Schleheck, wuchs in Köln auf und studierte Germanistik, Sozialwissenschaften und Sportwissenschaften auf Lehramt in Aachen. Sie arbeitete als Lehrerin in Ostwestfalen, Köln und Leverkusen, erwarb 2000 ein Montessori-Diplom, 2011 die Unterrichtserlaubnis für Praktische Philosophie und ist Oberstudienrätin an einem Leverkusener Berufskolleg, nebenberuflich als Referentin an Erwachsenenbildungseinrichtungen tätig. Seit 1999 schreibt sie und publiziert vorwiegend Kurzgeschichten in Anthologien und Literaturzeitschriften sowie Hörspiele, aber auch umfangreichere Prosa, Drehbücher und Theaterstücke, außerdem ist sie als Herausgeberin in Erscheinung getreten. Sie gehört dem Netzwerk deutschsprachiger Krimiautorinnen Mörderische Schwestern, der Autorengruppe deutschsprachige Kriminalliteratur Syndikat, dem Phantastik-Autoren-Netzwerk PAN und der Kölner Autorengruppe FAUST an. Schleheck ist geschieden und hat eine Tochter und vier Söhne.

Michael Schmidt wurde 1970 in Koblenz geboren. Er veröffentlichte bisher über 60 Kurzgeschichten, die sich zumeist mit der dunklen Seite der Menschen beschäftigt. Als Herausgeber zeichnete er schon für diverse Anthologien verantwortlich. *Zwielicht* gewann dabei dreimal in Folge den Vincent Preis. Seine Sammlungen *Teutonic Horror* und *Silbermond* sind bei *Create Space Publishing* erschienen. Sein Blog befindet sich auf www.defms.de.

Willy Seidel, Geboren am 15. Januar 1887 in Braunschweig; gestorben am 29. Dezember 1934 in München. Der Bruder von Ina Seidel wuchs in Braunschweig, Marburg und München auf. Er

studierte zuerst Biologie und Zoologie, dann Germanistik in Freiburg i. Br., Jena und München. 1914 wurde er auf einer Reise durch Samoa vom Kriegsausbruch überrascht, ging in die USA und kam erst 1919 nach München zurück.
In den Zwanzigerjahren beschäftigte sich Seidel intensiv mit okkultem Gedankengut, demgegenüber er allerdings stets eine gewisse Distanz bewahrte. 1929 wurde Seidel der Dichterpreis der Stadt München verliehen. Nach der Machtergreifung der Nationalsozialisten war er einer der 88 Schriftsteller, die im Oktober 1933 das Gelöbnis treuester Gefolgschaft für Adolf Hitler unterzeichnet hatten. Seidel starb ein Jahr später nach einem unfallbedingten, längeren Krankenhausaufenthalt an einem Herzanfall.
Willy Seidels erzählerisches Werk hat mehrere Facetten: In seinen frühen Arbeiten war er als Schilderer ferner Länder ein typischer Vertreter des wilhelminischen Exotismus; allerdings ging Seidel bald darüber hinaus und übte Kritik am Kolonialismus. Die Schilderung seines Amerika-Aufenthalts Der neue Daniel ist ausgesprochen amerikakritisch. In den Zwanzigerjahren schrieb Seidel vorwiegend Romane und Erzählungen, die der phantastischen Literatur zuzurechnen sind. Wegen dieser Werke genießt der ansonsten weitgehend in Vergessenheit geratene Autor auch heute noch in Fachkreisen einiges Interesse.

Merlin Thomas: ~~Aufstrebender~~ Stagnierender Autor, m., ~~39~~ 42/170/~~81~~ 85, Nichtraucher, Akademiker, DSFP- und KLP-nominiert, Erfahrung mit Prototypen und Golems, Veröffentlichungen in zwielichtigen und apokalyptischen Medien, æthererprobt, geistergestählt und phantastisch miniaturisiert, zeitweiliger Aufenthalt im Alpha-Ökosystem, sucht begeisterungsfähige, leidenschaftliche, kritische Leserschaft (m./w.) für langfristiges Verhältnis. Derzeit nur Quickies, spätere Romanzen nicht ausgeschlossen. Offen für alle Spielarten der Phantastik und darüber hinaus. Kontakt unter: www.wortwerken.de

Johannes Tosin wurde 1965 in Klagenfurt am Wörthersee geboren. Er ist Maschinenbauingenieur und Exportkaufmann. Er schreibt Lyrik, Prosa und Hörspiele und fotografiert. Er veröffentlichte Texte und Fotos in Zeitschriften, Anthologien und im Internet früher bei „Telepolis“ und „Stadtgemeinde Bleiburg“ und aktuell bei „Twilightmag“, „Zarathustras miese Kaschemme“,

Sandammeer", „Das Dosierte Leben", „Phantastikon", „verdichtet.at", „Literatur.Report Kärnten", „futura99phoenix" und in der „Storyapp" von „brennt". Er ist Mitglied bei „BUCH13". Er lebt in Pörtschach am Wörthersee.

Michael Tosin wurde am 9. Dezember 1994 in Klagenfurt am Wörthersee geboren. Er maturierte im Juni 2013 an einem Realgymnasium in Klagenfurt. Dann leistete er den Militärdienst ab. Derzeit studiert er Geographie sowie Englisch und Geographie für das Lehramt an der Uni Klagenfurt. Er schreibt gelegentlich gemeinsam mit seinem Vater Johannes, und er fotografiert. Gemeinsam mit seinem Vater veröffentlichte er Texte in Print-Zeitschriften und im Internet früher bei „Telepolis und aktuell bei „Zarathustras miese Kaschemme", „Twilightmag" und „Phantastikon". Er interessiert sich für Film und Buch. Er lebt mit seinen Eltern in Pörtschach am Wörthersee.

Printed in Poland
by Amazon Fulfillment
Poland Sp. z o.o., Wrocław

34410570R00104